全真丛书编委会

主　编　张高澄

副主编　谢　泂　袁清湘

编　委　卢嗣齐　郭嗣昶　肖嗣契　张嗣龢
　　　　任　晓　王国阳　龚　鹰

《唐诗与天台山》编委会

主　编　张高澄

编　委　袁嗣靖　谢嗣尚　卢嗣齐　郭嗣昶
　　　　杨嗣聪　李嗣微　陈嗣珪　林　忠

唐诗与西安

全真丛书

主编 张高澄

张高澄 等 编著

社会科学文献出版社
SOCIAL SCIENCES ACADEMIC PRESS (CHINA)

上：赤城晨曦（杨建十　摄）

下：桐柏宫（杨建十　摄）

上：国清寺（杨建十　摄）
下：华顶书院（杨建十　摄）

上：天台山鸣鹤观（房翔 摄）
下左：鸣鹤观古石凳（袁清湘 摄）
下右：鸣鹤观李白诗碑刻（愿随子明去，炼火烧金丹）（袁清湘 摄）

上：琼台仙谷（杨建十　摄）
下左：石梁（杨建十　摄）
下右：天台山瀑布（房翔　摄）

目 录

一 唐朝文人钟爱天台山　// 1

问我今何去，天台访石桥。

坐看霞色晓，疑是赤城标。

（孟浩然《舟中晓望》）

《全唐诗》中究竟有多少人写天台山？

二 唐以前的名山天台山　// 19

世上求真客，天台去不还。

传闻有仙要，梦寐在兹山。

（张说《寄天台司马道士》）

古人为什么认为天台山适宜修真？

三 唐诗中的天台山意象　// 39

石梁屹横架，万仞青壁竖。

却瞰赤城颠，势来如刀弩。

盘松国清道，九里天莫睹。

（张祜《游天台山》）

天台山哪些内容入了唐诗？

1

四　与天台山相关的唐诗　// 95

　　南国天台山水奇，石桥危险古来知。

　　龙潭直下一百丈，谁见生公独坐时。

　　（李郢《重游天台》）

　　诗题或诗句中涉及了天台山或自然，或人文的唐诗有哪些？

附录　天台山记　// 295

参考文献　// 307

后　　记　// 309

《全唐诗》中究竟有多少人写天台山？

一　唐朝文人钟爱天台山

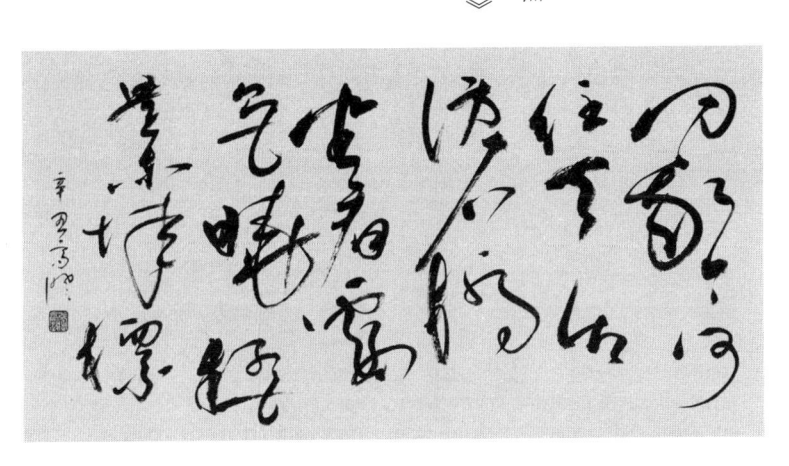

问我今何去，
天台访石桥。
坐看霞色晓，
疑是赤城标。
——孟浩然
《舟中晓望》

唐朝是中国古代历史上最强盛的朝代之一，唐太宗李世民（598~649）开创了"贞观之治"，唐玄宗李隆基（685~762）开创了"开元盛世"，政治、经济、文化、外交等方面均达到了很高的成就。国家统一、经济繁荣、国民富足、交通便利为文化的繁盛提供了保障。唐诗得到了空前的发展，出现了山水田园诗派、边塞诗派、浪漫诗派、现实诗派等；涌现了王维、孟浩然、岑参、王昌龄、李白、杜甫等著名诗人。诗歌是唐朝的文化标签，唐诗是中国古代文化宝库中一颗璀璨夺目的明珠。清朝康熙皇帝命人编校了《全唐诗》，"得诗四万八千九百馀首，凡二千二百馀人，厘为九百卷"[1]。

今检索《全唐诗》发现，"天台山"是唐诗中出现频率非常高的一座山，是唐朝文人心中向往之山，在2200多位作者中有150多位作者的400多首诗作[2]涉及天台山。这些作者或是亲自到过天台山，如孟浩然、李白、元稹、寒山、拾得等人，或是闻名而作，如李峤、张九龄、杜甫等人。现将诗题和诗句中涉及"天台"或"天台山"的诗作梳理如下。[3]

---

[1] 《御制全唐诗序》，《全唐诗》（增订本），中华书局，2018，第1页。本书所涉唐诗均来自此版本，下不再注明。

[2] 本书只统计诗题或诗句中涉及了天台山或自然，或人文方面内容的诗歌。如寒山在天台山修行，他的303首诗多与天台山相关，但本书只选取了其中与天台山景物有关的11首诗。

[3] 有些诗的诗题和诗句中都出现了"天台"或"天台山"，但表1和表2只统计一次，即表1统计了，表2则不会再统计此诗。

（一）诗题中用到"天台"或"天台山"

《全唐诗》中有 67 位作者的 104 首诗歌在诗题中用到了"天台"或"天台山"。

表1　诗题涉及"天台"或"天台山"的诗目

序号	作者	诗题	册数/卷数	页码
1	李隆基（685~762）	王屋山送道士司马承祯还天台	第1册/卷3	第35页
2	张九龄（678~740）	送杨道士往天台	第1册/卷48	第589页
3	宋之问（约656~712）	寄天台司马道士	第1册/卷52	第638页
4	宋之问	送司马道士游天台	第1册/卷53	第657页
5	崔湜（671~713）	寄天台司马道士	第1册/卷54	第665页
6	薛曜（?~704）	送道士入天台	第2册/卷80	第868页
7	张说（667~731）	寄天台司马道士	第2册/卷87	第949页
8	沈如筠（生卒年不详）	寄天台司马道士	第2册/卷114	第1166页
9	张子容（生卒年不详）	送苏倩游天台	第2册/卷116	第1177页
10	常建（708~?）	白龙窟泛舟寄天台学道者	第2册/卷144	第1462页
11	刘长卿（约726~786）	送少微上人入天台	第3册/卷147	第1484页
12	刘长卿	入白沙渚夤缘二十五里至石窟山下怀天台陆山人	第3册/卷149	第1539页
13	刘长卿	夜宴洛阳程九主簿宅送杨三山人往天台寻智者禅师隐居	第3册/卷150	第1552~1553页
14	刘长卿	送惠法师游天台因怀智大师故居	第3册/卷151	第1570页
15	孟浩然（689~740）	将适天台留别临安李主簿	第3册/卷159	第1626页
16	孟浩然	宿天台桐柏观	第3册/卷159	第1628页
17	孟浩然	越中逢天台太乙子	第3册/卷159	第1632页
18	孟浩然	寄天台道士	第3册/卷160	第1640页
19	孟浩然	寻天台山	第3册/卷160	第1648页

续表

序号	作者	诗题	册数/卷数	页码
20	李白（701~762）	送杨山人归天台	第3册/卷175	第1795页
21	李白	天台晓望	第3册/卷180	第1840页
22	章八元（生卒年不详）	天台道中示同行	第5册/卷281	第3188页
23	张佐（生卒年不详）	忆游天台寄道流	第5册/卷281	第3191页
24	司空曙（720~790）	寄天台秀师	第5册/卷292	第3311页
25	王建（768~835）	题台州—作天台隐静寺	第5册/卷298	第3383页
26	刘禹锡（772~842）	和令狐相公送赵常盈炼师与中贵人同拜岳及天台投龙毕却赴京	第6册/卷360	第4076页
27	刘禹锡	送宵韵上人游天台—作宝韵上人	第6册/卷365	第4124页
28	孟郊（751~814）	送超上人归天台—作送天台道士	第6册/卷379	第4264页
29	白居易（772~846）	和送刘道士游天台	第7册/卷445	第5004页
30	牟融（生卒年不详）	天台	第7册/卷467	第5345页
31	徐凝（生卒年不详）	天台独夜	第7册/卷474	第5408页
32	鲍溶（生卒年不详）	寄天台准公	第8册/卷485	第5550页
33	鲍溶	送僧择栖—本无上二字游天台二首	第8册/卷487	第5571页
34	沈亚之（781~832）	送文颖上人游天台	第8册/卷493	第5621页
35	施肩吾（780~861）	送端上人游天台	第8册/卷494	第5629页
36	姚合（约779~855）	送陟遐—作霞上人游天台	第8册/卷496	第5676页
37	姚合	游天台上方—作游天长寺上方	第8册/卷500	第5727页
38	李敬方（生卒年不详）	天台晴望时左迁台州刺史，题一作喜晴	第8册/卷508	第5816页
39	张祜（约785~849）	游天台山	第8册/卷510	第5835页
40	张祜	忆游天台寄道流	第8册/卷511	第5866页
41	朱庆馀（生卒年不详）	送虚上人游天台	第8册/卷515	第5924页
42	朱庆馀	送元处士游天台	第8册/卷515	第5925页
43	许浑（约791~约858）	早发天台中岩寺度关岭次天姥岑	第8册/卷533	第6136页
44	许浑	送郭秀才游天台并序	第8册/卷533	第6137页

一　唐朝文人钟爱天台山

续表

序号	作者	诗题	册数/卷数	页码
45	许浑	思天台	第8册/卷538	第6183页
46	项斯（810~893）	病中怀王展先辈在天台	第9册/卷554	第6468页
47	马戴（799~869）	送道友入天台山作	第9册/卷556	第6511页
48	贾岛（779~843）	送天台僧	第9册/卷572	第6694页
49	贾岛	送僧归天台	第9册/卷573	第6708页
50	刘沧（生卒年不详）	赠天台隐者	第9册/卷586	第6851页
51	李频（818~876）	送僧入天台	第9册/卷588	第6885页
52	李郢（生卒年不详）	送圆鉴上人游天台	第9册/卷590	第6909页
53	李郢	重游天台	第9册/卷590	第6910页
54	许棠（生卒年不详）	赠天台僧	第9册/卷604	第7036页
55	皮日休（约838~883）	孙发百篇将游天台请诗赠行因以送之	第9册/卷613	第7126页
56	皮日休	重玄寺元达年逾八十好种名药凡所植者多至自天台四明包山句曲丛翠纷糅各可指名余奇而访之因题二章	第9册/卷613	第7128页
57	皮日休	腊后送内大德从勖游天台	第9册/卷614	第7138页
58	皮日休	寄题天台国清寺齐梁体	第9册/卷615	第7150页
59	陆龟蒙（？~881）	和袭美送孙发百篇游天台	第9册/卷625	第7225页
60	陆龟蒙	和袭美腊后送内大德从勖游天台	第9册/卷626	第7238页
61	陆龟蒙	寄题天台国清寺齐梁体	第9册/卷628	第7261页
62	曹唐（生卒年不详）	刘晨阮肇游天台	第10册/卷640	第7387页
63	曹唐	刘阮再到天台不复见仙子	第10册/卷640	第7388页
64	方干（836~888）	因话天台胜异仍送罗道士	第10册/卷650	第7520页
65	方干	赠天台叶尊师	第10册/卷652	第7535页
66	方干	送孙百篇游天台	第10册/卷652	第7538页
67	方干	送钱特卿赴职天台	第10册/卷652	第7545页
68	方干	送水墨项处士归天台	第10册/卷653	第7555页
69	崔涂（生卒年不详）	送僧归江东一作岐下送蒙上人归天台	第10册/卷679	第7839页

续表

序号	作者	诗题	册数/卷数	页码
70	林嵩（生卒年不详）	赠天台王处士	第10册/卷690	第7994页
71	杜荀鹤（约846~906）	登天台寺	第10册/卷691	第7997页
72	杜荀鹤	送项山人归天台	第10册/卷692	第8035页
73	王贞白（875~958）	寄天台叶尊师	第10册/卷701	第8142页
74	徐夤（生卒年不详）	寄天台陈希畋	第11册/卷709	第8247页
75	崔道融（？~907）	天台陈逸人	第11册/卷714	第8287页
76	曹松（828~903）	天台瀑布	第11册/卷717	第8322页
77	李洞（生卒年不详）	送人之天台	第11册/卷721	第8355页
78	卢士衡（生卒年不详）	寄天台道友	第11册/卷737	第8494页
79	陈陶（约812~885）	夏日怀天台—作夏日有怀	第11册/卷746	第8574页
80	刘昭禹（生卒年不详）	忆天台山	第11册/卷762	第8735页
81	廖融（约936年在世）	赠天台逸人	第11册/卷762	第8742页
82	杨夔（生卒年不详）	送日东僧游天台	第11册/卷763	第8749页
83	赵湘（959~993）	题天台石桥	第11册/卷775	第8872页
84	安守范、杨鼎夫、周述、李仁肇（生卒年不详）	天台禅院联句	第11册/卷793	第9020页
85	灵澈（746~816）	天姥岑望天台山	第12册/卷810	第9216页
86	僧皎然（730~799）	送重钧上人游天台	第12册/卷818	第9305页
87	僧皎然	忆天台	第12册/卷820	第9331页
88	僧皎然	送旻上人游天台	第12册/卷821	第9351页
89	贯休（832~912）	寒月送玄—本有道字士入天台	第12册/卷828	第9411页
90	贯休	天台—本无上二字老僧	第12册/卷829	第9424页
91	贯休	寄天台道友	第12册/卷829	第9425页
92	贯休	送僧游天台	第12册/卷829	第9429页
93	贯休	送道士归天台	第12册/卷830	第9435页
94	贯休	秋夜作因怀天台道者	第12册/卷832	第9466页
95	贯休	送僧归天台寺	第12册/卷832	第9468页

续表

序号	作者	诗题	册数/卷数	页码
96	贯休	寄天台叶道士	第12册/卷837	第9514页
97	贯休	送道友归天台	第12册/卷837	第9514页
98	齐己	怀天台华顶僧	第12册/卷842	第9577页
99		天台观石简记	第13册/卷875	第9982页
100	元孚（生卒年不详）	元孚五十年前游天台宿建公院登华顶攀琪树观石桥之险绝缅怀昔游因为绝句寄知建长老兼呈台州王司马	第13册/卷18（全唐诗补逸）	第10561页
101	颜真卿（709~784）	天台智者大师画赞	第14册/卷18（全唐诗补逸）	第11158页
102	秀登（生卒年不详）	送贯微归天台	第15册/卷41（全唐诗续拾）	第11533页
103	江为（生卒年不详）	赠天台僧	第15册/卷43（全唐诗续拾）	第11570页
104	葛玄（三国时人）	登天台	第15册/卷60（全唐诗续拾）	第11916页

（二）诗句中涉及"天台"或"天台山"

除了诗题中用到"天台"或"天台山"外，诗句中提到"天台"或"天台山"的有92位作者157首诗。

表2 诗句中涉及"天台"或"天台山"的诗

序号	作者	诗题	诗句	册数/卷数	页码
1	李旦（662~716）	石淙相王时作	天目天台倍觉惭	第1册/卷2	第25页
2	上官昭容（664~710）	游长宁公主流杯池二十五首·其十七	懒步天台路	第1册/卷5	第64页
3	杨炯（650~693）	和刘侍郎入隆唐观	何必上天台	第1册/卷50	第619页

7

续表

序号	作者	诗题	诗句	册数/卷数	页码
4	宋之问（约656~712）	灵隐寺	待入天台路	第1册/卷53	第655页
5	苏颋（670~727）	蜀城哭台州乐安少府	长想属天台	第2册/卷73	第797页
6	刘希夷（约651~?）	春日行歌	乘梦游天台	第2册/卷82	第882页
7	李乂（647~714）	寄胡皓时在南中	山道绕天台	第2册/卷92	第992页
8	郑愔（?~710）	奉和幸上官昭容院献诗四首·其一	天台阙路赊	第2册/卷106	第1104页
9	孙逖（695~761）	送杨法曹按括州	东海天台山	第2册/卷118	第1188页
10	孙逖	送周判官往台州	登陆访天台	第2册/卷118	第1191页
11	王昌龄（698~757）	送韦十二兵曹	心游天台春	第2册/卷140	第1427页
12	刘长卿（约726~786）	赠微上人	何时共到天台里	第3册/卷150	第1561页
13	孟浩然（689~740）	舟中晓一作晚望	天台访石桥	第3册/卷160	第1655页
14	李白（701~762）	赠僧崖公	自言历天台	第3册/卷169	第1749页
15	李白	赠王判官时余隐居庐山屏风叠	天台绿萝月	第3册/卷170	第1752页
16	李白	梦游天姥吟留别一作别东鲁诸公	天台四万八千丈	第3册/卷174	第1785页
17	李白	送王屋山人魏万还王屋并序	天台连四明	第3册/卷175	第1793页
18	李白	送友人寻越中山水	早晚向天台	第3册/卷175	第1795页
19	李白	求崔山人百丈崖瀑布图	何必向天台	第3册/卷183	第1876页
20	岑参（约715~770）	送祁乐归河东	帘下天台松	第3册/卷198	第2038页
21	皇甫曾（?~785）	赠沛一作需禅师	天台积幽梦	第3册/卷210	第2186页

一　唐朝文人钟爱天台山

续表

序号	作者	诗题	诗句	册数/卷数	页码
22	皇甫曾	锡杖歌送明楚上人归佛川—作权德舆诗	应真莫便游天台	第3册/卷210	第2186页
23	杜甫（712~770）	有怀台州郑十八司户虔	天台隔三江	第4册/卷218	第2292页
24	杜甫	观李固请司马弟山水图三首·其二	天台总映云	第4册/卷226	第2449页
25	钱起（722？~780）	避暑纳凉	八柱天台好纳凉	第4册/卷239	第2665页
26	张继（约715~约779）	会稽秋晚奉呈于太守	天台作赋游	第4册/卷242	第2710页
27	皇甫冉（717~770）	杂言无锡惠山寺流泉歌	讵减天台望三井	第4册/卷249	第2796页
28	皇甫冉	题昭上人房	地（一作愿）与天台接	第4册/卷250	第2822页
29	任华（生卒年不详）	寄李白	登天台，望渤海	第4册/卷261	第2895-2896页
30	魏万（生卒年不详）	金陵酬李翰林谪仙子	雪（一作云）上天台山	第4册/卷261	第2898页
31	窦庠（生卒年不详）	赠道芬上人善画松石	几回逢著天台客	第4册/卷271	第3039页
32	李端（743~782）	赠衡岳隐禅师	杖锡入天台	第5册/卷285	第3243页
33	李端	题云际寺准上人房	高僧居处似天台	第5册/卷286	第3265页
34	崔峒（生卒年不详）	润州送师弟自江夏往台州	羡尔过天台	第5册/卷294	第3340页
35	刘商（生卒年不详）	与湛上人院画松	猷公曾住天台寺	第5册/卷304	第3461页
36	于鹄（?~814?）	题树下禅师—作僧	天台有旧（一作上）房	第5册/卷310	第3500页
37	权德舆（759~818）	锡杖歌送明—无明字楚上人归佛川	应真莫便游天台	第5册/卷327	第3668页
38	韩愈（768~824）	送惠师	遂登天台望	第5册/卷337	第3779-3780页

9

续表

序号	作者	诗题	诗句	册数/卷数	页码
39	刘禹锡（772~842）	和牛相公南溪醉歌见寄	珠树移自天台尖	第6册/卷356	第4019页
40	刘禹锡	衢州徐员外使君遗以纻絺兼竹书箱因成一篇用答佳贶	闻说天台有遗爱	第6册/卷359	第4057页
41	刘禹锡	送元简上人适越	更入天台石桥去（一作路）	第6册/卷359	第4065页
42	胡证（758~828）	和张相公太原亭怀古诗	飞泉天台状	第6册/卷366	第4145~4146页
43	张籍（约767~约830）	赠海东僧	天台几处居	第6册/卷384	第4330页
44	张籍	送辛少府任乐安	选得天台山下住	第6册/卷386	第4363页
45	元稹（779~831）	赠毛仙翁	相逢又说向天台	第6册/卷423	第4661页
46	白居易（772~846）	缭绫 念女工之劳也	应似天台山上月明前	第7册/卷427	第4715页
47	白居易	题赠郑秘书征君石沟溪隐居	迎下天台峰	第7册/卷428	第4731页
48	白居易	县南花下醉中留刘五	愿将花赠天台女	第7册/卷436	第4842页
49	白居易	厅前桂	天台岭上凌霜树	第7册/卷439	第4902页
50	白居易	酬刘和州戏赠	长抛春恨在天台	第7册/卷447	第5048页
51	白居易	和微之春日投简阳明洞天五十韵	台明（天台、四明）地展图	第7册/卷449	第5085~5086页
52	白居易	想东游五十韵并序	亦犹孙兴公想天台山而赋之也	第7册/卷450	第5097~5098页
53	白居易	奉和思黯相公以李苏州所寄太湖石奇状绝伦因题二十韵见示兼呈梦得	画障簇天台	第7册/卷457	第5214页
54	白居易	寄题上强山精舍寺	行尽天台及虎丘	第7册/卷462	第5291页
55	长孙佐辅（生卒年不详）	闻韦驸马使君迁拜台州	暂访天台幽	第7册/卷469	第5368页

续表

序号	作者	诗题	诗句	册数/卷数	页码
56	李涉（生卒年不详）	寄河阳从事杨潜	忆昨天台寻石梁	第7册/卷477	第5460页
57	李绅（772~846）	新楼诗二十首·龙宫寺	贞元十六年，余为布衣，东游天台	第8册/卷481	第5513页
58	施肩吾（780~861）	遇王山人	应挂天台最老松	第8册/卷494	第5653页
59	施肩吾	送人归台州	遥看瀑布识天台	第8册/卷494	第5653页
60	周贺（生卒年不详）	逢播公	高枕说（一作话）天台	第8册/卷503	第5765页
61	章孝标（791~873）	僧院小松	还似天台新雨后	第8册/卷506	第5801页
62	张祜（约785~849）	寄王尊师	天台南洞一灵仙	第8册/卷511	第5866页
63	张祜	酬答柳宗言秀才见赠	南下天台厌绝冥	第8册/卷511	第5868页
64	杨发（生卒年不详）	山泉一作李才江诗	身若到天台	第8册/卷517	第5946页
65	许浑（约791~约858）	赠僧一作赵嘏诗	又欲上天台	第8册/卷529	第6097页
66	许浑	将赴京师留题孙处士山居二首·其一	远赋忆天台	第8册/卷530	第6104页
67	许浑	酬报先上人登楼见寄上人自峡下来	天台多道侣	第8册/卷531	第6113页
68	许浑	寄云际寺敬上人	已应飞锡过（一作人）天台	第8册/卷538	第6188页
69	李商隐（约813~858）	访隐	空解赋天台	第8册/卷541	第6281页
70	潘咸（生卒年不详）	送陈明府之任	客见天台县	第8册/卷542	第6317页
71	刘得仁（生卒年不详）	冬日喜同志宿	别忆天台客	第8册/卷544	第6346页
72	薛逢（生卒年不详）	送剑客	若到天台洞阳观	第8册/卷548	第6390页

续表

序号	作者	诗题	诗句	册数/卷数	页码
73	赵嘏（约806~853）	赠金刚三藏—作许浑诗	又欲过天台	第9册/卷549	第6399页
74	赵嘏	送剡客—作薛逵诗	若到（一作到日）天台洞阳观	第9册/卷549	第6408页
75	项斯（810~893）	寄石桥僧	生有天台约	第9册/卷554	第6465页
76	马戴（799~869）	题青龙寺镜公房	不必访天台	第9册/卷555	第6495页
77	郑畋（823~882）	题缑山王子晋庙	天台啸石桥	第9册/卷557	第6518页
78	薛能（约817~880）	送浙东王大夫	天台压属城	第9册/卷559	第6544页
79	贾岛（779~843）	送郑山人游江湖	东往天台里	第9册/卷571	第6685页
80	贾岛	送无可上人	天台作近邻	第9册/卷572	第6690页
81	贾岛	宿慈恩寺郁公房	独住（一作往）天台意	第9册/卷573	第6720页
82	贾岛	送罗少府归牛渚	忽思牛渚梦天台	第9册/卷574	第6738页
83	贾岛	题童真上人	天台庐岳岂无缘	第9册/卷574	第6738页
84	刘沧（生卒年不详）	赠道者	忘机多是隐天台	第9册/卷586	第6850页
85	李频（818~876）	越中行	天台闻不远	第9册/卷588	第6881页
86	李频	送台州唐兴陈明府	天台是县图	第9册/卷588	第6887页
87	李郢（生卒年不详）	长安夜访澈上人	闻说天台旧禅处	第9册/卷590	第6909页
88	高骈（821~887）	访隐者不遇	落花流水认天台	第9册/卷598	第6978页
89	许棠（生卒年不详）	题慈恩寺元遂上人院	天台频去说	第9册/卷604	第7042页
90	皮日休（约838~883）	吴中苦雨因书一百韵寄鲁望	平下天台瀑	第9册/卷609	第7081页
91	皮日休	夏景冲澹偶然作二首·其二	天台画得千回看	第9册/卷614	第7131页
92	皮日休	虎丘寺西小溪闲泛三绝·其一	分明似对天台洞	第9册/卷615	第7147页

续表

序号	作者	诗题	诗句	册数/卷数	页码
93	皮日休	奉和鲁望药名离合夏月即事三首·其二	志在天台一遇中	第9册/卷616	第7156页
94	陆龟蒙（？~881）	和袭美寄题玉霄峰叶涵象尊师所居	天台一万八千丈	第9册/卷626	第7238页
95	陆龟蒙	和袭美天竺寺八月十五夜桂子	天台天竺堕云岑（垂拱中，天台桂子落一百余日方止）	第9册/卷628	第7261页
96	曹唐（生卒年不详）	仙子送刘阮出洞	殷勤相送出天台	第10册/卷640	第7388页
97	方干（836~888）	题睦州郡中千峰榭	岂知平地似天台	第10册/卷650	第7513页
98	方干	题越州府南郭袁秀才林亭	幽岩别派像天台	第10册/卷651	第7529页
99	方干	和剡县陈明府登县楼	烟霞若接天台地	第10册/卷651	第7533页
100	方干	题盛令新亭	存思便是小天台	第10册/卷652	第7539页
101	方干	石门瀑布	闻碎滴溅天台	第10册/卷652	第7542页
102	周朴（?~878）	升山寺	峰峦犹自接天台	第10册/卷673	第7763页
103	周朴	无等岩	高僧往往似天台	第10册/卷673	第7766页
104	陆扆（847~905）	句	今秋已约天台月	第10册/卷688	第7976页
105	王贞白（875~958）	忆张处士	天台张处士	第10册/卷701	第8140页
106	黄滔（840~911）	题郑山人居	斮茗说天台	第11册/卷704	第8179页
107	黄滔	题道成上人院	何必天台寺	第11册/卷704	第8180页
108	徐夤（生卒年不详）	画松	天台道士频来见	第11册/卷708	第8231页

13

续表

序号	作者	诗题	诗句	册数/卷数	页码
109	曹松（828~903）	赠衡山麇明府	更莫梦天台	第11册/卷717	第8322页
110	熊皎（生卒年不详）	冬日原居酬光上人见访	犹喜话天台	第11册/卷737	第8496页
111	熊皎	赠胥尊师	天台王屋几经行	第11册/卷737	第8496页
112	李中（生卒年不详）	送孙孔二秀才游庐山	莫学天台客	第11册/卷747	第8585页
113	李中	舟中望九华山	屏欹写天台	第11册/卷747	第8593页
114	徐铉（916~991）	中书相公溪亭闲宴依韵李建勋	何事忆天台	第11册/卷752	第8647页
115	许坚（生卒年不详）	题幽栖观	山色接天台	第11册/卷757	第8701页
116	刘昭禹（生卒年不详）	冬日暮国清寺留题	天台山下寺	第11册/卷762	第8735页
117	刘兼（生卒年不详）	命妓不至	醉和春色入天台	第11册/卷766	第8781页
118	潘雍（生卒年不详）	赠葛氏小娘子	曾闻仙子住天台	第11册/卷778	第8894页
119	无名氏	罗浮山	根连蓬岛荫天台	第11册/卷786	第8958页
120	元淳（生卒年不详）	句	霍师妹游天台	第12册/卷805	第9158页
121	寒山（约691~793）	诗三百三首·其七十八	天台更莫言	第12册/卷806	第9166页
122	寒山	诗三百三首·其一百七十九	多少天台人	第12册/卷806	第9175页
123	寒山	诗三百三首·其二〇四	余家本住在天台	第12册/卷806	第9177页
124	寒山	诗三百三首·其二百一十	自从到此天台境	第12册/卷806	第9177~9178页

续表

序号	作者	诗题	诗句	册数/卷数	页码
125	寒山	诗三百三首·其二百一十六	我闻天台山	第12册/卷806	第9178页
126	寒山	诗三百三首·其二百二十七	自见天台顶	第12册/卷806	第9179页
127	寒山	诗三百三首·其二百六十四	天台名独超	第12册/卷806	第9183页
128	拾得（生卒年不详）	诗·其十	但入天台山	第12册/卷807	第9188页
129	拾得	诗·其二十	自从到此天台寺	第12册/卷807	第9190页
130	拾得	诗·其三十二	闲入天台洞	第12册/卷807	第9191页
131	拾得	诗·其四十五	余住天台山	第12册/卷807	第9192页
132	丰干（生卒年不详）	壁上诗二首·其一	余自来天台	第12册/卷807	第9193页
133	景云（生卒年不详）	画松	曾在天台山上见	第12册/卷808	第9204页
134	灵一（生卒年不详）	赠灵澈禅师	何时共到天台里	第12册/卷809	第9214页
135	僧皎然（730~799）	送邢台州济一作送独孤使君赴岳州	乞取天台一片云	第12册/卷818	第9304页
136	僧皎然	夏日绣铜碗为龙吟歌	乍（一作昨）向天台宿华顶	第12册/卷821	第9343页
137	僧鸾（生卒年不详）	赠李粲秀才字辉用	飞到天台天姥岑	第12册/卷823	第9365~9366页
138	贯休（832~912）	观怀素一本有上人二首草书歌	天台古杉一千尺	第12册/卷828	第9419页
139	贯休	题友人山居	从此天台约	第12册/卷829	第9428页
140	贯休	送友人及第后归台州	共礼渌身师（天台石桥有白道猷坐化身渌也）	第12册/卷831	第9456页

续表

序号	作者	诗题	诗句	册数/卷数	页码
141	贯休	寄题诠律师院	石房清冷在天台	第12册/卷837	第9514页
142	贯休	过商山	吟缘横翠忆天台	第13册/卷888	第10107页
143	齐己（863~937）	赠无本上人	天台老去休	第12册/卷840	第9552页
144	齐己	再经蒋山与诸长老夜话	归思在天台	第12册/卷841	第9561页
145	齐己	招乾昼上人宿话	天台若长往	第12册/卷843	第9598页
146	齐己	寄酬秦府高推官辇	天台衡岳旧曾寻	第12册/卷844	第9612页
147	齐己	秋夕言怀寄所知	梦中云水忆天台	第12册/卷846	第9636页
148	齐己	梓栗杖送人	只有天台杖一寻	第12册/卷846	第9637页
149	齐己	默坐	梦到天台过剡溪	第12册/卷847	第9657页
150	修睦（生卒年不详）	题僧梦微房	天台频说法	第12册/卷849	第9683页
151	吴越僧（生卒年不详）	武肃王有旨石桥设斋会进一诗共六首·其一	南有天台事可尊	第12册/卷851	第9694页
152	吴越僧	武肃王有旨石桥设斋会进一诗共六首·其二	仙源佛窟有天台	第12册/卷851	第9694页
153	吕岩（生卒年不详）	七夕	野人本是天台客	第12册/卷857	第9751页
154	李瀚（生卒年不详）	蒙求	刘阮天台	第13册/卷875	第9982页
155	李洞（生卒年不详）	山泉	身若到天台	第13册/卷886	第10084页
156	李煜（937~978）	菩萨蛮	蓬莱院闭天台女	第13册/卷889	第10116~10117页

续表

序号	作者	诗题	诗句	册数/卷数	页码
157	李適（生卒年不详）	送友人向恬（括）州	斯路天台□	第13册/补全唐诗	第10302页

从表1和表2可知，涉及"天台"或"天台山"的诗歌作者的身份多样，有皇帝，如唐玄宗李隆基，写有《王屋山送道士司马承祯还天台》；有王爷，如相王李旦（后为唐睿宗），所作《石淙》中有"天目天台倍觉惭"的诗句；有大臣，如张说、宋之问、刘长卿、韩愈、白居易、元稹等人；有爱好山水者，如李白、孟浩然等人；有出家人，如寒山、拾得、贯休、齐己等人；等等。从大家对"天台"或"天台山"的运用来看，天台山在唐朝以前已是一座闻名天下的名山。

古人为什么认为天台山适宜修真？

二　唐以前的名山天台山

> 世上求真客，
> 天台去不还。
> 传闻有仙要，
> 梦寐在兹山。
> ——张说
> 《寄天台司马道士》

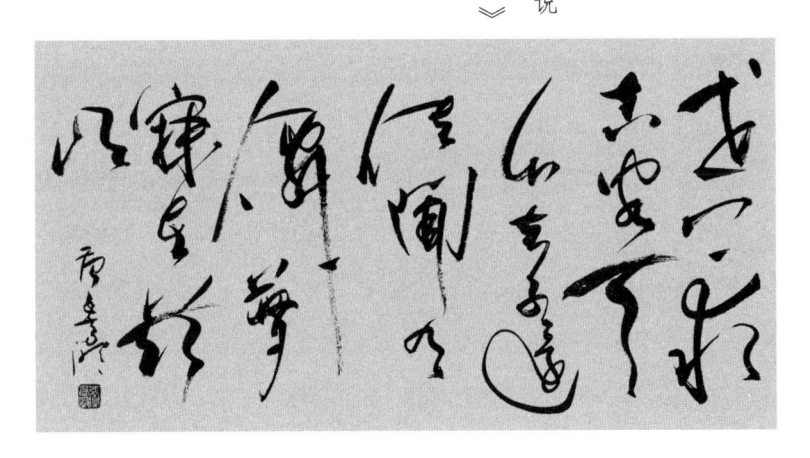

如今，大家若在网上输入"天台山"一词，可发现全国有多座"天台山"，有浙江省天台县天台山，有四川省邛崃市天台山，有贵州省平坝区天台山，有河南省信阳市天台山，有山东省日照市天台山，等等。究竟哪个省的"天台山"才是唐诗中涉及的名山"天台山"呢？

（一）唐诗中天台山的位置和名称由来

考察《全唐诗》可知，诗人们在诗作中所涉及的"天台"或"天台山"都是指今浙江省天台县的天台山。

之所以如此肯定，是因为他们在诗作中常常有明确的指向性，如唐玄宗（685~762）的《王屋山送司马承祯还天台山》，诗题中的司马承祯（647~735）是唐朝著名的道士，他在浙江省天台县的天台山上修行了近30年。唐玄宗第一次召见他后，希望他留在王屋山修行，以方便随时召见，但司马承祯坚决请辞，要求回到天台山，所以才有唐玄宗写诗送行。再如刘禹锡的《送元简上人适越》说："浙江涛惊狮子吼，稽岭峰疑灵鹫飞。更入天台石桥去，垂珠璀璨拂三衣。"而李白（701~762）在《梦游天姥吟留别》中则写道："天姥连天向天横，势拔五岳掩赤城。天台四万八千丈，对此欲倒东南倾。"天姥山在今浙江省新昌县内，天台山正是在天姥山的东南方，

二 唐以前的名山天台山

李白为了突出天姥山的高度和让不了解天姥山的人明白它究竟有多高，用他和人们所熟知的天台县的赤城山和天台山进行衬托。他在《天台晓望》中对天台山的地理位置说得更加清楚："天台邻四明，华顶高百越。门标赤城霞，楼栖沧岛月。"华顶是天台山最高处，赤城山是天台山的门标。"四明"指四明山，在今浙江省东部，自天台山发脉，绵亘于奉化。相传群峰之中，上有方石，四面如窗，中通日月星辰之光，故称四明山："四明山在东海上，山有四穴，通光曑，天宇澄霄，望之一如户牖，土人名之曰石窗，故山以名。"[1]

正如四明山的得名，浙江省的天台山一名也有独特性，其得名与三台星有关。根据《道藏》中的《天台山志》记载：

> 天台山在县北三里，自神迹石起，按旧《图经》载、陶隐居《真诰》云，高一万八千丈，周回八百里。山有八重，四面如一。当斗牛之分，上应台宿，故曰天台。又《十道志》谓之顶对三辰。《登真隐诀》谓大小台处五县中央五县谓余姚、句章、临海、天台、剡县，或号灵越。[2]

台宿（tāi xiù），指三台星。三台即上台、中台和下台。古人认为上台为虚精开德星君，中台为六淳司空星君，下台为曲生司禄星君。三台星君上拱卫紫薇，中和阴阳而理万物，下承万星神众，为众星之宗。《后汉书·刘玄传》："夫三公上应台宿，九卿下括

---

[1] 《四明洞天丹山图咏集序》，《道藏》第11册，文物出版社、上海书店、天津古籍出版社，1988，第98页。
[2] 《天台山志》，《道藏》第11册，第90页。

河海，故天工人其代之。"李贤注引《春秋汉含孳》："三公在天为三台，九卿为北斗，故三公象五岳，九卿法河海，二十七大夫法山陵，八十一元士法谷阜，合为帝佐，以匡纲纪。"[1]三台星对应三公，上保卫帝星紫薇，下承万星。这里的"台"在古代就如此写，不是由繁体字"臺"简化而成。古代"台"与"臺"分得很清楚。"台"，专指星名，即三台星；"臺（为便于理解，此引文保留繁体），如"高臺"。"臺"被简化为"台"字后，全国各地的"天臺山"都写成了"天台山"，我们在网上查找时也就会出现多个"天台山"条目。然而，考察山名，自古以来只有浙江省天台县的天台山写为"天台山"，汉语拼音为 tiān tāi shān，而不是"天臺山"。繁体版《全唐诗》中涉及天台山时皆用"天台"或"天台山"，也不是"天臺"或"天臺山"。

（二）唐以前天台山出名的原因

天台山在唐以前就出名与它被古人认为此地适宜修真成仙有关。"越桐柏之金庭，吴句曲之金陵，养真之福境，成神之灵墟也。"[2]修真成仙在中国有着悠久的历史，古人修真成仙的方法也多样，而无论方法怎样，其中最重要的一个条件是需要"择地"，即选择适宜修真成仙的地方。葛洪（284~364）在《抱朴子内篇·金

---

[1]（宋）范晔撰、（唐）李贤等注《后汉书》，中华书局，1973，第472页。
[2]《真诰》，《道藏》第20册，第555页。

丹》里曾说："古之道士，合作神药，必入名山，不止凡山之中。"[1]哪些山被修真之人鉴定为可以精思合作神药的名山呢？他引用前人的《仙经》说：

> 有华山、泰山、霍山、恒山、嵩山、少室山、长山、太白山、终南山、女几山、地肺山、王屋山、抱犊山、安丘山、潜山、青城山、峨眉山、綏山、云台山、罗浮山、阳驾山、黄金山、鳖祖山、大小天台山、四望山、盖竹山、括苍山。[2]

古人为什么认为只有这二十几座山是修真炼药的名山呢？葛洪给出的答案为："此皆是正神在其山中，期中或有地仙之人。上皆生芝草，可以避大兵大难，不但于中可以合药也，若有道者登之，则此山神必助之为福，药必成。"[3]也就是说要想成为适宜修真炼药的名山，需要具备一定的条件：一是有正神居住镇守，二是山上有利于修真炼药之用的芝草。

1. 古人认为天台山有正神镇守

天台山的正神是谁呢？葛洪没有给出答案，在他之后的道书记载是桐柏真人王子乔。

王子乔是周灵王的太子姬晋，深得灵王宠爱，但不幸的是在17

---

[1] 王明撰《抱朴子内篇校释》(增订本)，中华书局，2002，第85页。
[2] 王明撰《抱朴子内篇校释》(增订本)，第85页。
[3] 王明撰《抱朴子内篇校释》(增订本)，第85页。

岁时突然得病去世，《史记·周本纪》中说："景王十八年，后太子圣而早卒。"[1] 司马迁（前145~?）记载虽然简略，但"圣而早卒"却不无赞美与遗憾之意。对于聪明且有圣人之姿的王子乔，人们传说他并不是早逝，而是学道修仙去了。所以道书在构建神仙体系时，总有王子乔的一席之地，而且他在道书中的形象是生动和逐渐变化的。

西汉刘向（前77~前6）的《列仙传》是最早记载王子乔修成神仙的道教文献。

> 王子乔者，周灵王太子晋也。好吹笙，作凤凰鸣，游伊洛之间。道士浮丘公接以上嵩高山三十余年。后求之于山上，见柏良曰："告我家，七月七日待我于缑氏山巅。"至时，果乘白鹤驻山头。望之不得到，举手谢时人。数日而去。亦立祠于缑氏山下，及嵩高首焉。
> 妙哉王子，神游气爽。
> 笙歌伊洛，拟音凤响。
> 浮丘感应，接手俱上。
> 挥策青崖，假翰独往。[2]

刘向说王子乔被道士浮丘公接到嵩高山修行了30余年，这就否定了司马迁的早逝之说。浮丘公为天台山道士，传说是黄帝时的雨师。王子乔跟着浮丘公学道，于是与天台山也有了联系。东晋时

---

1 （汉）司马迁:《史记》，中华书局，1963，第156页。
2 《列仙传今译·神仙传今译》，中国社会科学出版社，1996，第74页。

二　唐以前的名山天台山

孙绰（314~371）在《游天台山赋》中有"王乔控鹤以冲天"[1]，显然，此时的人们已认为王子乔常出入天台山了。乘白鹤吹笙也成为后人眼中王子乔出行的标配。

到南朝梁陶弘景（456~536）的《真诰》时，王子乔已经有了封号、仙职、领地。陶弘景，字通明，号华阳隐居，丹阳秣陵（今江苏南京）人，《南史》第七十六卷中有传。他从小聪明、博学，是历史上著名的道士、医药家、炼丹家、文学家。他祖父、父亲皆为高官，但他自己的官途不畅，于是辞官隐居句曲山（今茅山）中修道，善辟谷导引之术，开创道教上清派茅山宗。梁武帝即位前，二人就为朋友，梁武帝即位后，想要他出山为官，但被陶弘景拒绝了。于是梁武帝经常以朝廷大事与他商讨，朝廷与句曲山间音信不断，且"国家每有吉凶征讨大事，无不前以咨询，月中常有数信，时人谓为山中宰相"[2]。陶弘景仙逝后，梁武帝诏赠太中大夫，谥曰贞白先生。其著述有《本草经注》《集金丹黄白方》《二牛图》《华阳陶隐居集》《真诰》等。陶弘景的仙道思想与葛洪是一脉相承的，他在葛洪的仙道思想上对神仙体系做了进一步完善。

在《真诰》中，王子乔被称为"桐柏真人右弼王领五岳司侍帝晨王子乔"[3]。桐柏，即天台山。唐玄宗时的祠部郎中崔尚在《桐柏观碑记》中曾有解释："天台也，桐柏也，代（释）谓之天台，

---

[1] （晋）孙绰：《天台山赋》，《道藏》第11册，第91页。
[2] （唐）李延寿撰《南史》，中华书局，1975，第1899页。
[3] 《真诰》，《道藏》第20册，第491页。

25

真谓之桐柏，此两者同体而异名。"[1] 真人，指修道有成者。右弼，是神仙体系中的一种官职，与"左辅"一起辅佐天帝。担任"右弼"之职需是忠厚善良、乐观随和、乐于助人，具有包容心的神仙。领五岳，即统领五岳。侍帝晨，是侍奉天帝的仙官、侍从。侍帝晨有八人，王子乔为其中之一。王子乔的封号为桐柏真人，居所在桐柏山金庭。

自此，文献资料记载天台山为王子乔的治所，王子乔也成为天帝所封的天台山的正神。

贞白先生的四传弟子、唐朝著名道士司马承祯继承其仙道思想，撰写了《上清侍帝晨桐柏真人真图赞》，用图文并茂的方式对王子乔成为上清侍帝晨桐柏真人的经历进行了完善和诠释。其中第九幅图文介绍了王子乔的金庭洞府。

---

1 《天台山志》《道藏》第 11 册，第 93 页。

二 唐以前的名山天台山

第九，天台山，一名桐柏栖山。山有洞府，号曰金庭宫。精晖伏晨，光照洞域。琼台玉室，莹朗轩庭。泉则石髓金精，树则苏牙琳碧。信谓养真之福境，成神之灵墟也。王君处焉，以理幽显。侍弼帝晨，有时朝奉，领司诸岳，群神于兹受事矣。

图画：桐柏山，作金庭宫。王君坐在宫中，众仙侍卫，并五岳君各领佐命，等百神来拜谒。

赞曰：山有玉洞，宫曰金庭。九天通象，三晨伏精。侍帝斯任，弼王所贞。领司五岳，统御百灵。[1]

唐朝诗人郑畋（825~883）在《题缑山王子晋庙》中说"西城要绰约，南岳命娇娆。句曲觞金洞，天台啸石桥"，显然他对道书中王子乔的领地是熟知的。

2. 独特的地理环境及芝草有名

天台山能成为古人心中向往的仙山，除了被认为有桐柏真人这个正神的护佑外，还与它拥有独特的地理环境及山上芝草繁多有关。

天台山在浙江省东部，位于天台、临海、宁海、新昌、嵊州五地中间，为天台县境内诸山的总称。天台山上的桐柏山则有卧龙、玉女、紫霄、玉霄、莲花、翠薇、玉泉、华琳、香琳几峰环列，状如城郭，非常神秀而峻峭。东晋著名玄言诗人孙绰（314~371）在《游天台山赋》中对天台山赞美不已：

---

[1]《上清侍帝晨桐柏真人真图赞》，《道藏》第11册，第162页。

> 天台山者，盖山岳之神秀也。涉海则有方丈、蓬莱，登陆则有四明、天台，皆玄圣之所游化，灵仙之所窟宅。夫其峻极之状，嘉祥之美，穷山海之瑰富，尽人情之壮丽矣。[1]

贞白先生对桐柏山金庭更是推崇至极：

> 桐柏山高万八千丈，其山八重，周回八百余里，四面视之如一，在会稽东海际，一头亚在海中。金庭有不死之乡，在桐柏之中，方圆四十里，上有黄云覆之。树则苏玡琳碧，泉则石髓金精。其山尽五色金也。经丹水而南行，有洞交会，从中过行三十余里则得。此山今在剡及临海数县之境。亚海中者，今呼括苍，在宁海北、鄞县南。金庭则前右弼所称者，此地在山外，犹如金灵，而灵奇遇之。今人无正知此处，闻采樵人时有遇入之者。坞隩甚多，自可寻求。然既得已居吴，安能复觅越，所以息心。桐柏真人之宫，自是洞天内耳。[2]

从文字中，不难看出贞白先生对桐柏山金庭的重视，若不是他已先选择句曲山作为隐居修行之处，只怕他会到金庭洞来居住。他认为桐柏山的金庭与句曲的金陵是天下最好的福地，最适宜修真："越桐柏之金庭，吴句曲之金陵，养真之福境，成神之灵墟也。……

1　《天台山志》，《道藏》第11册，第93页。
2　《真诰》，《道藏》第20册，第578页。

二　唐以前的名山天台山

右弼王王真人受令密示许侯：此即桐柏帝晨所说，言吴越之境，唯此两金最为福地者也。"[1]

司马承祯在陶弘景的道教修仙思想基础上，作《天地宫府图》，将天下名山进行分类，列出十大洞天，三十六小洞天，七十二福地。十大洞天是指"处大地名山之间，是上天遣群仙统治之所"；三十六小洞天是"在诸名山之中，亦上仙所统治之处也"；七十二福地"在大地名山之间，上帝命真人治之，其间多得道之所"。就是说，洞天福地要么为天帝派遣的仙人统治之所，要么是真人管理的地方，若人们在这些地方潜心修道修真，自然容易成功。

天台山上有三处洞天福地，其一即位列十大洞天中第六洞天的"赤城山洞"。此洞天"周围三百里，名曰上清玉平之洞天"，其西有"玉京洞"，在天台县北2公里赤城山，长约30米，高、深均为10余米。其二为位列七十二福地中第十四福地的"灵墟"，在天台县东北华顶山麓，是白云先生隐居修行之处。其三为名列第六十福地的"司马悔山"，在天台县西北白鹤镇天宫村。《天台山志》说司马承祯被唐睿宗召见，行至此处有悔，故名"司马悔山"。

所以，天台山自古即被认为是玄圣游化、灵仙窟宅之地，是三灾不侵、洪波不登的不死之福乡、养真之灵境，地理环境非常玄妙，是不可多得的名山，无论是文人雅士，还是修真之士，都极其推崇它。

道教的长生方法，离不开仙药，而仙药有直接服食的芝桂仙草，也有炼制的丹药。从《列仙传》《神仙传》《抱朴子内篇》《历世真仙体道通鉴》等文献中记载可知，在唐宋之前，通过直接服

---

[1] 《真诰》，《道藏》第20册，第555页。

食芝桂仙草达到长生的不计其数。芝桂仙草是古人认定名山的条件之一。

天台山以具有仙气和药材出名，所以晋朝干宝（约284~351）的《搜神记》记载有刘晨、阮肇入天台山采药遇仙的故事。干宝为历史上有名的史学家和文学家，为晋朝佐著作郎，与葛洪要好，曾推荐葛洪为散骑常侍，"干宝深相亲友，荐洪才堪国史。选为散骑常侍，领大著作"[1]。受葛洪的仙道思想影响，干宝在编完20卷《晋纪》后，撰写了《搜神记》。

从刘、阮遇仙这个流传甚广的神仙故事中，可看出古人重视天台山的几点理由：一是山上有药材，比如谷皮；二是山上有仙果桃；三是有胡麻；四是有神仙。前三点皆与古人修炼时服食有关，后一点则说明天台山有仙气。具备这样的修真条件，天台山自然被当时渴望长生修仙的人们所看重。刘晨、阮肇、天台山采药、天台山遇仙等也成为唐朝诗人们在写与天台山有关的诗歌时喜欢用的典故。

据今人考证，天台山野生植物有600多种，药用植物近500种，其中许多药材很适合作滋补养身、延年益寿之用。比如孙绰《游天台山赋》中"琪树璀璨而垂珠"的"琪树"即是一种修仙必备的药材。

3. 葛玄等人在天台山修道有成

葛洪对天台山推崇除了此山是《仙经》认可的适宜合作神药的名山外，还与他从叔祖葛玄、师父郑思远在天台山修行过有关。《全唐诗》中收有葛玄的一首诗《登天台》：

---

[1] （唐）房玄龄等撰《晋书》，中华书局，1974，第1911页。

二 唐以前的名山天台山

高高山上山，山中白云闲。
瀑布低头看，青天举手扳。
石桥横海外，风笛落人间。
不见红尘客，时时鹤往还。

葛玄（164~244）为三国时道士，丹阳句容（今江苏句容县）人，其师为左慈（生卒年不详，东汉末年著名道士，《神仙传》中有传）。根据葛洪的《神仙传》记载，葛玄从小聪明伶俐，学识渊博，在十多岁时，因父母双亡而感叹人生苦短，开始寻求长生之术，后学道有成，在天台山获授《玄灵宝》等经。

葛玄，字孝先，丹阳人也。生而秀颖，性识英明，经传子史，无不该览。年十余，俱失怙恃，忽叹曰："天下有常不死之道，何不学焉！"因遁迹名山，参访异人，服饵芝术，从仙人左慈，受《九丹金液仙经》。玄勤奉斋科，感老君与太极真人，降于天台山，授《玄灵宝》等经三十六卷。[1]

《晋书》和后来的道书中都称葛玄为仙公（或仙翁），据说孙权于赤乌二年在天台山为葛玄修建了天台观。"天台观在唐兴县北十八里，桐柏山西南瀑布岩下。旧《图经》云：吴主孙权为葛仙公

---

[1] 《列仙传今译·神仙传今译》，第318页。

所创。"[1]《历世真仙体道通鉴·葛仙公》说，因葛玄在天台山得道，所以"今天台山桐柏观有法轮院、三真降经之处及仙公御鬼所筑受诰坛存焉"[2]。葛玄把经书传给了弟子郑思远并做了安排："又于天台名山告郑思远曰：我所授上清三洞灵宝中盟诸品经箓，吾升举之日，一通付阁皂名山，一通付吾家门弟子，世世录传。"[3]

郑思远生卒年不详，葛洪拜师郑思远时，郑思远已80多岁。据葛洪所说，因为修炼有成，郑思远在80多岁时返老还童，如年轻人一般，"于时虽充门人之洒扫，既才识短浅，又年尚少壮，意思不专，俗情未尽，不能大有所得，以为巨恨耳。郑君时年出八十，先发鬓班白，数年间又黑，颜色丰悦，能引强弩射百步，步行日数百里，饮酒二斗不醉。每上山，体力轻便，登危涉险，年少追之，多所不及"[4]。葛洪最得其师重视，并得其真传，"然弟子五十余人，唯余见受金丹之经及《三皇内文》《枕中五行记》，其余人乃有不得一观此书之首题者矣"[5]。

葛洪（284~364），字稚川，号抱朴子，晋丹阳句容（今江苏句容县）人，葛玄的侄孙，是晋朝著名的道教学者、炼丹家、医药学家、军事家，著有《神仙传》《抱朴子》《肘后方》等。通过《晋书·葛洪传》和《抱朴子外篇自序》可知他祖父葛系、父亲葛悌都是三国吴的官员，祖父封寿县侯，父亲在晋灭吴后为

---

[1] （唐）徐灵府：《天台山记》，《中国道观志丛刊》第20册，江苏古籍出版社，2000，第7页。
[2] 《道藏》第5册，第230页。
[3] 《道藏》第5册，第233页。
[4] 王明撰《抱朴子内篇校释》（增订本），第331页。
[5] 王明撰《抱朴子内篇校释》（增订本），第333页。

邵陵太守。葛洪的人生转折点是在13岁时，这年他父亲去世，家里开始转入困顿：

> 洪祖父学无不涉，究测精微，文艺之高，一时莫伦……仕吴……封吴寿县侯。洪父以孝友闻，行为士表……仕吴五官郎、中正，建城、南昌二县令……迁邵陵太守，卒于官。洪者，君之第三子也。生晚，为二亲所娇饶，不早见督以书史。年十有三，而慈父见背，凤失庭训，饥寒困瘁，躬执耕稿，承星履草，密勿畴襄。又累遭兵火，先人典籍荡尽，农隙之暇无所读。……年十六始读《孝经》《论语》《诗》《易》……晚学风角、望气、三元、遁甲、六壬、太一之法。"[1]

葛洪特别勤奋好学，热爱书籍，好神仙导养之法：

> 时或寻书问义，不远数千里崎岖冒涉，期于必得，遂究览典籍，尤好神仙导养之法。从祖玄，吴时学道得仙，号曰葛仙公，以其炼丹秘术授弟子郑隐。洪就隐学，悉得其法焉。[2]

葛洪因平石冰叛乱有功，被封为伏波将军，后再封关内侯。但

---

[1] 王明撰《抱朴子内篇校释》（增订本），第370~371页。
[2] （唐）房玄龄等撰《晋书》，第1911页。

他将一生中更多的精力放在了炼丹修仙上。从他所著《神仙传》和《抱朴子内篇》可知，他推崇长生，认为世上有神仙，通过炼金丹而成仙是最佳路径。后来他为了寻找炼丹所需要的重要材料丹砂到达广州，"乃止罗浮山炼丹"[1]。《抱朴子内篇》是他的修仙心得，也是他对道教的贡献。

葛洪对天台山的推崇，还表现在他自己在天台山修行并炼过丹。唐朝诗人对此有吟诵。薛逢（生卒年不详）的《送刘客》说："若到天台洞阳观，葛洪丹井（一作灶）在云涯。"陆龟蒙（？~881）在《奉和袭美怀华阳润卿博士三首·其二》中则赞成葛洪的神仙论："有路还将赤城接，无泉不共紫河通。奇编早晚教传授，免以神仙问葛洪。"

葛洪博学多才，通儒学，懂军事，擅炼丹，在平定石冰叛乱后，功成身退潜心修道，其功成身退和仙道思想对后人影响很大，如李白的一生即是一边追求功成、名就、身退，一边寻师、访道、求仙。李白的慕仙求道诗歌中的典故多是来自葛洪的《抱朴子内篇》和《神仙传》，如《嵩山采菖蒲者》：

神人多古貌，双耳下垂肩。
嵩岳逢汉武，疑是九嶷仙。
我来采菖蒲，服食可延年。
言终忽不见，灭影入云烟。

---

[1]（唐）房玄龄等撰《晋书》，第1911页。

二　唐以前的名山天台山

喻帝竟莫悟，终归茂陵田。

关于菖蒲的奇妙作用在葛洪的《抱朴子内篇》与《神仙传》中都有描述。《抱朴子内篇·仙药》说：

> 韩终服菖蒲十三年，身生毛，日视书万言，皆诵之，冬袒不寒。又菖蒲生须得石上，一寸九节已上，紫花者尤善也。[1]

《神仙传·王兴》中则更有故事性：

> 昔汉武帝元封二年，上嵩山，登大愚石室，起道宫；使董奉君、东方朔等斋洁思神。至夜，忽见仙人长二丈余，耳下垂至肩。武帝礼而问之，仙人答曰："吾九疑仙人也，闻中岳有石上菖蒲，一寸九节，服之可以长生，故来采之。"言讫，忽然不见。[2]

《嵩山采菖蒲者》可能是李白读《神仙传》后的感想之作，感叹汉武帝求仙时的不坚定；又或者是他隐居嵩山时的即兴之作，表达自己不悔的求仙决心和希望通过服食菖蒲而延年的愿望。可见，李白对菖蒲特别功效的认识来自葛洪，他在《送杨山人归嵩山》中

---

[1] 王明撰《抱朴子内篇校释》(增订本)，第208页。
[2] 《列仙传今译·神仙传今译》，第349页。

所说的"尔去掇仙草,菖蒲花紫茸",正是对葛洪所认为的菖蒲"紫花者尤善"的认同。再如《杂诗用投丹阳知己兼奉宣慰判官》说:"客从昆仑来,遗我双玉璞……无弃捐,服之与君俱神仙。"将玉作为仙药也是葛洪服食思想的一种。《抱朴子内篇·仙药》认为:"玉亦仙药,但难得耳……服玉者寿如玉也……赤松子以玄虫血渍玉为水而服之,故能乘烟上下也。"[1]

李白关于炼丹方面的基本知识也主要来自葛洪,他诗作中与炼丹有关的术语基本上出自《抱朴子内篇》,如"丁令辞世人,拂衣向仙路。伏炼九丹成,方随五云去"(《灵墟山》)中的"九丹"和"九转但能生羽翼,双凫忽去定何依"(《题雍邱崔明府丹灶》)里的"九转"是两种成仙的丹药,《抱朴子内篇·金丹》中对它们有专门而详细的介绍。另外,"吾将营丹砂,永与世人别"(《古风五十九首·其五》),"炼丹砂,丹砂成黄金"(《飞龙引二首·其一》)等李白使用较多的"丹砂"概念,也来自葛洪的理论:"仙药之上者丹砂"[2];"丹砂烧之成水银,积变又还成丹砂,其去凡草木亦远矣,故能令人长生"[3];"丹精生金,此是以丹作金之说也"[4];"丹砂可为金,河车可作银,立则可成,成则为真,子得其道,可以仙身"[5]。《抱朴子内篇·仙药》里还专门介绍了服饵丹砂的方法。总之,葛洪的《抱朴子内篇》是一部有关炼丹方法的介绍、实践的

---

[1] 王明撰《抱朴子内篇校释》(增订本),第204页。
[2] 王明撰《抱朴子内篇校释》(增订本),第196页。
[3] 王明撰《抱朴子内篇校释》(增订本),第72页。
[4] 王明撰《抱朴子内篇校释》(增订本),第286页。
[5] 王明撰《抱朴子内篇校释》(增订本),第287页。

总结，它影响着后来炼养家们的言论与实际操作，李白正是其中深受影响的一员。

葛洪对天台山的看重，不仅影响到他同时代的干宝，写出刘晨、阮肇到天台山采药遇仙的故事，也影响到唐朝文人对天台山的吟诵。

天台山哪些内容入了唐诗？

三　唐诗中的天台山意象

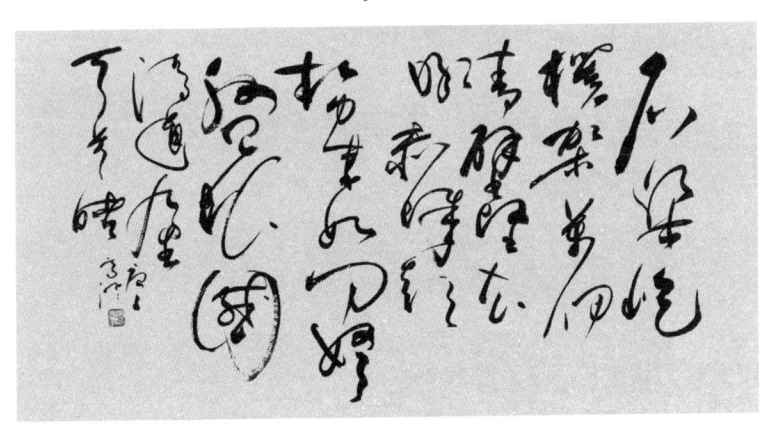

石梁屹横架，
万仞青壁竖。
却瞰赤城颠，
势来如刀弩。
盘松国清道，
九里天莫睹。

——张祜

《游天台山》

天台山是从什么时候开始进入唐朝文人视野，成为吟诗对象的呢？又有哪些天台山意象出现在唐诗中呢？检索与天台山相关的唐诗发现，在唐高祖李渊（618~626年在位）、唐太宗李世民（627~649年在位）时期没有涉及与天台山相关内容的诗歌。

天台山入诗是从武则天时期开始的。第一首涉及天台山的诗是杨炯的《和刘侍郎入隆唐观》。武则天如意元年（692），杨炯出任盈川（今浙江衢州）县令，他对天台山的修真地位有了认识，于是在诗中为了赞美仙都的环境，以人们熟知的天台山进行衬托。697年，武则天召见了在天台山修炼的道士司马承祯，自此后天台山被掀开了神秘面纱，开始成为唐朝文人吟诗作对时喜欢涉及的对象。其后唐睿宗、唐玄宗对司马承祯的召见则加深了文人们对天台山的认知，文人们将与天台山相关的内容入诗，如天台、天台山、赤城、石桥、华顶、瀑布、琪树、桐柏观、国清寺、司马承祯、智者、刘阮等与天台山相关的或自然或人文的景、物、人等。

（一）武则天、唐睿宗、唐玄宗召见司马承祯

1. 武则天与司马承祯

根据《旧唐书·司马承祯》记载，"则天闻其名，召至都，

三 唐诗中的天台山意象

降手敕以赞美之。及将还,敕麟台监李峤饯之于洛桥之东"[1]。李峤(645~714)有诗《送司马先生》流传:

蓬阁桃源两处分,人间海上不相闻。
一朝琴里悲黄鹤,何日山头望白云。

司马承祯在《旧唐书》《新唐书》中都有传,字子微,号白云子,为河内温(今河南温县)人,是晋宣帝司马懿四弟司马馗之后,历经唐朝太宗、高宗(武则天)、睿宗、玄宗时期。从小聪明好学,不喜欢做官,喜欢修道,21岁拜道教上清派第十一代宗师潘师正(586~684)为师,在嵩岳修道,法号道隐,为上清派第十二代宗师,陶弘景所创茅山宗的第四代传人。

司马大师在潘师羽化后离开嵩岳寻找修炼之地,最后"遍游名山,乃止于天台山"[2]。他之所以选择在天台山修行,一是天台山已被葛洪以前的修真人士鉴定为适宜修行的名山;二是他的师祖陶弘景对天台山的金庭极其推崇;三是他对桐柏真人王子乔的推崇。

司马大师到天台山后,一反当时人们炼丹求仙的做法,在天台山静心进行内丹修炼,前后达30年之久,并写成《上清侍帝晨桐柏真人图赞》《天地宫府图并序》《服气精义论并序》《坐忘论》等著述。《服气精义论并序》和《坐忘论》对唐以后内丹学的发展贡献巨大;《天地宫府图并序》则对天洞区畛进行了考证并确定为

---

[1] (后晋)刘昫等撰《旧唐书》,中华书局,1975,第5127页。
[2] (后晋)刘昫等撰《旧唐书》,第5127页。

十大洞天、三十六小洞天、七十二福地。

李峤（645~714）以文辞著称，与苏味道并称"苏李"，又与苏味道、杜审言（为杜甫祖父）、崔融合称"文章四友"，在中国文学史上非常有名。考察李峤的仕途，他于武周神功元年（697）进拜麟台少监，圣历元年（698）升任宰相，则知武则天于697~698年召见了司马承祯。此时司马承祯50岁，已出家修道30年，练就了童颜之术。宋之问（约656~712）在《寄天台司马道士》中曾说"远愧餐霞子，童颜且自持"，即说明司马承祯的外貌看起来非常年轻，在皇帝和大臣的寿命普遍不长的唐朝，其吸引力不言而喻。

表3　初唐时期皇帝及部分大臣的寿命

序号	姓名	生卒年	享年	官职
1	李渊	566~635	69	唐高祖
2	李世民	598~649	51	唐太宗
3	李治	628~683	55	唐高宗
4	李显	656~710	54	唐中宗
5	李旦	662~716	54	唐睿宗
6	李峤	645~714	69	宰相
7	李乂	647~714	67	中书舍人
8	杨炯	650~693	43	崇文馆学士
9	崔融	653~706	53	司礼少卿
10	沈佺期	约656~约715	59	太子少詹事
11	宋之问	约656~712	56	崇文馆学士
12	陈子昂	661~702	41	右拾遗
13	张说	667~731	64	宰相
14	苏颋	670~727	57	宰相

三　唐诗中的天台山意象

武则天（624~705）于 690 年称帝，697 年时已是 73 岁的古稀之龄，在普遍寿命不长的当时已经算是高龄了。她召见司马承祯可能就是为了看看 50 岁的童颜是啥样。

因为武则天的召见和重视，司马承祯的修行地天台山也就进入了唐朝文人们的视野，与天台山相关的景、物、人、文献记载等开始被关注和挖掘，像葛洪、陶弘景有关天台山为修真之地的描述，干宝《搜神记》中刘晨、阮肇在天台山采药遇仙的故事，孙绰《游天台山赋》都成为文人了解天台山的资料；天台山山上的赤城山、桐柏山、华顶峰、石桥、瀑布等也成为文人入诗的对象。

宋之问还有《冬宵引赠司马承祯》，描写司马承祯修行环境的艰苦。他在《灵隐寺》诗末则有"待入天台路，看余度石桥"的句子，可见他已开始了解天台山的景物了。司马承祯曾就宋之问的《冬宵引赠司马承祯》写了回赠之诗《答宋之问》：

时既暮兮节欲春，山林寂兮怀幽人。
登奇峰兮望白云，怅缅邈兮意欲纷。
白云悠悠去不返，寒风飕飕吹日晚。
不见其人谁与言，归坐弹琴思逾远。

这也是今文献可见到的司马承祯唯一的交往赠送诗歌。

城阳公主的驸马薛曜（?~704）在《送道士入天台》中则用到了王子乔的典故。唐睿宗李旦还是相王（699 年封为相王）时随武则天游嵩岳石淙所写的《石淙》中有"天目天台倍觉惭"的诗句，以天目山和天台山来衬托石淙景致的奇秀。崔融《嵩山石淙侍宴应制》中的"今朝出豫临悬圃，明日陪游向赤城"，则表达出对赤城山的向往之情。

可见，武则天召见司马承祯后，远离京城的天台山已开始被人们关注了。

2. 唐睿宗与司马承祯

唐睿宗再次登基（710~712年在位）后，即于景云二年（711）召见了司马承祯。

> 皇帝敬问天台山司马炼师：惟彼天台，凌于地轴，与四明而蔽日，均入洞而藏云。珠阙玲珑，琪树璀璨。九芝含秀，八桂舒芳。赤城之域斯存，青溪之人攸处。司马炼师德超河上，道迈浮丘。高游碧落之廷，独步青元之镜。朕初临宝位，久藉徽猷。虽尧帝披图，翘心啮缺；轩辕御历，缔想崆峒。缅维彼怀，宁妨此固。夏景渐热，妙履清和。思听真言，用祛蒙蔽。朝钦夕伫，迹滞心飞。欲遣使者专迎，或遇炼师惊惧，故令兄往，愿与同来。披叙不遥，先此无恙，故敕。[1]

景云二年，睿宗令其兄承祎就天台山追之至京，引入宫中，问以阴阳术数之事，承祯对曰："《道德经》之旨：

---

[1]《赐天师司马承祯三敕》，《钦定全唐文》卷十九，中华书局，1982，第4页。

'为道日损，损之又损，以至于无为。且心目所知见者，每损之尚未能已，岂复攻乎异端，而增其智虑哉？'"帝问："理身无为则清高矣，理国无为，如何？"对曰："国犹身也。《老子》曰：'游心于淡，合气于漠。顺物自然而无私焉，而天下理。'《易》曰：'圣人者与天地合其德。'是知天不言而信，无为而成，无为之旨，理国之道也。"睿宗叹曰："广成之言，即斯是也。"承祯固辞还山，仍赐宝琴一张及霞纹帔而遣之。朝中词人赠诗者百余人。[1]

为什么是司马承祯的哥哥司马承袆从天台山"追之至京"呢？据说是唐睿宗派遣使者迎接司马承祯到京师，司马承祯下山走到桥边时后悔了，"欲遣使者专迎，或遇炼师惊惧"[2]，不去了。隐居山林的道士抗旨，皇帝拿他也没有办法，但睿宗实在是想见司马承祯，于是就派司马承袆到天台山请人。其言下之意就是，你是修行人，可以不遵旨，但你哥哥要做官，若不能把你请来，他就是办事不力，仕途就要受到影响。司马承祯没办法，只好跟随其兄进京见睿宗。那座桥被称为"司马悔桥"，为道教洞天福地的第六十福地。

唐睿宗见到司马承祯后就"问以阴阳术数之事"[3]，但司马承祯认为唐睿宗作为皇帝，不应在此上面花心思，而应将治国放在首位。当睿宗问到如何治国时，司马大师以《老子》的无为思想和《周

---

[1] （后晋）刘昫等撰《旧唐书》，第5127~5128页。
[2] 《赐天师司马承祯三敕》，《钦定全唐文》卷十九，第4页。
[3] （后晋）刘昫等撰《旧唐书》，第5127页。

易》的圣人思想，强调治国与理身是一样的道理，提出身国同治，应顺其自然，无为而治。被召见之后，司马承祯坚决要求回天台山去。唐睿宗见留不住人，只好厚赏并让大臣送别。

从《赐司马天师白云先生书》中的"夏景渐热"可知，应该是景云二年（711）六月二日发出诏令，到《景云二年十九日敕》（十月十九日）所说的"闲居三月"，则知，司马大师在长安待了三个月，与之相交的大臣众多。这次有很多大臣写诗赠别。据《旧唐书·李适》记载：

> 李适者，雍州万年人。景龙中，为中书舍人，俄转工部侍郎。睿宗时，天台道士司马承祯被征至京师，及还，适赠诗，序其高尚之致，其词甚美，当时朝廷之士，无不属和，凡三百余人，徐彦伯编而叙之，谓之《白云记》，颇传于代。[1]

此次召见后，唐睿宗还下旨为司马承祯置办道观、在周围四十里禁断采捕并敕碑。

复建桐柏观敕

　　敕：台州始丰县界天台山，废桐柏宫观一所，自吴赤乌二年葛仙翁已来，至于国初，学道坛宇，连接者十余所。

---

[1]（后晋）刘昫等撰《旧唐书》，第5027页。

闻始丰县人，毁坏坛场，砍伐松竹，耕种及作坟墓，于此触犯，家口死亡，不敢居住，于是出卖。宜令州县准地亩数酬价，仍置一小观，还其旧额。更于当州取道士三五人，选择精进行业者，并听将侍者供养，仍令州县与司马炼师相知，于天台山中辟封内四十里，为禽兽草木长生之福庭，禁断采捕者。[1]

离别时唐睿宗还下了两道诏令：

景云二年十九日敕

先生道风独峻，真气孤标。餐霞赤城之表，驭风紫霄之上。遁俗无闷，逢时有待。暂谒蓬莱之府，将还桐柏之岩。鸿宝少留，凤装难驻。闲居三月，方味广成之言；别途万里，空怀子陵之意。然行藏异迹，聚散恒理。今之别也，亦何恨哉。白云悠悠，杳若天际。去德方远，有劳凤心。敬遣代怀，指不多及。故敕。[2]

景云二年二十八日敕

炼师道实征明，德惟虚寂，凌姑射之遐轨，激具茨之绝风。自任炼药名山，祈真洞壑，攀地肺之红壁，坐天台之白云。广成以来，一人而已，足可发挥仙圄，黼藻元关。海岳为之增辉，风霞由其动色。弟子缅怀河上，侧伫岩幽。鹤

---

[1] 《复建桐柏观敕》，《钦定全唐文》卷十九，第5~6页。
[2] 《赐天师司马承祯三敕》，《钦定全唐文》卷十九，第5页。

驭方来，凤京爰降。对安期之鸟，闻稷丘之琴。顺风访道，谅在兹日。所进明镜，规制幽奇。隐至道之精，含太易之象，藏储宝匣，铭佩良深。故敕。[1]

武则天对司马承祯的召见，使得天台山开始在唐朝官宦间流传。唐睿宗诏令的下达，则既确定了天台山在唐朝修真界的地位，也扩大了天台山在朝廷和民间的影响力，使其知名度更显。文人们对天台山上的山、水、树木、花草等更加关注。沈佺期的《同工部李侍郎适访司马子微》即可为证。

紫微降天仙，丹地投云藻。
上言华顶事，中问长生道。
华顶居最高，大壑朝阳早。
长生术何妙，童颜后天老。
清晨朝凤京，静夜思鸿宝。
凭崖饮蕙气，过涧摘灵草。
人非冢已荒，海变田应燥。
昔尝游此郡，三霜弄溟岛。
……

此时已64岁的司马承祯，却依然"童颜后天老"，更显仙风道骨。

---

[1] 《赐天师司马承祯三敕》，《钦定全唐文》卷十九，第4~5页。

3. 唐玄宗与司马承祯

唐玄宗李隆基（685~762）经历了武则天和唐睿宗对司马承祯的召见，尤其睿宗的召见，玄宗应该直接参与过，玄宗对司马承祯的道行非常佩服。根据《旧唐书》记载，玄宗登基后两次派人将司马承祯从天台山迎来见面。

> 开元九年，玄宗又遣使迎入京，亲受法箓，前后赏赐甚厚。十年，驾还西都，承祯又请还天台山，玄宗赋诗以遣之。十五年，又召至都。玄宗令承祯于王屋山自选形胜，置坛室以居焉。[1]

开元九年（721），唐玄宗第一次在东都洛阳召见司马承祯，在王屋山亲受法箓，成为司马承祯的弟子。一年后，司马承祯不愿跟随唐玄宗去长安，请求回天台山，唐玄宗下敕令赞美其道术高超和虔诚修道之心，并写诗送别。

赐司马承祯敕并诗

> 开元神武皇帝敕：司马炼师以吐纳余暇琴书自娱，潇洒白云，超驰玄圃。高德可重，暂违萝薜之情；雅志难留，敬顺松乔之意。音尘一间，俄归葛氏之天台；道术斯成，顷缩长房之地脉。善自珍爱，以保童颜；志之所之，略陈

---

[1]（后晋）刘昫等撰《旧唐书》，第5128页。

鄙什。既叙前离之意，仍怀后别之资。故遣此书，指不多及。[1]

王屋山送道士司马承祯还天台
紫府求贤士，清溪祖逸人。
江湖与城阙，异迹且殊伦。
间有幽栖者，居然厌俗尘。
林泉先得性，芝桂欲调神。
地道逾稽岭，天台接海滨。
音徽从此间，万古一芳春。

开元十五年，唐玄宗第二次召见司马承祯后将他留在离长安比较近的王屋山，让他任意选适宜安置修炼坛室的地方，以便于随时见面。等司马承祯在王屋山安定下来后，玄宗令玉真公主至其所居修金箓斋，封司马承祯为从三品的银青光禄大夫，并为之赐号"真一先生"。

赠司马承祯银青光禄大夫制
　　混成不测，入廖自化。虽独立有象，而至极则冥。故王屋山道士司马子微，心依道胜，理会元远。遍游名山，密契仙洞。存观其妙，逍遥自得之场；归复其根，宴息无何之境。固以名登真格，位在灵官。林壑未改，遐霄已旷。言念高烈，有怆于怀。宜赠徽章，用光丹箓。可银青光禄大夫，号真一先生。[2]

---

1 《赐司马承祯敕》，《钦定全唐文》卷三十六，第16~17页。
2 《赠司马承祯银青光禄大夫制》，《钦定全唐文》卷二十二，第9页。

三 唐诗中的天台山意象

在唐朝，道教有着比较特殊的地位。李渊称帝后尊道教教祖太上老君（老子，姓李名耳，字聃）为圣祖；唐高宗李治于乾封元年（666）二月为太上老君追号为"太上玄元皇帝"；唐玄宗李隆基天宝二年（743）正月加尊号"大圣祖"三字；天宝八载（749）六月又加尊号为"圣祖大道玄元皇帝"。

许多道士得到过皇帝的召见，但像司马承祯这样被三位皇帝多次召见的道士并不多。这与司马承祯的人品、才学、道行等有关。从司马承祯与睿宗关于理身治国的答对可知，他虽是道士，但他认为国家利益高于个人利益，劝睿宗以国家治理为重，不要沉迷阴阳术数之中。他修道之余"琴书自娱"，《素琴传》《坐忘论》等著述闻名于世。他善书法，用三种字体写过《道德经》，"承祯颇善篆隶书，玄宗令以三体写老子经，因刊正文句，定著五千三百八十言为真本"[1]。他因为修炼而成的童颜术得到皇帝和大臣们的认可，"闻炼师之名者，足以激励风俗；睹炼师之容者，足以脱落氛埃"[2]。在当时，从皇帝到大臣，到文人，以能见司马大师为荣。

比如李白（701~762），一直有很强烈的参与政治的热情，他一生都渴望能谋得高官之职，"不求小官，以当世之务自负"[3]，希望自己能"投竿佐皇极"（《酬坊州王司马与阎正字对雪见赠》），"起来为苍生"（《赠韦秘书子春二首》），"使寰区大定，海县清一，事君之道成"（《翰林读书言怀呈集贤诸学士》），然后学

---

1 （后晋）刘昫等撰《旧唐书》，第5128页。
2 （唐）崔尚：《桐柏观碑》，《道藏》第11册，第94页。
3 （唐）刘全白：《故翰林学士李君碣记》，《李太白全集》，北京图书馆出版社，1998，第715页。

51

张良、范蠡等人"功成拂衣去,摇曳沧州旁"(《登金陵冶城西北谢安墩》),从而完成他所设想的"功成、名遂、身退"理想人生,但因为是商人子弟无法参加科举考试,所以从少年时期就开始寻找能入仕的机会。因道教被唐朝皇帝所重视,李白一生也在寻仙访道。司马承祯在开元九年(721)被玄宗召见,第二年请求返回天台山,李白于这时期在江陵见到了70多岁的司马大师,并得到司马大师的赞誉,于是激动地写下《大鹏遇希有鸟赋》。李白在后来的《大鹏赋序》中回忆道:"余昔于江陵,见天台司马子微,谓余有仙风道骨,可与神游八极之表,因著《大鹏遇希有鸟赋》以自广。"司马大师是李白"仗剑去国,辞亲远游"(《上安州裴长史书》),走出抚育他二十来年的川蜀时遇到的第一个得到多个皇帝召见过的名人。毫无疑问,李白所写的《大鹏赋》是要抒发他的高鹏远志,可他在《大鹏赋序》中所夸耀的是他结识了司马承祯这位高道,而且自己曾被司马大师夸赞为"有仙风道骨,可与神游八极之表"。简言之,李白想告诉人们的是:他是一个与"道"有缘的人。其后他多次到天台山寻仙访道,留下了《早望海峡边》《天台晓望》等杰作。李白后来因为道教界朋友吴筠、持盈法师(玉真公主)、元丹丘等人的推荐被唐玄宗召见并待召翰林,在长安过了三年他一生中最辉煌的生活。

因为司马承祯对宋之问、李白等人的回应,所以后人为之列出了"仙宗十友":"与陈子昂(约659~约700)、卢藏用(约664~约713)、宋之问(约656~约712)、王适(武则天时为官)、毕构(650~716)、李白(701~762)、孟浩然(689~740)、

三　唐诗中的天台山意象

王维（701~761）、贺知章（约659~744）为仙宗十友。"[1]

"仙宗十友"的提法在《旧唐书》和《新唐书》时代都还未曾出现，到元朝赵道一的《历世真仙体道通鉴》时有了，应该是宋朝以后的人在阅读唐朝诗歌时发现一些文人与司马承祯有交往，于是从中选出9个官场不是很得意，对修行感兴趣，且擅文词的人，与司马大师一起列为"仙宗十友"。如陈子昂、宋之问、王适、李白、孟浩然、王维、贺知章在《旧唐书·列传·文苑》里有传。卢藏用虽因"终南捷径"的典故为后代所诟病，但他的文采其实是不错的，曾为陈子昂的文集作序："子昂偏躁无威仪，然文词宏丽，甚为当时所重，有集十卷，友人黄门侍郎卢藏用为之序，盛行于代。"[2] 可见卢藏用的才干不差。

根据《旧唐书·司马承祯》中所说的"朝中词人赠诗者百余人"，《旧唐书·李适》所说的"适赠诗，序其高尚之致，其词甚美，当时朝廷之士，无不属和，凡三百余人，徐彦伯编而叙之，谓之《白云记》，颇传于代"，说明司马承祯被武则天、唐睿宗召见后，与之交往的大臣众多。遗憾的是《白云记》并没有流传下来，《全唐诗》中没有见到李适赠送司马承祯的用词甚美的诗，也没有见到有300多人写与司马承祯有关的诗。但时间的流逝没有淹没那段历史的痕迹，《全唐诗》中仍然见到12首与司马承祯相关的诗。

---

[1] 《历世真仙体道通鉴》，《道藏》第5册，第246页。
[2] （后晋）刘昫等撰《旧唐书》，第5024页。

表4　与司马承祯相关的诗目

序号	作者	诗题	册数、卷数	页码
1	李隆基（685~762）	答司马承祯上剑镜	第1册/卷3	第32页
2	李隆基	王屋山送道士司马承祯还天台	第1册/卷3	第35页
3	张九龄（678~740）	登南岳事毕谒司马道士	第1册/卷47	第570页
4	宋之问（约656~712）	冬宵引赠司马承祯	第1册/卷51	第632页
5	宋之问	寄天台司马道士	第1册/卷52	第638页
6	宋之问	送司马道士游天台	第1册/卷54	第665页
7	崔湜（671~713）	寄天台司马先生	第1册/卷54	第665页
8	李峤（645~714）	送司马先生	第2册/卷61	第728页
9	薛曜（?~704）	送道士入天台	第2册/卷80	第868页
10	张说（667~731）	寄天台司马道士	第2册/卷87	第949页
11	沈佺期（约656~约715）	同工部李侍郎適访司马子微	第2册/卷95	第1018~1019页
12	沈如筠（生卒年不详）	寄天台司马道士	第2册/卷114	第1166页

司马承祯在天台山修行几十年，且被唐朝三代皇帝召见，使得天台山闻名天下，与之相关的山水人文成为唐朝文人入诗的对象。

（二）人文意象

1. 桐柏观

桐柏观在天台山的桐柏山上。《天台山志》记载：

> 桐柏崇道观在县北二十五里，自福圣观后登岭，路径九曲盘折而上，至洞门渐下，一望佳境，豁然坻平，环列九峰，状如城郭，观当九峰之心。按道书，桐柏有洞天金

庭，即王子晋所治。中有三桥，一现二隐。木则苏玡琳碧，泉则石髓金浆。人得食之，后天不老。《真诰》云："吴有句曲之金陵，越有桐柏之金庭，三灾不至，洪波不登。实不死之福乡，养真之灵境。"赤乌二年，太极左仙翁葛玄即此炼丹，故今观前有朝丰坛（坛西南下有石如龟背，上刻云"诰使徐公醮坛"）。后二百六十载，为齐明帝永泰元年，征虏将军、济河太守、司徒左长史沈约休文一十余人，弃官乞为道士居之。又二百一十三年，为唐睿宗景云二年，敕为司马承祯真人建观，禁封内四十里勿得樵采，以为禽兽、草木长生之地。[1]

据说桐柏观最早是孙权在赤乌二年为葛玄所建，齐明帝永泰元年时沈约（441~513）曾辞官在此隐居修行，到唐朝时古观早已毁掉。唐睿宗在景云二年（711）十月二日下令为司马承祯重建桐柏观。桐柏观建成后为文人们游览天台山时提供了栖息之所，孟浩然、李白游天台山时都曾在桐柏观住过。孟浩然有诗《宿天台桐柏观》流传。《道藏》的《天台山志》里有"李白题桐柏观诗"：

天台邻四明，华顶高百越。
门标赤城霞，楼栖沧岛月。
凭高远登览，直下见溟渤。

---

[1]《天台山志》，《道藏》第11册，第92页。

云垂大鹏翻，波动巨鳌没。
风涛常汹涌，神怪何翕忽。
观奇迹无倪，好道心不歇。
攀条摘朱实，服药炼金骨。
安得生羽毛，千春卧蓬阙。
龙楼凤阁不肯住，飞腾直欲天台去。
碧玉连环八面山，山中亦有人行处。
青衣约我游琼台，琪木花芳九叶开。
天风飘香不点地，千片万片绝尘埃。
我来正当重九后，笑把烟霞俱抖擞。
明朝拂袖出紫微，壁上龙蛇空自走。

这应该是李白游天台山时在桐柏观留下的诗，显然是两首诗，前面五言诗在《全唐诗》和《李太白全集》中有，诗题为"天台晓望"。诗中"凭高远登览"，与《李太白全集》同，在《全唐诗》中则为"凭高登远览"；"风涛常汹涌"在《李太白全集》和《全唐诗》中为"风潮争汹涌"。后面七言诗在《全唐诗》和《李太白全集》中都没有。

桐柏观能流传千古则因为玄宗时期的崔尚所撰写的《桐柏观碑》一文。

桐柏观碑

唐太史中大夫行尚书祠部郎中上柱国清河崔尚撰

天台也，桐柏也。代谓之天台，真谓之桐柏，此两者同出而异名，同契乎玄，道无不在，夫如是亦奚足，是桐柏邪，非桐柏邪？因斯而谈，则无是是无非非矣。而稽古者言之，桐柏山高万八千丈，周回八百里，其山八重，四面如一，中有洞天，号曰金庭宫，即右弼王子晋之所处也。是之谓不死之福乡，养真之灵境，故立观有初，强名桐柏焉耳。古观荒废则已久矣，故老相传云，昔葛仙翁始居此地，而后有道之士，往往因之，坛址五六，厥迹犹在。

洎乎我唐，有司马炼师居焉。景云中，天子布命于下，新作桐柏观，盖以光昭我玄元之丕烈，保绥我国家之永祚者也。

夫其高居八重之一，俯临千仞之余，背阴向阳，审曲面势，东西数百步，南北亦如之，连山峨峨，四野皆碧，茂树郁郁，四时常青。大岩之前，横岭之上，双峰如阙，中天豁开，长涧南泻，诸泉合漱，一道瀑布，百丈悬流，望之雪飞，听之风起，石梁翠屏可倚也，琪花珠条可攀也，仙花灵草，春秋互发，幽鸟青猿，晨夜合响，信足赏也。始丰南走，云嶂间起；剡川北通，烟岑相接。东则亚入沧海，不远蓬莱；西则浩然长生，无复人境。总括奥秘，郁为秀绝，包元气以混成，镇厚地而安静。非夫神与仙宅，仙得神营，其孰能致斯哉？

故初构天尊之堂，昼日有云五色，浮霭其上；三井投龙之所，时有异云气入堂，复出者三。书之者记祥也。然后为虚室以凿户，起层台而累土，经之殖殖，成之翼翼，缀日月以为光，笼云霞以为色，花散金地，香通玄极，真侣好道，是游斯息。微我炼师，孰能兴之？

炼师名承祯，一名子微，号曰天台白云，河内温人。晋宣帝弟太常馗之后。祖晟，仕隋为亲侍大都督。父仁最，唐兴为朝散大夫、襄州长史。名贤之家，奕代清德；庆灵之地，生此仙才。以为服冕乘轩者，宠惠吾身也。击钟陈鼎者，味爽人口也。遂乃捐公侯之业，学神仙之事。科箓教戒，博综无所遗；窈冥希夷，微妙讵可识。无思无为，不饮不食，仰之弥峻，巍乎其若山；挹之弥深，湛乎其若海。夫其通才练识，赡学多闻，翰墨之工，文章之美，皆忘其所能也。

炼师蕴广成之德，睿宗继黄轩之明，斋心虚求，将倚国政，侃侃然不可得而动也。我皇孝思惟则，以道治国，叶帝尧之用心，宠许由之高志，故得放旷而处，逍遥而游。闻炼师之名者，足以激厉风俗，睹炼师之容者，足以脱落纷埃。以慈为宝，以善救物，神以知来，智以藏往，允所谓名登仙格，迹在人寰，粤不可测矣。夫道生乎无名，行乎有情，分而作三才，播而作万物，故为天下母；修之者昌，背之者亡，故为天下贵。况绝学无忧，长生久视也哉。道之行也，必有阶也。行道之阶，非山莫可。故有为焉，有象焉，瞻于斯，仰于斯，若舍是居，教将奚依。损之又损，以至于无为，玄门既崇，不名厥功，朝散大夫、使持节台州诸军事、守台州刺史、上柱国贾公名长源，有道化人，

有德养物,常谓别驾蔡钦宗等曰:"且道以含德,德以致美,美而不颂,后代何观?"乃相与立石纪颂,以奋至道之光。其辞曰:

邈彼天台,嵯峨崔巍。下临沧海,遥望蓬莱。
漫若天合,呀若地开。烟云路通,真仙时来。
顾我炼师,于彼琼台。炼师炼师,道入玄微。
嚮日安坐,凌云欲飞。兴废灵观,炼师攸赞。
道无不为,美哉仑奂。窈窈茫茫,通天降祥。
保我皇唐,如山是常。
天宝元年太岁壬午三月二日丁未,弟子毗陵道士范惠趋等立。[1]

崔尚对桐柏山、桐柏观和司马炼师都进行了赞美。

唐睿宗于景云二年(711)十二月下令为司马承祯修建桐柏观,为什么到唐玄宗"天宝元年(742)三月二日"才立桐柏观碑呢?而司马承祯早已于开元二十三年(735)羽化。

这应该与唐玄宗由"开元"改年号为"天宝"时实施一系列崇道政策有关。开元二十九年(741)正月,玄宗自称梦见玄元皇帝,诏令两京及诸州各置玄元皇帝庙一所,制令两京及诸州各置崇玄学,置生徒,令习《老子》《庄子》《列子》《文子》,每年准明经例考试,叫作"道举"。无论是谁,只要能明白《老子》《庄

---

[1]《桐柏观碑》,《道藏》第11册,第93~94页。

子》《列子》《文子》的，名声传到他这里了，他会亲自考校，然后甄别奖励。玄宗于742年正月改元为"天宝"。各州纷纷配合玄宗的改元做一些与道相关的事情，于是台州官员为睿宗敕建的桐柏观立碑，对道、睿宗、玄宗、司马承祯、天台山、桐柏山、桐柏观进行了一番赞美。

然而，不到百年时间，桐柏观已几近荒芜败坏，"不及百年，忽焉而芜，芜久将坏"[1]。这也说明司马承祯在天台山桐柏观没有培养出比较有名的留守此观的传人。从现有资料来看，司马承祯在天台山虽曾传谢自然，但谢自然学成之后回到了四川。直到他在南岳所传法脉薛季昌的徒弟田虚应于宪宗元和十年（815）带着自己徒弟从南岳衡山移居天台山，才使上清派的传承在天台山延续下去并发扬光大。薛季昌撰有《道德玄枢》，曾受到玄宗的召见："唐明皇召入禁掖延问道德，乃谈极精微。上喜，恩宠优异。"[2]当他请求还山时，玄宗亲自赠诗表达惜别之情，曰："洞府修真客，衡阳念旧居。将成金阙要，愿奉玉清书。云路三天近，松溪万籁虚。犹宜传秘诀，来往候山舆。"[3]

田虚应到天台山后潜心修道，不仅他自己终老于天台山，他的弟子们也是在天台山围绕着桐柏观在四周寻地筑室修炼并收徒传道，而且教出了不少在道教史上著名的高道，如冯惟良传应夷节、叶藏质、沈观，应夷节再传杜光庭；徐灵府传左元泽；陈寡言传刘

---

1 《重修桐柏观记》，《钦定全唐文》卷六百五十四，第3~4页。
2 《历世真仙体道通鉴》，《道藏》第5册，第327页。
3 《历世真仙体道通鉴》，《道藏》第5册，第327页。

处静。叶藏质、左元泽、刘处静再共同培养出吕丘方远；吕丘方远和杜光庭都是唐末五代时非常著名的道士。《历世真仙体道通鉴》在卷四十专门介绍从薛季昌到吕丘方远的传承关系。

徐灵府（约760~842）在冯惟良和陈寡言等师兄弟的协助下，组织人力、物力对桐柏观进行了重修。重修完工后，他请当时担任过几个月宰相后被派到浙东做会稽廉访使的元稹（779~831）写了《重修桐柏观记》。

重修桐柏观记

岁太和己酉，修桐柏观讫事，道士徐灵府以其状乞文于余。曰：

有葛氏子，昔仙于吴。乃观桐柏，以神其居。
葛氏既去，复荒于墟。墟有犯者，神犹祸诸。
实唐睿祖，悼民之愚。乃诏郡县，厉其封隅。
环四十里，无得樵苏。复观桐柏，用承厥初。
俾司马氏，宅时灵都。马亦勤止，率合其徒。
兵执锯铝，独持斧钬。手缔上清，实劳我躯。
棱棱巨幢，粲粲流珠。万五千言，体三其书。
置之妙台，以永厥图。不及百年，忽焉而芜。
芜久将坏，坏其反乎。神启密命，命友余徐。
徐实何力，敢告俸余。侯用俞止，俾来不虚。
曾未讫岁，免乎于于。乃殿乃阁，以廪以厨。
始自砥栋，周于墁圬。事有终始，侯其识欤。

余观旧志，极其邱区。我识全圮，孰烦锱铢。

克合徐志，冯陈协夫。[1]

在盛唐时以桐柏山或桐柏观入诗的只有宋之问的《送司马道士游天台》和孟浩然的《宿天台桐柏观》两首，中晚唐更多一些。见"以桐柏入诗情况"表。

表5　以桐柏入诗情况

序号	作者	诗题	诗句	册数/卷数	页码
1	宋之问（约656~712）	送司马道士游天台	桐柏山头去不归	第1册/卷53	第657页
2	孟浩然（689~740）	宿天台桐柏观	息阴憩桐柏	第3册/卷159	第1628页
3	周朴（?~878）	送梁道士	旧居桐柏观	第10册/卷673	第7762页
4	周朴	桐柏观		第10册/卷673	第7765页
5	任翻（生卒年不详）	桐柏观		第11册/卷727	第8412页
6	欧阳炯（896~971）	大游仙诗	桐柏先生解守真	第11册/卷761	第8729页
7	贯休（832~912）	寄天台道友	寄言桐柏子	第12册/卷829	第9425页
8	吕岩（生卒年不详）	题桐柏山黄先生庵门		第12册/卷857	第9753页
9	郑薰（生卒年不详）	桐柏观	深山桐柏观	第14册/《全唐诗续补遗》卷7	第10675页
10	姚鹄（生卒年不详）	行桐柏山		第14册/《全唐诗续补遗》卷7	第10677页

1　元稹：《重修桐柏观记》，《钦定全唐文》卷六五十四，第3~4页。

2. 干宝与《搜神记》中的刘晨、阮肇天台山采药遇仙故事

干宝（约284~351），字令升，新蔡（今河南新蔡）人，东晋文学家、史学家。干宝自小博览群书，晋元帝时担任佐著作郎的史官职务，奉命领修国史，后著成《晋纪》二十卷。干宝不仅精通史学，还好易学，与葛洪关系非常好，曾推荐葛洪为散骑常侍，"干宝深相亲友，荐洪才堪国史，选为散骑常侍，领大著作，洪固辞不就。以年老，欲炼丹以祈遐寿，闻交阯出丹，求为句屚令。"[1]。葛洪的神仙思想对干宝应该有影响，干宝撰写《搜神记》也就不奇怪了。《搜神记》是部志怪小说，在中国小说史上有着极其深远的影响，被称作"中国志怪小说的鼻祖"。

> 刘晨、阮肇，入天台采药，远不得返。经十三日饥，遥望山上有桃树子熟。遂跻险援葛至其下。啖数枚，饥止体充。欲下山，以杯取水。见芜菁叶流下，甚鲜妍。复有一杯流下，有胡麻饭焉。乃相谓曰："此近人矣。"遂渡山，出一大溪，溪边有二女子，色甚美。见二人持杯，便笑曰："刘阮二郎捉向杯来。"刘阮惊，二女遂忻然如旧相识。曰："来何晚耶。"因邀还家。南东二壁，南东二壁原作雨壁东壁。据明钞本改，黄本作西壁东壁。各有绛罗帐，帐角悬铃，上有金银交错，各有数侍婢使令。其馔有胡麻饭、山羊脯、牛肉，甚美。食毕行酒，俄有群女持桃子，笑曰："贺汝婿来。"酒酣作乐，

---

[1] （唐）房玄龄等撰《晋书》，第1911页。

夜后各就一帐宿，婉态殊绝。至十日求还。苦留半年，气候草木，常是春时，百鸟啼鸣，更怀乡，归思甚苦。女遂相送，指示还路。乡邑零落，已十世矣。出神仙记。明钞本作出搜神记[1]

这故事为唐朝文人写诗提供了素材，诗人们常常以"刘阮""刘郎""阮郎""天台女""胡麻饭"等作为用典对象。

表6 与刘晨、阮肇相关的唐诗目

序号	作者	诗题	诗句	册数/卷数	页码
1	张子容（生卒年不详）712	送苏倩游天台	独怪阮郎归	第2册/卷116	第1177页
	王昌龄（698~757）	题朱炼师山房	百花仙酝能留客，一饭胡麻度几春	第2册/卷143	第1453页
2	刘长卿（约726~786）	过白鹤观寻岑秀才不遇	教他唤阮郎	第3册/卷147	第1483页
3	秦系（约720~820）	题女道士居	莫是阮郎妻	第4册/卷260	第2887页
4	张佐（生卒年、籍贯皆不详）	忆游天台寄道流	刘阮茫茫何处行	第5册/卷281	第3191页
5	武元衡（758~815）	同苗郎中送严侍御赴黔中因访仙源之事	莫问阮郎千古事	第5册/卷317	第3576页
6	权德舆（759~818）	桃源篇	良会应殊刘阮郎	第5册/卷329	第3682页
7	刘禹锡（772~842）	再游玄都观	前度刘郎今又来	第6册/卷365	第4126页
8	元稹（779~831）	刘阮妻二首		第6册/卷422	第4651页
9	元稹	古艳诗二首·其二	流出门前赚阮郎	第6册/卷422	第4656页

---

1 （宋）李昉等编《太平广记》卷第61，中华书局，2011，第9~10页。

三　唐诗中的天台山意象

续表

序号	作者	诗题	诗句	册数/卷数	页码
10	元稹	酬白乐天杏花园	刘郎不用闲惆怅	第6册/卷423	第4660页
11	白居易（772~846）	县南花下醉中留刘五	愿将花赠天台女，留取刘郎到夜归	第7册/卷436	第4842页
12	白居易	酬刘和州戏赠	不似刘郎无景行，长抛春恨在天台	第7册/卷447	第5048页
13	白居易	赠薛涛	欲逐刘郎北路迷	第7册/卷462	第5283页
14	施肩吾（780~861）	赠女道士郑玉华二首·其一	长笑刘郎漫忆家	第8册/卷494	第5643页
15	张祜（约785~849）	忆游天台寄道流	刘阮茫茫何处行	第8册/卷511	第5866页
16	李远（生卒年不详）	赠友人	曾向刘郎住处过	第8册/卷519	第5976页
17	许浑（约791~约858）	早发天台中岩寺度关岭次天姥岑	可知刘阮逢人处	第8册/卷533	第6136页
18	皮日休（约838~883）	虎丘寺西小溪闲泛三绝·其一	分明似对天台洞，应厌顽仙不肯迷	第9册/卷615	第7147页
10	皮日休	奉和鲁望药名离合夏月即事三首·其二	草香石冷无辞远，志在天台一遇中	第9册/卷616	第7156页
20	司空图（837~908）	游仙二首·其二	刘郎相约事难谐	第10册/卷634	第7325页
21	曹唐（生卒年不详）	刘晨阮肇游天台		第10册/卷640	第7387页
22	曹唐	刘阮洞中遇仙子	免令仙犬吠刘郎	第10册/卷640	第7387页
23	曹唐	仙子送刘阮出洞		第10册/卷640	第7388页
24	曹唐	仙子洞中有怀刘阮	此生无处访刘郎	第10册/卷640	第7388页
25	曹唐	刘阮再到天台不复见仙子		第10册/卷640	第7388页
26	曹唐	小游仙诗九十八首·其九十八	偷折红桃寄阮郎	第10册/卷641	第7403页
27	潘雍（生卒年不详）	赠葛氏小娘子	不同刘阮却归来	第11册/卷778	第8894页

65

续表

序号	作者	诗题	诗句	册数/卷数	页码
28	李冶（？~784）	送阎二十六赴剡县	莫学阮郎迷	第12册/卷805	第9157页
29	吕岩（生卒年不详）	七言	曾随刘阮醉桃源	第12册/卷857	第9751页
30	李瀚（生卒年不详）	蒙求	刘阮天台	第13册/卷881	第10033~10035页
31	李煜（937~978）	菩萨蛮	蓬莱院闭天台女，画堂昼寝无人语	第13册/卷889	第10116~10117页
32	鹿虔扆（生卒年不详）	女冠子	凤楼琪树，惆怅刘郎一去	第13册/卷894	第10172页
33	冯延巳（903~960）	阮郎归		第13册/卷898	第10218页

3. 孙绰与《天台山赋》

孙绰（314~371），字兴公，太原中都（今山西平遥）人。生于会稽，博学善文，放旷山水，与高阳许询齐名，袭封长乐侯。起家太学博士，迁尚书郎，出任章安县令、建威长史、右军长史、永嘉太守。晋哀帝时，迁散骑常侍，领著作郎。阻止大司马桓温迁都洛阳，迁廷尉卿，参与王羲之兰亭集会。是东晋文学家、书法家，也是玄言诗派代表人物。

《天台山赋》是孙绰很得意的作品，工丽细致，词旨清新，成语"掷地有声"的来历即与此赋有关。《晋书·孙绰》记载："尝作《天台山赋》，辞致甚工，初成，以示友人范荣期，云：'卿试掷地，当作金石声也。'荣期曰：'恐此金石非中宫商。'然每至佳句，辄云：'应是我辈语。'"[1] 可见《天台山赋》是字字珠玑，对文人

---

1 （唐）房玄龄等撰《晋书》卷56，第1544页。

们的影响可想而知。

天台山赋

　　天台山者，盖山岳之神秀者也。涉海则有方丈、蓬莱，登陆则有四明、天台，皆元圣之所游化，灵仙之所窟宅。夫其峻极之状、嘉祥之美，穷山海之瑰富，尽人神之壮丽矣。所以不列于五岳、阙载于常典者，岂不以立冥奥。其路幽迥，或倒影于重溟，或匿峰于千岭；始经魑魅之途，卒践无人之境；举世罕能登陟，王者莫由堙祀，故事绝于常篇，名标于奇纪。然图像之兴，岂虚也哉！非夫遗世玩道、绝粒茹芝者，焉能举而宅之？非夫远寄冥搜、笃信通神者，何肯遥想而存之？余所以驰神运思，昼咏宵兴，俯仰之间，若少再升者也。方解缨络，永托兹岭，不任吟想之至，聊奋藻以散怀。

　　太虚辽阔而无阂，运自然之妙有，融而为川渎，结而为山阜。嗟台岳之奇挺，实神明之所扶持；荫牛宿以曜峰，托灵越以正基。结根弥于华岱，直指高于九嶷。应配天于唐典，齐峻极于周诗。邈彼绝域，幽邃窈窕。近者以守见而不知，之者以路绝而莫晒。哂夏虫之疑冰，整轻融而思矫。理无隐而不彰，启二奇以示兆。赤城霞起而建标，瀑布飞流而界道。

　　睹灵验而遂阻，忽乎吾之将行。仍羽人于丹丘，寻不死之福庭。苟台岭之可攀，亦何羡于层城？释域中之常恋，畅超然之高情。被毛褐之森森，振金策之铃铃。披荒榛之蒙笼，陟峭崿之峥嵘。济栖溪而直进，落五界而迅征。跨穹隆之悬磴，临万丈之绝冥。践莓苔之滑石，搏壁立之翠屏。揽樛木之长萝，援葛藟之飞茎。虽一冒于垂堂，乃永存乎长生。必契诚于幽昧，履重险而逾平。

既克际于九折，路威夷而修通。恣心目之寥朗，任缓步之从容。藉萋萋之纤草，荫落落之长松。觌翔鸾之裔裔，听鸣凤之嗈嗈。过灵溪而一濯，疏烦想于心胸。荡遗尘于璇流，发五盖之游蒙。追羲农之绝轨，蹑二老之玄踪。

陟降信宿，迄乎仙都。双阙云竦以夹路，琼台中天而悬居。珠阁玲珑于林间，玉宇阴映于高隅。彤云斐亹以翼灵，皎日耀晃于绮疏。八桂森挺以凌霜，五芝含秀而晨敷。惠风伫芳于阳林，醴泉涌溜于阴渠。建木灭景于千寻，琪树璀璨而垂珠。王乔控鹤以冲天，应真飞锡以蹑虚。驰神辔之挥霍，忽出有而入无。

于是游览既周，体静心闲。害马已去，世事多捐。投刃皆虚，目牛无全。凝思幽岩，浩咏长川。尔乃羲和亭午，游气高褰，法鼓琅以振响，众香馥以扬烟。肆觐天宗，爰集通仙。把以元玉之膏，漱以华池之泉；散以象外之说，畅以无生之篇。悟遗有之不尽，觉涉无之有间。泯色空以合迹，忽即有而得玄；释二名之同出，消一无于三幡。恣语乐以终日，等寂默于不言。浑万象以冥观，兀同体于自然。[1]

---

1 （晋）孙兴公：《天台山赋》，《道藏》第11册，第90~91页。

三 唐诗中的天台山意象

《天台山赋》介绍了天台山独特的地理位置和修真地位，将景物描写与求仙思想融于一体。此赋成为人们认识和了解天台山的教材，对没有去过天台山的唐朝文人写与天台山相关的诗有很大的帮助。赋中涉及的赤城、瀑布、琼台、琪树、桂树、芝草、莓苔等常成为涉及天台山的唐诗所吟诵的对象。

表7 与孙绰《天台山赋》相关的诗目

序号	作者	诗题	诗句	册数/卷数	页码
1	孙逖（695~761）	送周判官往台州	吾宗长作赋，登陆访天台	第2册/卷118	第1191页
2	刘长卿（约726~786）	送台州李使君兼寄题国清寺	知到应真飞锡处	第3册/卷151	第1571页
3	皇甫曾（？~785）	锡杖歌送明楚上人归佛川—作权德舆诗	应真莫便游天台	第3册/卷210	第2188页
4	张继（约715~约779）	会稽秋晚奉呈于太守	天台作赋游	第4册/卷242	第2710页
5	白居易（772~846）	想东游五十韵并序	犹孙兴公想天台山而赋之	第7册/卷450	第5097~5098页
6	张祜（约785~849）	酬答柳宗言秀才见赠	南下天台厌绝冥	第8册/卷511	第5868页
7	许浑（约791~约858）	将赴京师留题孙处士山居二首·其一	远赋忆天台	第8册/卷530	第6104页
8	许浑	寄云际寺敬上人	已应飞锡过天台	第8册/卷538	第6188页
9	李商隐（约813~858）	访隐	相留笑孙绰，空解赋天台	第8册/卷541	第6281页
10	陆龟蒙（？~881）	和袭美送孙发白偏游天台	珍重兴公徒有赋	第9册/卷625	第7225页

4. 智𫖮与国清寺

智𫖮（538~597）为中国佛教天台宗祖师（三祖，即以慧文、慧思为初祖、二祖）。隋代荆州华容（湖北潜江西南）人，俗姓陈，字德安，世称智者大师、天台大师。7岁即好往伽蓝，诸僧口授普门品一遍，即诵持之。18岁，投果愿寺法绪出家。未久，随慧旷学律藏，兼通方等，后入太贤山，诵法华、无量义、普贤观诸经，二旬通达其义。陈天嘉元年（560），入光州大苏山，参谒慧思，慧思为示普贤道场，讲说四安乐行，师遂居止之。一日，诵法华经药王品，豁然开悟。既而代慧思开讲筵，更受其付嘱入金陵弘传禅法。陈太建七年（575）离开金陵，初入天台山，于北面山峰，创立伽蓝，栽植松栗，引入流泉。又往寺北的华顶峰，行头陀行，昼夜禅观。开皇十五年（595）春，智颛又从杨广之请，再到扬州，撰《净名经疏》，九月，辞归天台，重整山寺，习静林泉，这时他已58岁了。以后两年（597），会稽嘉祥寺沙门吉藏，曾奉书天台邀请他到嘉祥寺讲《法华经》，他因病未能前往。过了些时，他在病中对弟子们口授《观心论》。十月，杨广遣使入山迎请，他仍勉强出山，走到石城，疾亟不能前进，不久入寂，世寿60岁，僧腊40。

智者大师来到天台山修行也是慕其名而来。据《隋天台智者大师别传》记载：

> 闻天台《地记》称有仙宫，白道猷所见者信矣；《山赋》用比蓬莱，孙兴公之言得矣。若息缘兹岭，啄峰饮涧，展平生之愿也。陈宣帝有敕留连，徐仆射湝涕请住，匪从物议，直指东川。即陈太建七年秋九月，初入天台，历游山水。[1]

---

[1] 可潜辑校《天台智者大师行迹资料集》，社会科学文献出版社，2017，第14页。

三 唐诗中的天台山意象

可见,智者大师之所以选择在天台山修行弘法,也是因为天台山有仙宫,可比蓬莱,具有独特的修炼地位。

白道猷,即昙猷,又名法猷,敦煌(今属甘肃)人。少年时就修头陀苦行,学习禅定。后来游历江东,在剡县石城山憩息,后移居天台赤城山石室坐禅。其事迹在《神僧传·昙猷》中有记载。

智𫖮生平造寺三十六所,入灭后,晋王杨广依照他的遗愿在天台山另行创建佛刹,初名"天台寺",后取"寺若成,国即清"之意,于隋大业元年(605)题名为"国清寺"。国清寺成为"天台宗"的发祥地。天台宗传入日本后,国清寺也被日本天台宗尊奉为祖庭。

表8 与智者、国清寺、白道猷相关的诗目

序号	作者	诗题	诗句	册数/卷数	页码
1	刘长卿(约726~786)	夜宴洛阳程九主簿宅送杨三山人往天台寻智者禅师隐居		第3册/卷150	第1552~1553页
2	刘长卿	送惠法师游天台因怀智大师故居		第3册/卷151	第1570页
3	刘长卿	送台州李使君兼寄题国清寺		第3册/卷151	第1571页
4	李白(701~762)	送王屋山人魏万还王屋并序	日入向国清	第3册/卷175	第1793~1794页
5	刘商(生卒年不详)	与湛上人院画松	猷公曾住天台寺	第5册/卷304	第3461页
6	张祜(约785~849)	游天台山	盘松国清道	第8册/卷510	第5835页
7	贾岛(779~843)	送僧归天台	应齐智者踪	第9册/卷573	第6708页

续表

序号	作者	诗题	诗句	册数/卷数	页码
8	皮日休（约838~883）	寄题天台国清寺齐梁体	十里松门国清路	第9册/卷615	第7150页
9	陆龟蒙（?~881）	寄题天台国清寺齐梁体		第9册/卷628	第7261页
10	杜荀鹤（约846~906）	送僧归国清寺		第10册/卷692	第8037页
11	李洞（生卒年不详）	颜上人房	烧灯老国清	第11册/卷721	第8360页
12	刘昭禹（生卒年不详）	冬日暮国清寺留题	天台山下寺，冬暮景如屏	第11册/卷762	第8735页
13	寒山（约691~793）	诗三百三首·其四十	乍向国清中	第12册/卷806	第9163页
14	寒山	诗三百三首·其二百七十三	忆得二十年，徐步国清归。国清寺中人，尽道寒山痴	第12册/卷806	第9183页
15	僧皎然（730~799）	送德守二叔任上人还国清寺觐师		第12册/卷819	第9314页
16	贯休（832~912）	送友人及第后归台州	共礼渌身师	第12册/卷831	第9456页
17	贯休	送僧归天台寺	天空闻圣磬，瀑细落花巾	第12册/卷832	第9468页
18	齐己（863~937）	怀天台华顶僧	曾从国清寺……欲归师智者	第12册/卷842	第9577页
19	颜真卿（709~784）	天台智者大师画赞	天台大师俗姓陈，其名智颛华容人。隋炀皇帝崇明因，号为智者诚敬申。……又有圣贤垂秘旨，时平国清即名寺	第14册/《全唐诗续拾》卷18	第11158页

可能是因为智者大师和国清寺与隋炀帝有关，初唐和盛唐时期，除了天台山僧人外，唐朝文人在涉及天台山的诗作中较少以智者大师或国清寺入诗。最早将国清寺入诗的文人是李白，他在《送王屋山人魏万还王屋并序》中有"天台连四明，日入向国清"诗句。从魏万的《金陵酬李翰林谪仙子》可知，李白写此诗是在被唐玄宗赐金还山后，即天宝年间。也就是说在唐高祖、唐太宗、唐高宗、武则天、唐睿宗、唐玄宗开元年间这段时间内没有文人作诗时涉及智者大师或国清寺。

（三）自然意象

天台山是个山群，具体的景物有赤城山、桐柏山、华顶峰、玉霄峰、琼台、石桥、瀑布等，山上的植物也繁多，下面列出唐朝文人入诗较多的自然意象。有关桐柏山在叙述天台山、司马承祯、桐柏观等内容时已有涉及，此处不再单列。

1. 赤城山

赤城山的得名与其上的石头颜色有关。《天台山方外志》说，赤城山"在县北六里，一名烧山，又名消山。石皆霞色，望之如雉堞，因以为名"[1]。孙绰的《天台山赋》中有"赤城霞起而见标"。赤城山为道教洞天福地十大洞天的第六大洞天。因其独特的山色和在道教中修真地位而频繁入唐诗。

---

[1]（明）传灯法师：《天台山方外志·形胜考》，百通（香港）出版社，2001，第6页。

表9 与赤城山相关的诗目

序号	作者	诗题	诗句	册数/卷数	页码
1	李峤（645~714）	宝剑篇	西皇佩下赤城田	第2册/卷57	第690页
2	崔融（653~706）	嵩山石淙侍宴应制	明日陪游向赤城	第2册，卷68	第765~766页
3	陈子昂（661~702）	与东方左史虬修竹篇	远游戏赤城	第2册/卷83	第893页
4	李乂（647~714）	幸白鹿观应制	霞杯荐赤城	第2册/卷92	第991页
5	孙逖（695~761）	立秋日题安昌寺北山亭	胜拟赤城标	第2册/卷118	第1197页
6	王昌龄（698~757）	观江淮名胜图	明标赤城烧	第2册/卷141	第1432页
7	刘长卿（约726~786）	和袁郎中破贼后军行过刘中山水谨上太尉	围解赤城西	第3册/卷148	第1525页
8	刘长卿	夜宴洛阳程九主簿宅送杨三山人往天台寻智者禅师隐居	遥倚赤城上	第3册/卷150	第1552~1553页
9	孟浩然（689~740）	宿天台桐柏观	近爱赤城好	第3册/卷159	第1628页
10	孟浩然	题终南翠微寺空上人房—作宿终南翠微寺	缅怀赤城标	第3册/卷159	第1629页
11	孟浩然	越中逢天台太乙子	往来赤城中	第3册/卷159	第1632页
12	孟浩然	寻天台山	餐霞卧赤城	第3册/卷160	第1648页
13	孟浩然	舟中晓望	疑是赤城标	第3册，卷160	第1655页
14	李白（701~762）	同族弟金城尉叔卿烛照山水壁画歌	皎若丹丘隔海望赤城	第3册/卷166	第1720页
15	李白	当涂赵炎少府粉图山水歌	赤城霞气苍梧烟	第3册/卷167	第1726页
16	李白	梦游天姥吟留别	势拔五岳掩赤城	第3册/卷174	第1785页
17	李白	留别西河刘少府	缅怀在赤城	第3册/卷174	第1787页

三 唐诗中的天台山意象

续表

序号	作者	诗题	诗句	册数/卷数	页码
18	李白	送王屋山人魏万还王屋 并序	回瞻赤城霞 赤城渐微没	第3册/卷175	第1793~1794页
19	李白	送杨山人归天台	剖竹赤城边	第3册/卷175	第1795~1796页
20	李白	金陵送张十一再游东吴	霞色赤城天	第3册/卷176	第1806页
21	李白	天台晓望	门标赤城霞	第3册/卷180	第1840页
22	李白	早望海霞边	朝起赤城霞	第3册/卷180	第1840页
23	李白	秋夕书怀	霞想游赤城	第3册/卷183	第1871~1872页
24	李白	莹禅师房观山海图	如登赤城里	第3册/卷183	第1876页
25	钱起（722?~780）	雨中望海上怀郁林观中道侣	惆怅赤城期	第4册/卷236	第2605页
26	皇甫冉（717~770）	酬包评事壁画山水见寄	寒侵赤城顶	第4册/卷249	第2794页
27	顾况（生卒年不详）	临海所居三首·其二	楼中望见赤城标	第4册/卷267	第2958页
28	顾况	从剡溪至赤城		第4册/卷267	第2963页
29	张佐（生卒年不详）	忆游天台寄道流	忆昨天台到赤城	第5册/卷281	第3191页
30	李益（746~829）	登天坛夜见海	霞梯赤城遥可分	第5册/卷282	第3207页
31	李益	同萧炼师宿太乙庙	遥向赤城分	第5册/卷283	第3211页
32	权德舆（759~818）	寄临海郡崔稚璋	赤城临海峤	第5册/卷322	第3629页
33	权德舆	和令狐相公送赵常盈炼师与中贵人同拜岳及天台投龙毕却赴京	霞帔仙官到赤城	第6册/卷360	第4076页
34	孟郊（751~814）	送超上人归天台	动蹋赤城霞	第6册/卷379	第4264页

75

续表

序号	作者	诗题	诗句	册数/卷数	页码
35	白居易（772~846）	题赠郑秘书征君石沟溪隐居	赤城别松乔	第7册/卷428	第4731页
36	杨衡（生卒年不详）	赠罗浮易炼师	攀天度赤城。	第7册/卷465	第5314页
37	李德裕（787~850）	临海太守惠予赤城石报以是诗	剪断赤城霞	第7册/卷475	第5447~5448页
38	李涉（生卒年不详）	寄河阳从事杨潜	赤城枕下看扶桑	第7册/卷477	第5460~5461页
39	鲍溶（生卒年不详）	寄天台准公	赤城桥东见月夜	第8册/卷485	第5550页
40	沈亚之（781~832）	送文颖上人游天台	言过赤城东	第8册/卷493	第5621页
41	姚合（约779~855）	送陟遐上人游天台	万叠赤城路	第8册/卷496	第5676页
42	郑巢（生卒年不详）	泊灵溪馆	树与赤城连	第8册/卷504	第5775页
43	张祜（约785~849）	游天台山	却瞰赤城颠	第8册/卷510	第5835页
44	张祜	忆游天台寄道流	忆昨天台到赤城	第8册/卷511	第5866页
45	朱庆馀（生卒年不详）	送元处士游天台	独与僧期上赤城	第8册/卷515	第5925页
46	许浑（约791~约858）	送郭秀才游天台	赤城西面水溶溶	第8册/卷533	第6137页
47	许浑	乘月棹舟送大历寺灵聪上人不及	旧锁禅扉在赤城	第8册/卷534	第6140页
48	许浑	思天台	赤城云雪深	第8册/卷538	第6183页
49	李商隐（约813~858）	送从翁从东川弘农尚书幕	梦断赤城标	第8册/卷541	第6294页
50	李商隐	朱槿花二首·其一	又落赤城霞	第8册/卷541	第6303页
51	李商隐	病中闻河东公乐营置酒口占寄上	长压赤城霞	第8册/卷541	第6304~6305页

三 唐诗中的天台山意象

续表

序号	作者	诗题	诗句	册数/卷数	页码
52	项斯（810~893）	病中怀王展先辈在天台	赤城山下寺	第9册/卷554	第6468页
53	马戴（799~869）	赠禅僧	赤城何日上	第9册/卷556	第6501页
54	马戴	中秋夜坐有怀	心悬赤城峤	第9册/卷556	第6510~6511页
55	马戴	送道友入天台山作	终期赤城里	第9册/卷556	第6511页
56	贾岛（779~843）	送僧归天台	却听赤城钟	第9册/卷573	第6708页
57	贾岛	酬慈恩寺文郁上人	犹忆乡山近赤城	第9册/卷574	第6733页
58	李郢（生卒年不详）	宿怜上人房	三年别赤城	第9册/卷590	第6904页
59	许棠（生卒年不详）	赠天台僧	赤城霞外寺	第9册/卷604	第7036页
60	皮日休（约838~883）	孙发百篇将游天台请诗赠行因以送之	赤城新有寄来书	第9册/卷613	第7126页
61	皮日休	寒日书斋即事三首·其二	夜来频梦赤城霞	第9册/卷614	第7137页
62	陆龟蒙（？~881）	奉和袭美怀华阳润卿博士三首·其二	有路还将赤城接	第9册/卷625	第7228页
63	陆龟蒙	送董少卿游茅山	曾佩鱼符冠赤城	第9册/卷626	第7239页
64	方干（836~888）	送孙百篇游天台	入树穿村见赤城	第10册/卷652	第7538页
65	罗隐（833~909）	寄杨秘书	赤城吟苦意何如	第10册/卷655	第7591页
66	罗隐	送程尊师东游有寄	又恐犀轩过赤城	第10册/卷663	第7656页
67	罗隐	寄剡县主簿	山拥赤城寒	第10册/卷665	第7678页
68	周朴（？~878）	题赤城中岩寺		第10册/卷673	第7762页
69	吴融（850~903）	绵竹山四十韵	赤城差断续	第10册/卷685	第7939~7940页

续表

序号	作者	诗题	诗句	册数/卷数	页码
70	林嵩（生卒年不详）	赠天台王处士	赤城不掩高宗梦	第10册/卷690	第7994页
71	林嵩	画松	说似株株倚赤城	第11册/卷708	第8231页
72	林嵩	和尚书咏泉山瀑布十二韵	赤城未到诗先寄	第11册/卷711	第8267页
73	卢士衡（生卒年不详）	僧房听雨	记得年前在赤城	第11册/卷737	第8495页
74	陈陶（约812~885）	步虚引	赤城门闭六丁直	第11册/卷745	第8559页
75	陈陶	泉州刺桐花咏兼呈赵使君·其一	风光满地赤城闲	第11册/卷746	第8578页
76	欧阳炯（896~971）	大游仙诗	赤城霞起武陵春	第11册/卷761	第8729页
77	廖融（936年在世）	赠天台逸人	携家上赤城	第11册/卷762	第8742页
78	杨夔（生卒年不详）	送日东僧游天台	行指赤城中	第11册/卷763	第8749页
79	殷琮（生卒年不详）	登云梯	赤城容许到	第11册/卷779	第8903页
80	薛涛（768~832）	金灯花	晓霞初叠赤城宫	第12册/卷803	第9139页
81	元淳（生卒年不详）	句	赤城峭壁无人到	第12册/卷805	第9158页
82	寒山（约691~793）	诗三百三首·其一百九十三	风摇松叶赤城秀	第12册/卷806	第9176页
83	秀登（生卒年不详）	送贯微归天台	秋归赤城寺	第15册/《全唐诗续拾》卷41	第11533页

2. 石桥

指石桥山，非常险峻。据《天台山方外志》记载："在县北五十里十五都，两山相并，连亘一百里。旧传五百应真之境，有石梁架两崖间，龙形龟背，广不盈尺。其上双涧合流，泄为瀑布，西流出剡中。下临万仞，飞泉回射，危滑欹。侧状如横虹，且多莓苔，甚滑。过者目眩心悸。按赤城旧志云，凡往来人供茗，必有乳花效应，或宝炬金雀灵迹梵响。"[1] 可见石桥是天台山上一处惊心动魄的景致。

表10 与天台山石桥相关的诗目

序号	作者	诗题	诗句	册数/卷数	页码
1	宋之问（约656~712）	灵隐寺	看余度石桥	第1册/卷53	第655页
2	蔡隐丘（生卒年不详）	石桥琪树		第2册/卷114	第1159页
3	刘长卿（约726~786）	送少微上人游天台	石桥人不到	第3册/卷147	第1484页
4	刘长卿	送惠法师游天台因怀智大师故居	深山谁向石桥逢	第3册/卷151	第1570页
5	孟浩然（689~740）	舟中晓望	天台访石桥	第3册/卷160	第1655页
6	李白（701~762）	赠僧崖公	凌兢石桥去	第3册/卷169	第1749页
7	李白	送杨山人归天台	石桥如可度	第3册/卷175	第1795~1796页
8	顾况（生卒年不详）	临海所居三首·其二	更有何人度石桥	第4册/卷267	第2958页

---

1 （明）传灯:《形胜考》《天台山方外志》，卷第二，第7页。

续表

序号	作者	诗题	诗句	册数/卷数	页码
9	武元衡（758~815）	送吴侍御司马赴台州	前君到石桥	第5册/卷316	第3557页
10	刘禹锡（772~842）	送元简上人适越	更入天台石桥去	第6册/卷359	第4065页
11	刘禹锡	送霄韵上人游天台—作宝韵上人	又到天台看石桥	第6册/卷365	第4124页
12	李绅（772~846）	新楼诗二十首·琪树	桥峰上栖玄鹤	第8册/卷481	第5515页
13	施肩吾（780~861）	送端上人游天台	溪过石桥为险处	第8册/卷494	第5629页
14	朱庆馀（生卒年不详）	送虚上人游天台	石桥隐深树	第8册/卷515	第5924页
15	朱庆馀	送元处士游天台	若过石桥看瀑布	第8册/卷515	第5925页
16	项斯（810~893）	寄石桥僧	道在石桥边	第9册/卷554	第6465页
17	马戴（799~869）	送道友入天台山作	雪浅石桥通	第9册/卷556	第6511页
18	郑畋（823~882）	题缑山王子晋庙	天台啸石桥	第9册/卷557	第6518页
19	李频（818~876）	越中行	终到石桥行	第9册/卷588	第6881页
20	李郢（生卒年不详）	送圆鉴上人游天台	石桥秋尽一僧来	第9册/卷590	第6909页
21	李郢	送僧之台州	到日初寻石桥路	第9册/卷590	第6909页
22	李郢	重游天台	南国天台山水奇，石桥危险古来知	第9册/卷590	第6910页
23	王贞白（875~958）	寄天台叶尊师	长闻过石桥	第10册/卷701	第8142页
24	张蠙（生卒年不详）	送董卿赴台州	思上石桥行	第10册/卷702	第8146页
25	欧阳炯（896~971）	大游仙诗—作欧阳炯	白石桥高曾纵步	第11册/卷761	第8729页
26	赵湘（959~993）	题天台石桥		第11册/卷775	第8872页

续表

序号	作者	诗题	诗句	册数/卷数	页码
27	寒山（约691~793）	诗三百三首·其二百一十六	莫晓石桥路	第12册/卷806	第9178页
28	拾得（783~891）	诗·其四十八	石桥莓苔绿	第12册/卷807	第9192页
29	景云（生卒年不详）	画松	石桥南畔第三株	第12册/卷808	第9204页
30	僧皎然（730~799）	送邢台州济一作送独孤使君赴岳州	石桥琪树古来闻	第12册/卷818	第9304页
31	贯休（832~912）	观怀素草书歌	石桥被烧烧	第12册/卷828	第9419页
32	齐己（863~937）	怀华顶道人	禅馀石桥去	第12册/卷840	第9554页
33	齐己	怀天台华顶僧	丹霞里石桥	第12册/卷842	第9577页
34	吴越僧（生卒年不详）	武肃王有旨石桥设斋会进一诗共六首		第12册/卷851	第9694页
35	吕岩（生卒年不详）	七夕	石桥南畔有旧宅	第12册/卷858	第9758页
36	元孚（生卒年不详）	元孚五十年前游天台宿建公院登华顶攀琪树观石桥之险绝缅怀昔游因为绝句寄知建长老兼呈台州王司马		第13册/《全唐诗补逸》卷18	第10561页
37	江为（生卒年不详）	赠天台僧	石桥秋望海山微	第15册/《全唐诗续拾》卷43	第11570页
38	葛玄（164~244）	登天台	石桥横海外	第15册/《全唐诗续拾》卷60	第11916页

3. 华顶

华顶峰"在天台县东北六十里十一都，天台山第八重最高处。旧传高一万八千丈，周回一百里。少晴多晦，夏有积雪。可观日之出入,中有洞石,色光明。登绝顶降魔塔,东望沧海,弥漫无际,号望海尖。下瞰众山,如龙虎盘踞、旗鼓布列之状。草木薰郁,殆非人世。智者与白云先生思修于此,有葛玄丹井、王羲之墨池、李太白书堂。台山九峰翠绿犹如莲华,此为华心之顶,故名"。

表 11　与天台山华顶相关诗目

序号	作者	诗题	诗句	册数/卷数	页码
1	沈佺期（约656~约715）	同工部李侍郎適访司马子微	上言华顶事,中间长生道。华顶居最高,大壑朝阳早	第2册/卷95	第1018~1019页
2	孟浩然（689~740）	越中逢天台太乙子	华顶旧称最	第3册/卷159	第1632页
3	孟浩然	寄天台道士	焚香宿华顶	第3册/卷160	第1640页
4	孟浩然	寻天台山	欲寻华顶去	第3册/卷160	第1648页
5	李白（701~762）	送王屋山人魏万还王屋并序	华顶殊超忽	第3册/卷175	第1793~1794页
6	李白	送纪秀才游越	送尔游华顶	第3册/卷176	第1806页
7	李白	同友人舟行游台越作	华顶窥绝溟	第3册/卷179	第1830页
8	李白	天台晓望	华顶高百越	第3册/卷180	第1840页
9	李绅（772~846）	华顶	独瞻华顶礼仙坛	第8册/卷483	第5529页
10	郑巢（生卒年不详）	泊灵溪馆	溜从华顶落	第8册/卷504	第5775页
11	郑巢	送象上人还山中	终期宿华顶	第8册/卷504	第5777页
12	项斯（810~893）	华顶道者		第9册/卷554	第6471页
13	贾岛（779~843）	送郑山人游江湖	足蹑华顶峰	第9册/卷571	第6685页
14	贾岛	送天台僧	远梦归华顶	第9册/卷572	第6694页
15	李郢（生卒年不详）	送圆鉴上人游天台	华顶夜寒孤月落	第9册/卷590	第6909页

三 唐诗中的天台山意象

续表

序号	作者	诗题	诗句	册数/卷数	页码
16	寒山（约691~793）	诗三百三首·其一百六十五	闲游华顶上	第12册/卷806	第9173页
17	拾得（生卒年不详）	诗·其四十八	更登华顶上	第12册/卷807	第9192页
18	灵澈（746~816）	天姥岑望天台山	华顶当寒空	第12册/卷810	第9216页
19	僧皎然（730~799）	送重钧上人游天台	渐看华顶出	第12册/卷818	第9305页
20	僧皎然	戛铜碗为龙吟歌	乍向天台宿华顶	第12册/卷821	第9343页
21	僧皎然	送旻上人游天台	月思华顶宿	第12册/卷821	第9351页
22	贯休（832~912）	送友人及第后归台州	终期华顶下	第12册/卷831	第9456页
23	齐己（863~937）	怀华顶道人	华顶星边出	第12册/卷840	第9554页
24	齐己	怀天台华顶僧	华顶危临海	第12册/卷842	第9577页
25	元孚（生卒年不详）	元孚五十年前游天台宿建公院登华顶攀琪树观石桥之险绝缅怀昔游因为绝句寄知建长老兼呈台州王司马		第13册/《全唐诗补逸》卷18	第10561页
26	颜真卿（709~784）	天台智者大师画赞	遂入天台华顶中	第14册/《全唐诗续拾》卷18	第11158页
27	秀登（生卒年不详）	送小白上人归华顶		第15册/《全唐诗续拾》卷41	第11533页
28	江为（生卒年不详）	赠天台僧	结庵更拟寻华顶	第15册/《全唐诗续拾》卷43	第11570页

4. 瀑布

天台山的瀑布在唐朝以前已经很有名，孙绰的《天台山赋》中有"瀑布飞流以界道"的描述，所以涉及天台山的唐诗中以"瀑布"入诗的有20多首。

表12　与天台山瀑布相关诗目

序号	作者	诗题	诗句	册数/卷数	页码
1	杨炯（650~693）	和刘侍郎入隆唐观	瀑布响成雷	第1册/卷50	第619页
2	刘长卿（约726~786）	送少微上人游天台	瀑布雪难消	第3册/卷147	第1484页
3	孟浩然（689~740）	越中逢天台太乙子	瀑布当空界	第3册/卷159	第1632页
4	李白（701~702）	送王屋山人魏万还王屋并序	瀑布挂北斗	第3册/卷175	第1793~1794页
5	李白	求崔山人百丈崖瀑布图	但见瀑泉落	第3册/卷183	第1876页
6	皇甫曾（?~785）	送少微上人东南游	瀑布雪难消	第3册/卷210	第2183页
7	司空曙（720~790）	寄天台秀师	天台瀑布寺	第5册/卷292	第3311页
8	胡证（758~828）	和张相公太原亭怀古诗	飞泉天台状	第6册/卷366	第4145~4146页
9	白居易（772~846）	缭绫 念女工之劳也	四十五尺瀑布泉	第7册/卷427	第4715页
10	施肩吾（780~861）	送人归台州	遥看瀑布识天台	第8册/卷494	第5653页
11	朱庆馀（生卒年不详）	送元处士游天台	若过石桥看瀑布	第8册/卷515	第5925页
12	李频（818~876）	送台州唐兴陈明府	瀑布当公署，天台是县图	第9册/卷588	第6887页
13	皮日休（约838~883）	吴中苦雨因书一百韵寄鲁望	此时一千里，平下天台瀑	第9册/卷609	第7081页

续表

序号	作者	诗题	诗句	册数/卷数	页码
14	皮日休	寄题天台国清寺齐梁体	元是海风吹瀑布	第9册/卷615	第7150页
15	方干（836~888）	因话天台胜异仍送罗道士	窗边瀑布走风雷	第10册/卷650	第7520页
16	方干	石门瀑布	直是银河分派落，兼闻碎滴溅天台	第10册/卷652	第7542页
17	方干	送钱特卿赴职天台	风急先闻瀑布声	第10册/卷652	第7545页
18	黄滔（840~911）	题道成上人院	何必天台寺，幽禅瀑布房	第11册/卷704	第8180页
19	曹松（828~903）	天台瀑布	万仞得名云瀑布，远看如织挂天台	第11册/卷717	第8322页
20	寒山（约691~793）	诗三百三首·其二百六十四	瀑布千丈流	第12册/卷806	第9183页
21	拾得（生卒年不详）	诗·其四十八	瀑布悬如练	第12册/卷807	第9192页
22	秀登（生卒年不详）	送贯微归天台	吹衣瀑布风	第15册/《全唐诗续拾》卷41	第11533页
23	江为（生卒年不详）	瀑布	除却天台后，平流莫可群	第15册/《全唐诗续拾》卷43	第11569页
24	葛玄（164~244）	登天台	瀑布低头看	第15册/《全唐诗续拾》卷60	第11916页

5. 莓苔

莓苔，即青苔，南方山中多有。孙绰在《天台山赋》中有"践莓苔之滑石，搏壁立之翠屏"，所以唐朝涉及天台山的许多诗歌中出现此意象。

表13 与莓苔相关的诗目

序号	作者	诗题	诗句	册数/卷数	页码
1	杨炯（650~693）	和刘侍郎入隆唐观	群峰锦作苔	第1册/卷50	第619页
2	孙逖（695~761）	送周判官往台州	驱传历莓苔	第2册/卷118	第1191页
3	常建（708~？）	白龙窟泛舟寄天台学道者	因忆莓苔峰	第2册/卷144	第1462页
4	孟浩然（689~740）	宿天台桐柏观	扪萝亦践苔	第3册/卷159	第1628页
5	孟浩然	越中逢天台太乙子	莓苔异人间	第3册/卷159	第1632页
6	孟浩然	寄天台道士	屡蹑莓苔滑	第3册/卷160	第1640页
7	李白（701~762）	求崔山人百丈崖瀑布图	曾青泽古苔	第3册/卷183	第1876页
8	钱起（722？~780）	避暑纳凉	频雨苔衣染旧墙	第4册/卷239	第2665页
9	皇甫冉（717~770）	杂言无锡惠山寺流泉歌	隈隩阴深长苔草	第4册/卷249	第2796页
10	李端（743~782）	题云际寺准上人房	高僧居处似天台，锡杖铜瓶对绿苔	第5册/卷286	第3265页
11	徐凝（生卒年不详）	天台独夜	为破烟苔行	第7册/卷474	第5408页
12	鲍溶（生卒年不详）	寄天台准公	闲蹋莓苔绕琪树	第8册/卷485	第5550页
13	杨发（生卒年不详）	山泉	浅处落莓苔	第8册/卷517	第5946页
14	许浑（约791~约858）	赠僧	坐禅花委苔	第8册/卷529	第6097页
15	许浑	早发天台中岩寺度关岭次天姥岑	碧溪苔浅水潺潺	第8册/卷533	第6136页
16	贾岛（779~843）	酬慈恩寺文郁上人	莓苔石上晚蛩行	第9册/卷574	第6733页
17	贾岛	送罗少府归牛渚	寒涧泠泠漱古苔	第9册/卷574	第6738页

续表

序号	作者	诗题	诗句	册数/卷数	页码
18	曹唐（生卒年不详）	仙子送刘阮出洞	碧山明月闭苍苔	第10册/卷640	第7388页
19	曹唐	刘阮再到天台不复见仙子	青苔白石已成尘	第10册/卷640	第7388页
20	方干（836~888）	石门瀑布	奔倾漱石亦喷苔	第10册/卷652	第7542页
21	黄滔（840~911）	题郑山人居	履迹遍莓苔	第11册/卷704	第8179页
22	曹松（828~903）	赠衡山麋明府	门前树配苔	第11册/卷716	第8313页
23	陈陶（约812~885）	步虚引一作仙人词	莓苔为衣双耳白	第11册/卷745	第8559页
24	赵湘（959~993）	题天台石桥	水净苔生发	第11册/卷775	第8872页
25	拾得（生卒年不详）	诗·其四十八	石桥莓苔绿	第12册/卷807	第9192页
26	僧皎然（730~799）	忆天台	仙石过莓苔	第12册/卷820	第9331页
27	贯休（832~912）	寄题诠律师院以下见《统签》	幽步犹疑损绿苔	第12册/卷837	第9514页
28	贯休	送道友归天台	藓浓苔湿冷层层	第12册/卷837	第9514页
29	修睦（生卒年不详）	题僧梦微房	苔藓入门生	第12册/卷849	第9683页
30	李洞（生卒年不详）	山泉	浅处落莓苔	第13册/卷886	第10084页

6. 琪树

古人认为琪树是仙境中的玉树，是一种修仙必备的药材，可让人保青春。孙绰《天台山赋》中有"琪树璀璨而垂珠"。李绅在《琪树》一诗中说："冰叶万条垂碧实，玉珠千日保青春。"他解释道："琪树垂条如弱柳，结子如碧珠，三年子可一熟。每岁生者相续，一年绿，二年碧，三年者红，缀于条上，璀错相间。"医书对琪树

87

也有记载。《纲目》说琪树的果实"强筋骨，益气力，固精驻颜"；《药材学》称它"强精益肾，治体虚气弱"。《中药大辞典》也肯定它"益肾固精，强筋明目，治久泄梦遗，久痢久泄，赤白带下"。

表14　与琪树相关的诗目

序号	作者	诗题	诗句	册数/卷数	页码
1	崔湜（671~713）	寄天台司马先生	仍攀琪树荣	第1册/卷54	第665页
2	蔡隐丘	石桥琪树		第2册/卷114	第1159页
3	张子容（生卒年不详）	送苏倩游天台	琪树尝仙果	第2册/卷116	第1177页
4	孙逖（695~761）	送杨法曹按括州	傥寻琪树人	第2册/卷118	第1188页
5	李白（701~762）	天台晓望	攀条摘朱实，服药炼金骨	第3册/卷180	第1840页
6	李白	题桐柏观	琪木花芳九叶开	《道藏》第11册	第96页
7	刘禹锡（772~842）	衢州徐员外使君遗以缟纻兼竹书箱因成一篇用答佳贶	人将琪树比甘棠	第6册/卷359	第4057页
8	李绅（772~846）	新楼诗二十首·琪树	冰叶万条垂碧实，玉珠千日保青春 琪树垂条如弱柳，结子如碧珠，三年子可一熟。每岁生者相续，一年绿，二年碧，三年者红，缀於条上，璀错相间	第8册/卷481	第5515页
9	李绅	华顶	石标琪树凌空碧	第8册/卷483	第5529页
10	鲍溶（生卒年不详）	寄天台准公	闲蹋莓苔绕琪树	第8册/卷485	第5550页
11	施肩吾（780~861）	送端上人游天台	莫教琪树两回春	第8册/卷494	第5629页
12	许浑（约791~约858）	思天台	月明琪树阴	第8册/卷538	第6183页

续表

序号	作者	诗题	诗句	册数/卷数	页码
13	马戴（799~869）	送道友入天台山作	观寒琪树碧	第9册/卷556	第6511页
14	寒山（约691~793）	诗三百三首·其二百一十六	山中有琪树	第12册/卷806	第9178页
15	僧皎然（730~799）	送邢台州济一作送独孤使君赴岳州	石桥琪树古来闻	第12册/卷818	第9304页
16	鹿虔扆（生卒年不详）	女冠子	凤楼琪树，惆怅刘郎一去	第13册/卷894	第10172页
17	元孚（生卒年不详）	元孚五十年前游天台宿建公院登华顶攀琪树观石桥之险绝缅怀昔游因为绝句寄知建长老兼呈台州王司马	树缀龙髯子贯珠	第13册/《全唐诗补逸》卷18	第10561页

7. 天台松

松树对陆生环境适应性极强，可以生长在各种不同的土壤上，是我国自然界中分布比较广的一种树木，其欣赏价值有目共睹。自古以来，文人墨客常将松树作为吟诵的对象。孙绰在《天台山赋》中有"荫落落之长松"的句子。

与天台山相关的唐诗中以"松"入诗的诗歌有40多首，有的写天台松的独特，如李德裕的《金松》说天台山有一种叶子带金色的松树："台岭生奇树，佳名世未知。纤纤疑大菊，落落是松枝。"有的写松花落地的情景，如齐己的《怀华顶道人》说"禅馀石桥去，屐齿印松花"。有的写天台山上松林的幽深，如皎然的《送重钧上人游天台》："渐看华顶出，幽赏意随生。十里行松色，千重过水

89

声。"具体见表 15。

表 15 与天台松相关的诗目

序号	作者	诗题	诗句	册数/卷数	页码
1	宋之问（约 656~712）	冬宵引赠司马承祯	独坐山中兮对松月青松幽幽吟劲风	第 1 册/卷 51	第 632 页
2	常建（708~？）	白龙窟泛舟寄天台学道者	松鹤间清越	第 2 册/卷 144	第 1462 页
3	刘长卿（约 709~785）	送少微上人游天台	松门风自扫	第 3 册/卷 147	第 1484 页
4	刘长卿	夜宴洛阳程九主簿宅送杨三山人往天台寻智者禅师隐居	松花常醉眠	第 3 册/卷 150	第 1552~1553 页
5	刘长卿	送台州李使君兼寄题国清寺	古寺杉松深暮猿	第 3 册/卷 151	第 1571 页
6	李白（701~762）	送王屋山人魏万还王屋并序	百里行松声	第 3 册/卷 175	第 1793~1794 页
7	李白	秋夕书怀一作秋日南游书怀	松霜结前楹	第 3 册/卷 183	第 1871~1872 页
8	岑参（约 715~770）	送祁乐归河东	帘下天台松	第 3 册/卷 198	第 2038 页
9	皇甫曾（？~785）	送少微上人东南游	松门风自扫	第 3 册/卷 210	第 2183 页
10	刘商（生卒年不详）	与湛上人院画松		第 5 册/卷 304	第 3461 页
11	孟郊（751~814）	送清远上人归楚山旧寺一作国清寺游苏，一作送溪上人	不知松隐深	第 6 册/卷 378	第 4259 页
12	孟郊	送超上人归天台一作送天台道士	万松无一斜	第 6 册/卷 379	第 4264 页
13	白居易（772~846）	题赠郑秘书征君石沟溪隐居	经霜识贞松	第 7 册/卷 428	第 4731 页
14	李德裕（787~850）	春暮思平泉杂咏二十首·金松出天台山，叶带金色	落落是松枝	第 7 册/卷 475	第 5441 页

续表

序号	作者	诗题	诗句	册数/卷数	页码
15	李绅（772~846）	新楼诗二十首·琪树	不为松老化龙鳞	第8册/卷481	第5515页
16	施肩吾（780~861）	遇王山人	应挂天台最老松	第8册/卷494	第5653页
17	章孝标（791~873）	僧院小松		第8册/卷506	第5801页
18	张祜（约785~849）	游天台山	盘松国清道	第8册/卷510	第5835页
19	许浑（约791~约858）	早发中岩寺别契直上人	苍苍松桂阴	第8册/卷528	第6092页
20	许浑	送郭秀才游天台并序	高挂猕猴暮涧松	第8册/卷533	第6137页
21	李商隐（约813~858）	访隐	松黄暖夜杯	第8册/卷541	第6281页
22	贾岛（779~843）	送僧归天台	山门九里松	第9册/卷573	第6708页
23	贾岛	送罗少府归牛渚	霜覆鹤身松子落	第9册/卷574	第6738页
24	皮日休（约838~883）	寄题天台国清寺齐梁体	十里松门国清路	第9册/卷615	第7150页
25	陆龟蒙（？~881）	寄题天台国清寺齐梁体	松间石上定僧寒	第9册/卷628	第7261页
26	方干（836~888）	赠天台叶尊师	古松应是长年栽	第10册/卷652	第7535页
27	方干	石门瀑布	气含松桂千枝润	第10册/卷652	第7542页
28	林嵩（生卒年不详）	赠天台王处士	穿松孤鹤一声幽	第10册/卷690	第7994页
29	杜荀鹤（约846~906）	送僧归国清寺	睡倚松根日色斜	第10册/卷692	第8037页
30	王贞白（875~958）	忆张处士	山风入松径	第10册/卷701	第8140页
31	徐夤（生卒年不详）	画松	天台道士频来见，说似株株倚赤城	第11册/卷708	第8231页

续表

序号	作者	诗题	诗句	册数/卷数	页码
32	李洞（生卒年不详）	颜上人房—作题西明自觉上人房	松下度三伏	第11册/卷721	第8360页
33	卢士衡（生卒年不详）	寄天台道友	吟处将谁对倚松	第11册/卷737	第8494页
34	杨夔（生卒年不详）	送日东僧游天台	挂锡憩松风	第11册/卷763	第8749页
35	李仁肇（生卒年不详）	天台禅院联句	片时松影下	第11册/卷793	第9020~9021页
36	寒山（约691~793）	诗三百三首·其七十八	折叶覆松室	第12册/卷806	第9166页
37	寒山	诗三百三首·其一百九十三	风摇松叶赤城秀	第12册/卷806	第9176页
38	寒山	诗三百三首·其二百二十七	风摇松竹韵	第12册/卷806	第9179页
39	拾得（生卒年不详）	诗·其三十二	松下唉灵芝	第12册/卷807	第9191页
40	景云（生卒年不详）	画松	曾在天台山上见，石桥南畔第三株	第12册/卷808	第9204页
41	僧皎然（730~799）	送重钧上人游天台	十里行松色	第12册/卷818	第9305页
42	贯休（832~912）	天台—本无上二字老僧	松龛岳色侵	第12册/卷829	第9424页
43	贯休	寄天台道友	松枝垂似物	第12册/卷829	第9425页
44	贯休	寄天台叶道士	飕飗松风山枣落	第12册/卷837	第9514页
45	齐己（863~937）	怀华顶道人	屐齿印松花	第12册/卷840	第9554页

8. 桂树

孙绰在《天台山赋》中有"八桂森挺以凌霜，五芝含秀而晨敷"，所以唐朝文人将桂树、桂花或桂子也作为天台山的特征。陆

三 唐诗中的天台山意象

龟蒙在《和袭美天竺寺八月十五夜桂子》一诗中说,在武则天垂拱（685~688）年中,天台山上的桂子落了100多天才结束。

表16 与桂树相关的诗目

序号	作者	诗题	诗句	册数/卷数	页码
1	李隆基（685~762）	王屋山送道士司马承祯还天台	芝桂欲调神	第1册/卷3	第35页
2	上官昭容（664~710）	游长宁公主流杯池二十五首·其十七	幽岩仙桂满	第1册/卷5	第64页
3	张九龄（678~740）	登南岳事毕谒司马道士	分庭八桂树	第1册/卷47	第570页
4	宋之问（约656~712）	灵隐寺	桂子月中落	第1册/卷53	第655页
5	张佐（生卒年、籍贯皆不详）	忆游天台寄道流	桂花当洞拂衣轻	第5册/卷281	第3191页
6	李益（746~829）	同萧炼师宿太乙庙	香馀桂子焚	第5册/卷283	第3211页
7	白居易（772~846）	厅前桂	天台岭上凌霜树	第7册/卷439	第4902页
8	张祜（约785~849）	忆游天台寄道流	桂花当洞拂衣轻	第8册/卷511	第5866页
9	许浑（约791~约858）	早发中岩寺别契直上人	苍苍松桂阴	第8册/卷528	第6092页
10	皮日休（约838~883）	重玄寺元达年逾八十好种名药凡所植者多至自天台四明包山句曲丛翠纷粿各可指名余奇而访之因题二章·其二	桂烟杉露湿袈裟	第9册/卷613	第7128页
11	陆龟蒙（?~881）	和袭美天竺寺八月十五夜桂子	垂拱（685~688）中,天台桂落一百馀日方止	第9册/卷628	第7259页
12	方干（836~888）	因话天台胜异仍送罗道士	桂子流从别洞来	第10册/卷650	第7520页
13	方干	石门瀑布	气含松桂千枝润	第10册/卷652	第7542页

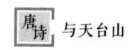

唐诗中所涉及的天台山人文、自然意象不止这些，本书只是将出现频率较高的意象列举出来。其他如玉霄峰、琼台等意象相关的诗在下面的"与天台山相关的唐诗"中会有列出。

诗题或诗句中涉及了天台山或自然，或人文的唐诗有哪些？

四　与天台山相关的唐诗

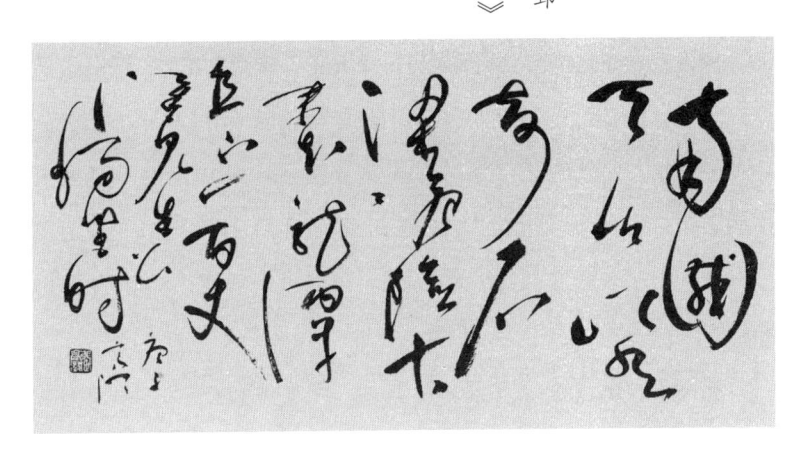

南国天台山水奇，
石桥危险古来知。
龙潭直下一百丈，
谁见生公独坐时。

——李郢

《重游天台》

本书所录与天台山相关的唐诗，皆是诗题或诗句中涉及了天台山或自然，或人文方面内容的诗歌，比如寒山、拾得是在天台山修行的人，寒山的《诗三百》大多与天台山有关，但这里只录取了其中明显出现了人们熟知的天台山意象的 11 首诗；拾得的 54 首诗则只选取其中的 5 首。下面的诗有两首来自《道藏》，一首是李白的《题桐柏观》，一首是吕洞宾的《无题》。其他都来自《全唐诗》，其中除了将张说的《金庭观》和贯休的《过商山》提前，许坚的《题幽栖观》和《幽栖观》只列一首外，其余都是按照《全唐诗》中先后顺序排列。

李旦（662~716）

李旦，为唐高宗和武则天的第四个儿子，曾两次在位。第一次是唐高宗去世后即位，在位时间是文明元年至载初二年（684~690），后辞去帝位，其母武则天临朝，被封为皇嗣。第二次是唐中宗驾崩韦皇后谋乱之后上位，在位时间是景云元年至延和元年（710~712），后禅位于太子李隆基，自称太上皇。716 年六月病逝，享年 54 岁，庙号睿宗。

石淙相王时作　　第 1 册 / 卷 2，第 25 页

奇峰嶾嶙箕山北，秀崿崢嵘嵩镇南。

地首地肺何曾拟，天目天台倍觉惭。

树影蒙茏郭叠岫，波深汹涌落悬潭。

□愿紫宸居得一，永欣丹宸御通三。

此诗是李旦为相王时所作，也是他见于《全唐诗》中唯一的一首诗。石淙山在河南登封市东南30里处，武则天于周久视元年（700）巡幸中岳嵩山，大宴群臣于此。侍游者有太子李显、相王李旦、太子宾客武三思、内史狄仁杰等人，君臣饮酒赋诗。李旦在此诗中以天目山、天台山来衬托石淙山的奇、秀。可见天台山乃唐朝的名山。

李隆基（685~762）

李隆基，出生于洛阳，睿宗第三子；710年与太平公主联手发动"唐隆政变"，诛杀韦后集团；712年登基称帝，改年"开元"，开创了"开元盛世"；是唐朝极盛时期的皇帝，也是唐朝在位时间最长的皇帝，庙号玄宗。唐玄宗涉及天台山的诗有2首。

答司马承祯上剑镜 第1册/卷3，第32页

宝照含天地，神剑合阴阳。

日月丽光景，星斗裁文章。

写鉴表容质，佩服为身防。

从兹一赏玩，永德保龄长。

唐玄宗在答司马承祯师《进铸含象镜剑图》御批为："得所进明照、宝剑等，含两曜之晖，禀八卦之象，足使光延仁寿，影灭丰城。佩服多情，惭式四韵。"同时写了此诗进行赞美。

王屋山送道士司马承祯还天台　　第 1 册 / 卷 3，第 35 页

紫府求贤士，清溪祖逸人。

江湖与城阙，异迹且殊伦。

间有幽栖者，居然厌俗尘。　　间，一作闻。

林泉先得性，芝桂欲调神。　　芝，一作松。

地道逾稽岭，天台接海滨。　　稽，一作鸡。滨，一作濒。

音徽从此间，万古一芳春。

唐玄宗曾两次召见司马承祯大师，第一次是在开元九年（721），第二次是在开元十五年（727）。这是第一次召见时写的诗。司马师被召见后坚决要求回天台山，唐玄宗见留不住人，就只好允许其还山，并写诗留别。林泉芝桂是天台山的特产，孙绰的《天台山赋》中有"八桂森挺以凌霜，五芝含秀而晨敷"。

上官昭容（664~710）

即上官婉儿，陕州陕县（今河南三门峡陕县）人，祖籍陇西上邽，上官仪孙女。祖父上官仪获罪被杀后随母郑氏配入内庭为婢。14岁时因聪慧善文为武则天重用。唐中宗时，封为昭容，从此以皇妃的身份掌管内廷与外朝的政令文告。曾建议扩大书馆，增设学士，在此期间主持风雅，代朝廷品评天下诗文。有"巾帼宰相"之名。

游长宁公主流杯池二十五首·其十七　　第 1 册 / 卷 5，第 64 页

懒步天台路，惟登地肺山。

幽岩仙桂满，今日恣情攀。

用修真之地天台山和地肺山来赞美长宁公主的流杯池。

张九龄（678~740）

张九龄，字子寿，一名博物，谥文献，唐朝韶州曲江（今广东韶关）人，西汉留侯张良之后。世称"张曲江"或"文献公"。唐朝开元年间名相，诗人。其《望月怀远》中的"海上生明月，天涯共此时"为千古绝唱。与天台山相关的诗有2首。

登南岳事毕谒司马道士　第1册/卷47，第570页
将命祈灵岳，回策诣真士。
绝迹寻一径，异香闻数里。
分庭八桂树，肃容两童子。
入室希把袖，登床愿启齿。
诱我弃智诀，迨兹长生理。
吸精反自然，炼药求不死。
斯言眇霄汉，顾余婴纷滓。
相去九牛毛，惭叹知何已。

诗中司马道士指司马承祯大师。南岳有道教上清派师祖魏华存修行过的黄庭观，司马承祯师作为上清派第十二代掌门，对南岳道场也很重视，于玄宗开元元年（713）来南岳衡山，先是住九真观附近白云庵修炼，后来又在祝融峰顶建息庵，法从者甚众。他在南岳收的弟子薛季昌也曾被玄宗召见过。从诗题中的"谒"可见张九龄对司马大师非常尊敬。

送杨道士往天台　　第 1 册 / 卷 48，第 589 页

鬼谷还成道，天台去学仙。

行应松子化，留与世人传。

此地烟波远，何时羽驾旋。

当须一把袂，城郭共依然。

自司马承祯在天台山修炼有成后，天台山对修道学仙的人有了很大的吸引力。

杨炯（650~693）

杨炯，弘农华阴（今属陕西）人。显庆六年（661），年仅 11 岁的杨炯被举为神童，上元三年（676）应制举及第，授校书郎。后又任崇文馆学士，迁詹事。唐如意元年（692），杨炯出任盈川（今浙江衢州）县令。长寿二年（693），杨炯卒于任上。为初唐四杰之一。

和刘侍郎入隆唐观　　第 1 册 / 卷 50，第 619 页

福地阴阳合，仙都日月开。

山川临四险，城树隐三台。

伏槛排云出，飞轩绕涧回。

参差凌倒影，潇洒轶浮埃。

百果珠为实，群峰锦作苔。

悬萝暗疑雾，瀑布响成雷。　　疑，一作凝。

方士烧丹液，真人泛玉杯。

四　与天台山相关的唐诗

还如问桃水，更似得蓬莱。

汉帝求仙日，相如作赋才。

自然金石奏，何必上天台。

仙都山在浙江缙云县内，为洞天福地中三十六小洞天的第二十九洞天，名曰"仙都祈仙天"。诗人以仙都山的修真环境与天台山相比。这首诗应是诗人在盈川做县令时所作，诗人对天台山的景致和修真的地位都有了认识，以天台山来衬托仙都的景致。"何必上天台"，说明当时人们对天台山修真地位的认可。此诗也是唐诗中第一首涉及天台山的诗。

宋之问（约656~712）

宋之问，字延清，名少连，汉族，汾州隰城（今山西汾阳）人，初唐时期的诗人，与沈佺期并称"沈宋"。是司马承祯大师的"仙宗十友"之一。武则天召见司马承祯大师后，派麟台监李峤在洛桥东饯行，宋之问为送行者之一。与天台山相关的诗有4首。

冬宵引赠司马承祯　第1册/卷51，第632页

河有冰兮山有雪，北户瑾兮行人绝。

独坐山中兮对松月，怀美人兮屡盈缺。

明月的的寒潭中，青松幽幽吟劲风。

此情不向俗人说，爱而不见恨无穷。

此诗以冬日环境的艰苦衬托司马承祯大师在天台山玉霄峰几十年苦修的不易，同时表达了自己的钦佩之情。

寄天台司马道士　　第 1 册 / 卷 52，第 638 页

卧来生白发，觉镜忽成丝。

远愧餐霞子，童颜且自持。

旧游惜疏旷，微尚日磷缁。

不寄西山药，何由东海期。

司马大师在天台山修行成童颜之术，因此闻名天下而被武则天召见。这时宋之问 30 多岁，他看着镜中白发成丝，想着 50 多岁的司马大师拥有着童颜，禁不住对修行也生了向往之意。

灵隐寺　　第 1 册 / 卷 53，第 655 页

鹫岭郁岧峣，龙宫锁寂寥。

楼观沧海日，门对浙江潮。

桂子月中落，天香云外飘。

扪萝登塔远，刳木取泉遥。

霜薄花更发，冰轻叶未凋。

夙龄尚遐异，搜对涤烦嚣。

待入天台路，看余度石桥。

诗人表达了对修行的兴趣。

送司马道士游天台　　第 1 册 / 卷 53，第 657 页

羽客笙歌此地违，离筵数处白云飞。

蓬莱阙下长相忆，桐柏山头去不归。

此诗应是饯行诗之一，从诗中"桐柏山头去不归"可以看出，

司马大师应该是打算回到天台山后不再出来了。

崔湜（671~713）

崔湜，字澄澜，出身于博陵崔氏安平房，年轻时便以文辞著称，后进士及第，曾参与编纂《三教珠英》，38岁任宰相。

寄天台司马先生　　第1册/卷54，第665页
闻有三元客，祈仙九转成。
人间白云返，天上赤龙迎。
尚惜金芝晚，仍攀琪树荣。
何年缑岭上，一谢洛阳城。

九转指炼丹，金芝、琪树指仙草，缑岭借指王子乔成仙的典故，诗中表达了对司马大师修行有成的赞美之情。

李峤（645~714）

李峤，字巨山，出身赵郡李氏东祖房，早年进士及第，以文辞著称，与苏味道并称"苏李"，又与苏味道、杜审言、崔融合称"文章四友"，晚年成为"文章宿老"。历任安定小尉、长安尉、监察御史、给事中、润州司马、凤阁舍人、麟台少监。唐中宗年间，官至中书令，即宰相。

宝剑篇　　第2册/卷57，第690页
吴山开，越溪涸，三金合冶成宝锷。

淬绿水，鉴红云，五彩焰起光氛氲。

背上铭为万年字，胸前点作七星文。

龟甲参差白虹色，辘轳宛转黄金饰。　　虹，一作蛇。

骇犀中断宁方利，骏马群骍未拟直。　　骇，一作文。骍，一作驱。

风霜凛凛匣上清，精气遥遥斗间明。

避灾朝穿晋帝屋，逃乱夜入楚王城。

一朝运偶逢大仙，虎吼龙鸣腾上天。

东皇提升紫微座，西皇佩下赤城田。　　皇，一作王。

承平久息干戈事，侥幸得充文武备。

除灾辟患宜君王，益寿延龄后天地。

赤城山是古人认为的修真仙山，是没有战争和灾害的福地。

送司马先生　　第2册/卷61，第728页

蓬阁桃源两处分，人间海上不相闻。

一朝琴里悲黄鹤，何日山头望白云。

这是李峤奉武则天之命在洛桥之东为司马大师饯行时的送别诗。

崔融（653~706）

　　崔融，字安成。唐代齐州全节（今山东济南章丘区）人。崔融为文华美，当时无出其上者。凡朝廷大手笔，多由皇帝手敕，付其完成。其《洛出宝图颂》《则天哀册文》尤见工力。作《则天哀册文》时，苦思过甚，遂发病而卒。中宗以其有侍读之恩，追赠为卫

州刺史，谥号"文"。

嵩山石淙侍宴应制 　第 2 册 / 卷 68，第 765~766 页

洞口仙岩类削成，泉香石冷昼含清。

龙旗画月中天下，凤管披云此地迎。

树作帷屏阳景翳，芝如宫阙夏凉生。

今朝出豫临悬圃，明日陪游向赤城。

这是应制诗，是随驾武则天到嵩山时作，与相王所作《石淙》同一命题。相王用"天台"作陪衬，崔融用天台山的赤城山来烘托石淙的特别。

苏颋（670~727）

苏颋，字廷硕，唐朝大臣、文学家。京兆武功（今陕西武功县）人。弱冠敏悟，举进士第，与张说同以文章显，时号"燕许大手笔"。武则天时拜中书舍人，唐玄宗景云年间，袭封许国公。其诗骨力高峻，韵味深醇，情景声华俱佳。

蜀城哭台州乐安少府 　第 2 册 / 卷 73，第 797 页

远游跻剑阁，长想属天台。

万里隔三载，此邦余重来。

音容旷不睹，梦寐殊悠哉。

边郡饶藉藉，晚庭正回回。

喜传上都封，因促傍吏开。

向悟海盐客，已而梁木摧。

变衣寝门外，挥涕少城隈。

却记分明得，犹持委曲猜。

师儒昔训奖，仲季时童孩。

服义题书箧，邀欢泛酒杯。　　题，一作陈。

暂令风雨散，仍迫岁时回。

其道惟正直，其人信美偲。

白头还作尉，黄绶固非才。

可叹悬蛇疾，先贻问鹏灾。

故乡闭穷壤，宿草生寒荄。

零落九原去，蹉跎四序催。

曩期冬赠橘，今哭夏成梅。

执礼谁为赠，居常不徇财。

北登岷嶵坂，东望姑苏台。

天路本悬绝，江波复溯洄。　　复，一作空。

念孤心易断，追往恨艰裁。

不遂卿将伯，孰云陈与雷。

吾衰亦如此，夫子复何哀。

　　剑阁县位于四川盆地北缘，地处川、陕、甘三省结合部，守剑门天险，李白《蜀道难》中有"剑阁峥嵘而崔嵬，一夫当关，万夫莫开"，是蜀城的地标。天台山属台州，是台州的地标。作者以两地地标连接起他对台州乐安少府的追悼之情。

薛曜（?~704）

薛曜，字异华，蒲州汾阴（今山西万荣县）人，以文学知名，中书令薛元超长子，尚城阳公主。著有《三教珠英》，文集20卷，工于书法，成为瘦金体之祖。武则天带领众臣游中岳石淙时，薛曜作有《夏日游石淙诗并序》，此诗序成为其代表作。

送道士入天台　第2册/卷80，第868页

洛阳陌上多离别，蓬莱山下足波潮。

碧海桑田何处在，笙歌一听一遥遥。

此诗也是参与李峤主持的饯行司马大师时的饯行诗之一。

刘希夷（约651~?）

刘希夷，字延之（一作庭芝），汝州（今河南汝州）人。上元进士，善弹琵琶。其诗以歌行见长，多写闺情，辞意柔婉华丽，且多感伤情调。《代悲白头吟》有"年年岁岁花相似，岁岁年年人不同"句。

春日行歌　第2册/卷82，第882页

山树落梅花，飞落野人家。

野人何所有，满瓮阳春酒。

携酒上春台，行歌伴落梅。　上，一作向。

醉罢卧明月，乘梦游天台。

诗人表达了对天台山的向往之情。

陈子昂（661~702）

陈子昂，字伯玉，梓州射洪（今四川射洪）人，因曾任右拾遗，后世称陈拾遗。其诗风骨峥嵘，寓意深远，苍劲有力，《登幽州台歌》是今人耳熟能详的一首诗。陈子昂是司马大师的"仙宗十友"之一。

与东方左史虬修竹篇　　第 2 册 / 卷 83，第 893 页

龙种生南岳，孤翠郁亭亭。　　龙种，一作钟龙。
峰岭上崇崒，烟雨下微冥。
夜闻鼯鼠叫，昼聒泉壑声。
春风正淡荡，白露已清泠。
哀响激金奏，密色滋玉英。
岁寒霜雪苦，含彩独青青。
岂不厌凝冽，羞比春木荣。
春木有荣歇，此节无凋零。
始愿与金石，终古保坚贞。
不意伶伦子，吹之学凤鸣。
遂偶云和瑟，张乐奏天庭。
妙曲方千变，箫韶亦九成。
信蒙雕斫美，常愿事仙灵。
驱驰翠虬驾，伊郁紫鸾笙。
结交嬴台女，吟弄升天行。
携手登白日，远游戏赤城。

低昂玄鹤舞,断续彩云生。

永随众仙逝,三山游玉京。

前 18 句通过修竹优良的生长环境和优美的形态赞美其坚贞的品质,后 18 句通过与仙道有关的典故抒发其对自由、欢乐、光明的追求之情。赤城山在今浙江天台县西北,是天台山的南门,有道教第六洞天的玉京洞。

张说(667~731)

张说,字道济,一字说之,河南洛阳(今河南洛阳)人,前后三次为丞相,封燕国公,为开元前期一代文宗,与许国公苏颋齐名,号称"燕许大手笔"。曾参与编修《三教珠英》。

寄天台司马道士　第 2 册 / 卷 87,第 949 页

世上求真客,天台去不还。

传闻有仙要,梦寐在兹山。

朱阙青霞断,瑶堂紫月闲。

何时枉飞鹤,笙吹接人间。

此诗是张说参与送别司马大师时所作。唐玄宗第一次召见司马大师后,司马大师坚决要求回天台山。据说卢藏用曾指着终南山说,那里不能修行?司马大师说,此山是士人待的地方。于是有了"终南捷径"一说。张说对天台山独特的修真环境和司马大师在此的潜心修炼行为进行了赞美。

金庭观在嵊县东南七十二里

第 14 册 /《全唐诗续补遗》卷 1，第 10602 页

元珠道在岂难求，海变须教鬓不秋。

他日洞天三十六，碧桃花发共师游。

陶弘景在《真诰》中说，天台山金庭为不死之乡的福地。司马承祯在《天地宫府图》中将其列为"三十六小洞天"之第二十七"金庭洞天"。

李 乂（647~714）

李乂，字尚真，赵州房子（今河北邢台临城县）人。举进士，累迁中书舍人、吏部侍郎、知制诰。官终刑部尚书。乂方雅有学识，兄李尚一、李尚贞，俱以文章名，同为一集，号《李氏花萼集》。

幸白鹿观应制　　第 2 册 / 卷 92，第 991 页

制跸乘骊阜，回舆指凤京。

南山四皓谒，西岳两童迎。

云幌临悬圃，霞杯荐赤城。

神明近兹地，何必往蓬瀛。　　兹，一作福。

在《全唐诗》中以"幸白鹿观应制"为题写诗的有李乂、李峤、崔湜、苏颋、沈佺期、徐彦伯、武平一、张说等人，这些人跟随皇帝一起驾临白鹿观后写诗，大家都以道教意象入诗，李乂这里用了"南山四皓""赤城山""蓬莱、瀛洲"的典故。

寄胡皓时在南中　　第 2 册 / 卷 92，第 992 页

徭役苦流滞，风波限溯洄。

江流通地骨，山道绕天台。

有鸟图南去，无人见北来。

闭门沧海曲，云雾待君开。

南北交通的不便，因风波而水路不通，走山道就要从天台山绕。表达了诗人期盼友人音信的焦急心情。

沈佺期（约 656~约 715）

沈佺期，字云卿，相州内黄（今河南安阳内黄县）人，祖籍吴兴（今浙江湖州），长安中，累迁通事舍人，预修《三教珠英》，转考功郎给事中。神龙中，召见，拜起居郎，修文馆直学士，历中书舍人，太子少詹事。开元初卒。善属文，尤长七言之作。与宋之问齐名，称"沈宋"。

同工部李侍郎适访司马一本此下有先生二字**子微**

第 2 册 / 卷 95，第 1018~1019 页

紫微降天仙，丹地投云藻。　　投，一作授。

上言华顶事，中问长生道。

华顶居最高，大壑朝阳早。

长生术何妙，童颜后天老。

清晨朝凤京，静夜思鸿宝。

凭崖饮蕙气，过涧摘灵草。

人非冢已荒，海变田应燥。

昔尝游此郡，三霜弄溟岛。

绪言霞上开，机事尘外扫。

顷来迫世务，清旷未云保。

崎岖待漏恩，怵惕司言造。

轩皇重斋拜，汉武爱祈祷。

顺风怀崆峒，承露在丰镐。

泠然委轻驭，复得散幽抱。　　散，一作快。

柱下留伯阳，储闱登四皓。

闻有参同契，何时一探讨。

李适，唐朝雍州万年人。景龙中，为中书舍人，很快转工部侍郎。睿宗时召见天台司马承祯大师，司马大师回天台山时，李适赠诗，序其高尚之致，其词甚美，当时朝廷之士，无不属和，凡三百余人。徐彦伯编而叙之，谓之《白云记》，颇传于代。沈佺期的这首诗对司马大师在天台山华顶的修行环境进行了赞美。

郑愔（？~710）

郑愔，字文靖，河北沧县(今属河北沧州)人。年十七，进士擢第，武则天时，张易之兄弟举荐为殿中侍御史。卒于唐睿宗景云元年。

奉和幸上官昭容院献诗四首·其一
第 2 册 / 卷 106，第 1104 页

地轴楼居远，天台阙路赊。

何如游帝宅，即此对仙家。

座拂金壶电，池摇玉酒霞。

无云秦汉隔，别访武陵花。　　云，一作劳。

对上官昭容院进行赞美。

蔡隐丘（生卒年不详）

蔡隐丘，曲阿（今江苏丹阳）人，缑氏主簿，善书。诗一首。

石桥琪树《文苑》作蔡隐石，《万首绝句》作僧隐丘诗。

第 2 册 / 第 114 卷，第 1159 页

山上天将近，人间路渐遥。

谁当云里见，知欲渡仙桥。

桐柏真人王子晋在嵩岳修行时，曾乘鹤立在缑氏山头等待家人相见，但望之不得，只好控鹤升天而去。诗中用王子晋控鹤飞升的典故。

沈如筠（生卒年不详）

沈如筠，润州句容（今江苏句容）人。生活于武则天至玄宗开元时，曾任横阳主簿。善诗能文，又著有志怪小说《异物志》《古异记》，均已佚。

寄天台司马道士　　第 2 册 / 卷 114，第 1166 页

河洲花艳燧，庭树光彩蒨。

白云天台山，可思不可见。

司马大师在天台山修行，自号"白云子"，此诗中的"白云"既是写自然景也是指司马承祯，无论是人还是景，都是只能思念而见不到。

张子容（生卒年不详）

张子容，襄阳人（今属湖北），先天元年（712）举进士，与孟浩然同隐鹿门山，为生死交，诗篇唱答颇多。

送苏倩游天台　　第 2 册 / 卷 116，第 1177 页

灵异寻沧海，笙歌访翠微。

江鸥迎共狎，云鹤待将飞。　　共，一作近。

琪树尝仙果，琼楼试羽衣。　　尝，一作攀。楼，一作枝。

遥知神女问，独怪阮郎归。

在诗人心中，天台山是个神奇的地方，更是有神仙的地方。阮郎指《搜神记》中的阮肇。阮肇与刘晨在永平年间同入天台山采药遇仙女，留居半年辞归。及还乡，子孙已历七世。这是一则极优美的神仙故事，对后世诗词、小说、戏曲影响甚深，刘郎、阮郎、刘阮等词语成为诗歌中常用的典故。

孙逖（695～761）

孙逖，唐朝潞州涉县（今河北涉县）人。自幼能文，才思敏捷。曾任刑部侍郎、太子左庶子、少詹事等职。有作品《宿云门寺阁》

《赠尚书右仆射》《晦日湖塘》等传世。

送杨法曹按括州　　第 2 册 / 卷 118，第 1188 页

东海天台山，南方缙云驿。　　驿，一作国。

溪澄问人隐，岩险烦登陟。　　溪澄，一作澄清。

潭壑随星使，轩车绕春色。

傥寻琪树人，为报长相忆。

括州，是隋唐时代行政区划名，即处州，两名择一使用，更迭颇繁。在唐朝时，只唐武德四年（621）至唐上元二年（675）、唐乾元元年（758）至唐大历十四年（779）称括州。从孙逖的生卒年来看，此诗写于他的晚年，他以人们熟知的天台山来介绍缙云山的位置和独特之处。

送周判官往台州　　第 2 册 / 卷 118，第 1191 页

吾宗长作赋，登陆访天台。

星使行看入，云仙意转催。

饮冰攀璀璨，驱传历莓苔。

日暮东郊别，真情去不回。

在唐朝，台州的标志是天台山。诗中"吾宗长作赋"指东晋文人孙绰所作的《天台山赋》。

立秋日题安昌寺北山亭　　第 2 册 / 卷 118，第 1197 页

楼观倚长霄，登攀及霁朝。

高如石门顶，胜拟赤城标。

天路云虹近，人寰气象遥。

山围伯禹庙，江落伍胥潮。　　围，一作清。

徂暑迎秋薄，凉风是日飘。

果林馀苦李，萍水覆甘蕉。

览古嗟夷漫，凌空爱沉寥。　　沉，一作寂。

更闻金刹下，钟梵晚萧萧。

以赤城来比安昌寺北三亭的高耸与独特。

王昌龄（698~757）

王昌龄，字少伯，河东晋阳（今山西太原）人，一说京兆长安人（今西安）人，30岁左右进士及第后开始为官。其诗绪密而思清，与高适、王之涣齐名，是盛唐著名边塞诗人。

送韦十二兵曹　　第 2 册 / 卷 140，第 1427 页

县职如长缨，终日检我身。

平明趋郡府，不得展故人。

故人念江湖，富贵如埃尘。

迹在戎府掾，心游天台春。

独立浦边鹤，白云长相亲。

南风忽至吴，分散还入秦。

寒夜天光白，海净月色真。

对坐论岁暮，弦悲岂无因。　　悲岂，一作歌起。

平生驰驱分，非谓杯酒仁。

出处两不合，忠贞何由伸。

看君孤舟去，且欲歌垂纶。

"心游天台春"是说韦十二洒脱、爱好山水。

观江淮名胜图　　第 2 册 / 卷 141，第 1432 页

刻意吟云山，尤知隐沦妙。

远公何为者，再诣临海峤。

而我高其风，披图得遗照。

援毫无逃境，遂展千里眺。

淡扫荆门烟，明标赤城烧。

青葱林间岭，隐见淮海徼。

但指香炉顶，无闻白猿啸。

沙门既云灭，独往岂殊调。

感对怀拂衣，胡宁事渔钓。

安期始遗舄，千古谢荣耀。

投迹庶可齐，沧浪有孤棹。

在作者所观的江淮名胜图中有赤城山。赤城山在浙江天台山，因山上赤石屏列如城，望之如霞，故名，又称烧山。山顶有赤城塔，为南朝梁岳阳王妃所建。

题朱炼师山房　　第 2 册 / 卷 143，第 1453 页

叩齿焚香出世尘，斋坛鸣磬步虚人。

百花仙酝能留客，一饭胡麻度几春。

此诗是对修道之人的赞美。"一饭胡麻度几春"是用刘晨、阮肇入天台山采药遇仙吃"胡麻饭"的典故。

常建（708~？）

常建，籍贯邢州（今河北邢台），开元十五年（727）与王昌龄同榜进士，仕宦不得意，来往山水名胜，长期过着漫游生活。天宝中，曾任盱眙尉。

白龙窟泛舟寄天台学道者　　第 2 册 / 卷 144，第 1462 页

夕映翠山深，馀晖在龙窟。

扁舟沧浪意，澹澹花影没。

西浮入天色，南望对云阙。

因忆莓苔峰，初阳濯玄发。

泉萝两幽映，松鹤间清越。

碧海莹子神，玉膏泽人骨。

忽然为枯木，微兴遂如兀。

应寂中有天，明心外无物。

环回从所泛，夜静犹不歇。

澹然意无限，身与波上月。

从"因忆莓苔峰"来看，诗人到过天台山。从诗文描写来看，诗人应读过孙绰的《天台山赋》。

刘长卿（约726~786）

刘长卿，字文房，宣城（今属安徽）人，玄宗天宝进士，肃宗至德中官监察御史，德宗建中年间，官终随州刺史。长于五言，自称"五言长城"。

过白鹤观寻岑秀才不遇　　第3册/卷147，第1483页

不知方外客，何事锁空房。

应向桃源里，教他唤阮郎。

阮郎，即入天台山采药遇仙的阮肇。

送少微上人游天台　　第3册/卷147，第1484页

石桥人不到，独往更迢迢。

乞食山家少，寻钟野路遥。

松门风自扫，瀑布雪难消。

秋夜闻清梵，馀音逐海潮。

《释氏要览》："智德，外有德行，在人之上，名上人。"少微上人，是唐朝高僧，《全唐诗》中有多首与"少微上人"有关的诗，如顾况的《送少微上人还鹿门》、卢纶的《送少微上人游蜀》等。智者大师在天台山修行并创天台宗后，天台山也成为佛教名山，许多僧人在远游求法时也会选择天台山。

和袁郎中破贼后军行过剡中山水谨上太尉 即李光弼

第 3 册 / 卷 148，第 1525 页

剡路除荆棘，王师罢鼓鼙。

农归沧海畔，围解赤城西。

赦罪春阳发，收兵太白低。

远峰来马首，横笛入猿啼。

兰渚催新幄，桃源识故蹊。

已闻开阁待，谁许卧东溪。

唐宝应元年（762）十月至广德元年（763）四月，台州人袁晁领导浙东农民起义，唐代宗李豫急令河南道副元帅李光弼讨伐袁晁。李光弼派其部将张伯仪（一作义）、御史中丞袁傪、偏将王栖曜和李长荣等率领各军，向袁晁义军发起攻势。宝应元年十二月，义军与官军在衢州（今浙江衢州衢江区）大战，义军失利。广德元年三月初四，官军再次击败义军。四月，两军经十余次交战，义军战败，袁晁被俘。

入白沙渚夤缘二十五里至石窟山下怀天台陆山人

第 3 册 / 卷 149，第 1539 页

远屿霭将夕，玩幽行自迟。 屿，一作渚。

归人不计日，流水闲相随。

辍棹古崖口，扪萝春景迟。 古，一作石。

偶因回舟次，宁与前山期。

对此瑶草色，怀君琼树枝。

浮云去寂寞，白鸟相因依。

何事爱高隐，但令劳远思。

穷年卧海峤，永望愁天涯。

吾亦从此去，扁舟何所之。　此，一作君。

迢迢江上帆，千里东风吹。

山人，指隐居山中修行的人。上元二年（761）秋天，诗人奉命回到苏州接受"重推"，旅居江浙。此诗应作于此时期。

夜宴洛阳程九主簿宅送杨三山人往天台寻智者禅师隐居

第 3 册 / 卷 150，第 1552~1553 页

东林问逋客，何处栖幽偏。满腹万馀卷，息机三十年。

志图良已久，鬓发空苍然。调啸寄疏旷，形骸如弃捐。

本家关西族，别业嵩阳田。云卧能独往，山栖幸周旋。

垂竿不在鱼，卖药不为钱。藜杖闲倚壁，松花常醉眠。

顷辞青溪隐，来访赤县仙。南亩自甘贱，中朝唯爱贤。

仍空世谛法，远结天台缘。魏阙从此去，沧洲知所便。

主人琼枝秀，宠别瑶华篇。落日扫尘榻，春风吹客船。

此行颇自适，物外谁能牵。弄棹白蘋里，挂帆飞鸟边。

落潮见孤屿，彻底观澄涟。雁过湖上月，猿声峰际天。

群峰趋海峤，千里黛相连。遥倚赤城上，瞳瞳初日圆。

昔闻智公隐，此地常安禅。千载已如梦，一灯今尚传。

云龛闭遗影，石窟无人烟。古寺暗乔木，春崖鸣细泉。

流尘既寂寞，缅想增婵娟。山鸟怨庭树，门人思步莲。

121

夷犹怀永路，怅望临清川。渔人来梦里，沙鸥飞眼前。

独游岂易惬，群动多相缠。羡尔五湖夜，往来闲扣舷。

《隋天台智者大师别传》记载："闻天台《地记》称有仙宫，白道猷所见者信矣；《山赋》用比蓬莱，孙兴公之言得矣。若息缘兹岭，啄峰饮涧，展平生之愿也。"可见智者大师选择在天台山修行是因为此山有仙气，他创天台宗后，其修行的地方对修行人也就有了很大的吸引力。

赠微上人　　第 3 册 / 卷 150，第 1561 页

禅门来往翠微间，万里千峰在剡山。　　剡，一作别。

何时共到天台里，身与浮云处处闲。

诗人有《送少微上人游天台》，少微上人到天台后应是停留下来了，所以诗人也希望自己能去天台山享受闲云般的生活。

送惠法师游天台因怀智大师故居

第 3 册 / 卷 151，第 1570 页

翠屏瀑水知何在，鸟道猿啼过几重。　　水，一作布。

落日独摇金策去，深山谁向石桥逢。

定攀岩下丛生桂，欲买云中若个峰。　　下，一作上。

忆想东林禅诵处，寂寥惟听旧时钟。

诗人曾到过智者大师的故居，所以在送惠法师游天台山时，勾起了他对智者大师故居的怀念之情。

送台州李使君兼寄题国清寺　　第 3 册 / 卷 151，第 1571 页

露冕新承明主恩，山城别是武陵源。

花间五马时行县，山外千峰常在门。

晴江洲渚带春草，古寺杉松深暮猿。

知到应真飞锡处，因君一想已忘言。

国清寺是隋炀帝为智者大师所建，成为天台宗的祖庭。

孟浩然（689~740）

孟浩然，襄州襄阳（今湖北襄阳）人，世称孟襄阳，应进士举不第，仕途困顿，最终修道归隐，曾隐居鹿门山。唐开元二十五年（737）被张九龄招致幕府。与李白有交往，李白有诗《赠孟浩然》《黄鹤楼送孟浩然之广陵》。其诗多写山水田园和隐居的逸兴以及羁旅行役的心情，与王维并称"王孟"。是司马承祯大师的"仙宗十友"之一，对于司马大师修行了几十年的天台山很向往，并曾亲往游览。

将适天台留别临安李主簿　　第 3 册 / 卷 159，第 1626 页

枳棘君尚栖，匏瓜吾岂系。

念离当夏首，漂泊指炎裔。　　念离当夏首，一作谁念离亭下。漂，

江海非堕游，田园失归计。　　一作淡。堕，一作惰。

定山既早发，渔浦亦宵济。

泛泛随波澜，行行任舻枻。

故林日已远，群木坐成翳。

羽人在丹丘，吾亦从此逝。

开元十六年（728），孟浩然参加科举不中，第二年离开长安，辗转于襄阳、洛阳，夏季游吴越。临安，今杭州临安区。

宿天台桐柏观　　第 3 册 / 卷 159，第 1628 页

海行信风帆，夕宿逗云岛。

缅寻沧洲趣，近爱赤城好。

扪萝亦践苔，辍棹悠探讨。　　探，一作穷。

息阴憩桐柏，采秀弄芝草。

鹤唳清露垂，鸡鸣信潮早。

愿言解缨绂，从此去烦恼。　　绂，一作绋。　去，一作无。

高步凌四明，玄踪得三老。　　明，一作壁。

纷吾远游意，学彼长生道。　　学，一作乐。

日夕望三山，云涛空浩浩。

唐睿宗召见司马承祯大师后为之敕建桐柏观，并禁止在 40 里之内采樵。孟浩然到天台山后住在桐柏观，以此为中心游山玩水，摆脱了在长安求仕不成的郁闷，诗中字里行间都是愉悦之情。

题终南翠微寺空上人房 一作宿终南翠微寺

　　　　第 3 册 / 卷 159，第 1629 页

翠微终南里，雨后宜返照。

闭关久沈冥，杖策一登眺。

遂造幽人室，始知静者妙。

儒道虽异门，云林颇同调。

两心相喜得,毕景共谈笑。　　相喜,一作喜相。
瞑还高窗眠,时见远山烧。　　眠,一作昏。
缅怀赤城标,更忆临海峤。
风泉有清音,何必苏门啸。　　音,一作听。

诗人以终南山翠微寺周围的景物写儒、释、道三家追求云林幽景的共性,也以黄昏时远山的火烧云写对天台赤城山的缅怀。

越中逢天台太乙子　　第3册/卷159,第1632页

仙穴逢羽人,停舻向前拜。
问余涉风水,何处远行迈。
登陆寻天台,顺流下吴会。
兹山凤所尚,安得问灵怪。　　问,一作闻。
上逼青天高,俯临沧海大。
鸡鸣见日出,常觌仙人旆。　　常觌仙人旆,一作每与仙人会。
往来赤城中,逍遥白云外。　　往来,一作去去,又作来来。
莓苔异人间,瀑布当空界。　　当,一作作。
福庭长自然,华顶旧称最。　　自然,一作不死。华顶,一作胜境。
永此从之游,何当济所届。　　此,一作怀,又作愿。之,一作此。

天台山是诗人梦寐以求的仙山,山上的赤城山、桐柏瀑布、福庭(即金庭)、华顶等景致未见却熟悉,所以当他在越中碰到天台山道士太乙子时,两人相谈甚欢,并成为朋友。

寄天台道士　　第 3 册 / 卷 160，第 1640 页

海上求仙客，三山望几时。

焚香宿华顶，裛露采灵芝。

屡蹑莓苔滑，将寻汗漫期。　　蹑，一作践。

倘因松子去，长与世人辞。

《列仙传》：赤松子是神农时主管雨的官。求仙客、宿华顶、采灵芝、蹑莓苔都是对天台山活动的描写。

寻天台山　　第 3 册 / 卷 160，第 1648 页

吾友太乙子，餐霞卧赤城。　　友，一作爱。

欲寻华顶去，不惮恶溪名。

歇马凭云宿，扬帆截海行。

高高翠微里，遥见石梁横。

诗人去天台山拜访友人，字里行间对天台山充满了向往之情。

舟中晓一作晚**望**　　第 3 册 / 卷 160，第 1655 页

挂席东南望，青山水国遥。

舳舻争利涉，来往接风潮。　　接，一作任。

问我今何去，天台访石桥。　　去，一作适。

坐看霞色晓，疑是赤城标。　　晓，一作晚。

字里行间可看到诗人去天台山的急切心情。险峻石桥，霞标赤城都是他要看到的。

四 与天台山相关的唐诗

李白（701~762）

李白，字太白，号青莲居士，又号"谪仙人"，祖籍陇西成纪（今甘肃秦安县）。因商人家庭不能参加科举考试，一生求仕非常艰难。结交修道之人司马承祯、元丹丘、玉真公主等，于天宝元年（742），由于玉真公主和贺知章的交口称赞，被唐玄宗召进宫为供奉翰林，但仅两年即被玄宗赐金放还。离开长安后，由北海高如贵尊师授道箓正式入道门。结婚两次皆娶前宰相之孙女，第一次娶前宰相许圉师的孙女，第二次娶的是前宰相宗楚客的孙女。第一次婚姻是入赘，住在安陆（今湖北境内），对其入仕帮助不大，不是很幸福。第二次婚姻是在经历了玄宗召见的长安生活后。宗氏也是一个好道者，两人志趣相投，从《秋浦寄内》《自代内赠》《秋浦感主人寄内》《送内寻庐山女道士李腾空二首》等诗可看出二人琴瑟和谐。李白因为修道，所以深受黄老列庄思想和葛洪仙道思想的影响，神仙典故信手拈来。因20多岁时曾得到司马承祯大师的称赞，李白对司马大师的修行地天台山有着独特的感情。

同族弟金城尉叔卿烛照山水壁画歌

第3册/卷166，第1720页

高堂粉壁图蓬瀛，烛前一见沧洲清。

洪波汹涌山峥嵘，皎若丹丘隔海望赤城。

光中乍喜岚气灭，谓逢山阴晴后雪。

回溪碧流寂无喧，又如秦人月下窥花源。

了然不觉清心魂，只将叠嶂鸣秋猿。

与君对此欢未歇，放歌行吟达明发。

却顾海客扬云帆，便欲因之向溟渤。

赤城山的颜色是醒目的，所以隔海都看得清楚。

当涂赵炎少府粉图山水歌　　第 3 册 / 卷 167，第 1726 页

峨眉高出西极天，罗浮直与南溟连。

名公绎思挥彩笔，驱山走海置眼前。

满堂空翠如可扫，赤城霞气苍梧烟。

洞庭潇湘意渺绵，三江七泽情洄沿。

惊涛汹涌向何处，孤舟一去迷归年。

征帆不动亦不旋，飘如随风落天边。

心摇目断兴难尽，几时可到三山巅。

西峰峥嵘喷流泉，横石蹙水波潺湲。

东崖合沓蔽轻雾，深林杂树空芊绵。

此中冥昧失昼夜，隐几寂听无鸣蝉。

长松之下列羽客，对坐不语南昌仙。

南昌仙人赵夫子，妙年历落青云士。

讼庭无事罗众宾，杳然如在丹青里。

五色粉图安足珍，真仙可以全吾身。

若待功成拂衣去，武陵桃花笑杀人。

赤城山的颜色如霞光一般醒目而美丽。

四 与天台山相关的唐诗

赠僧崖公　　第 3 册 / 卷 169，第 1749 页

昔在朗陵东，学禅白眉空。
大地了镜彻，回旋寄轮风。
揽彼造化力，持为我神通。
晚谒泰山君，亲见日没云。
中夜卧山月，拂衣逃人群。　　中夜卧山月，一作夜卧雪上月。
授余金仙道，旷劫未始闻。
冥机发天光，独朗谢垢氛。
虚舟不系物，观化游江濆。
江濆遇同声，道崖乃僧英。
说法动海岳，游方化公卿。
手秉玉麈尾，如登白楼亭。
微言注百川，亹亹信可听。
一风鼓群有，万籁各自鸣。
启闭八窗牖，托宿掣电霆。
自言历天台，搏壁蹑翠屏。
凌兢石桥去，恍惚入青冥。
昔往今来归，绝景无不经。
何日更携手，乘杯向蓬瀛。

僧人崖公曾在天台山修行，所以李白在赠送给他的诗里描写了天台山的景物。

129

赠王判官时余归隐居庐山屏风叠　　第 3 册 / 卷 170，第 1752 页
昔别黄鹤楼，蹉跎淮海秋。
俱飘零落叶，各散洞庭流。
中年不相见，蹭蹬游吴越。
何处我思君，天台绿萝月。
会稽风月好，却绕剡溪回。
云山海上出，人物镜中来。
一度浙江北，十年醉楚台。
荆门倒屈宋，梁苑倾邹枚。
苦笑我夸诞，知音安在哉。　苦，一作若。
大盗割鸿沟，如风扫秋叶。
吾非济代人，且隐屏风叠。
中夜天中望，忆君思见君。
明朝拂衣去，永与海鸥群。

从"何处我思君，天台绿萝月"可知，李白与王判官应该在天台山见过面。

梦游天姥吟留别一作别东鲁诸公　　第 3 册 / 卷 174，第 1785 页
海客谈瀛洲，烟涛微茫信难求；
越人语天姥，云霞明灭或可睹。
天姥连天向天横，势拔五岳掩赤城。
天台四万八千丈，对此欲倒东南倾。
我欲因之梦吴越，一夜飞度镜湖月。

四 与天台山相关的唐诗

湖月照我影,送我至剡溪。

谢公宿处今尚在,渌水荡漾清猿啼。

脚著谢公屐,身登青云梯。

半壁见海日,空中闻天鸡。

千岩万转路不定,迷花倚石忽已暝。

熊咆龙吟殷岩泉,栗深林兮惊层巅。

云青青兮欲雨,水澹澹兮生烟。

列缺霹雳,丘峦崩摧。

洞天石扉,訇然中开。

青冥浩荡不见底,日月照耀金银台。

霓为衣兮风为马,云之君兮纷纷而来下。

虎鼓瑟兮鸾回车,仙之人兮列如麻。

忽魂悸以魄动,恍惊起而长嗟。

惟觉时之枕席,失向来之烟霞。

世间行乐亦如此,古来万事东流水。

别君去时何时还,且放白鹿青崖间,须行即骑访名山。

安能摧眉折腰事权贵,使我不得开心颜!

用人们熟知的天台山来衬托天姥山。"天台四万八千丈"与陶弘景《真诰》中说道"一万八千丈"有出入,不知是此诗流传中出了问题,还是李白写的时候就如此。

留别西河刘少府　　第 3 册 / 卷 174,第 1787 页

秋发已种种,所为竟无成。　　秋,一作我。

闲倾鲁壶酒，笑对刘公荣。
谓我是方朔，人间落岁星。
白衣千万乘，何事去天庭。
君亦不得意，高歌羡鸿冥。
世人若醯鸡，安可识梅生。
虽为刀笔吏，缅怀在赤城。
余亦如流萍，随波乐休明。
自有两少妾，双骑骏马行。
东山春酒绿，归隐谢浮名。

李白曾在山东生活过一段时间，但他更加缅怀在赤城山的日子。

送王屋山人魏万还王屋 并序　　第3册/卷175，第1793~1794页

　　王屋山人魏万，云自嵩宋沿吴相访，数千里不遇。乘兴游台越，经永嘉，观谢公石门。后于广陵相见，美其爱文好古，浪迹方外，因述其行，而赠是诗。（一作见王屋山人魏万，云自嵩历兖，游梁入吴，计程三千里，相访不遇。因下江东，寻诸名山，往复百越。后于广陵一面，遂乘兴共过金陵。此公爱奇好古，独出物表，因述其行李，遂有此作。）

仙人东方生，浩荡弄云海。　　一作东方不辞家，独访紫泥海。
沛然乘天游，独往失所在。　　一作时人少相逢，往往失所在。
魏侯继大名，本家聊摄城。

卷舒入元化，迹与古贤并。

……

天台连四明，日入向国清。

五峰转月色，百里行松声。

灵溪咨沿越，华顶殊超忽。

石梁横青天，侧足履半月。

忽然思永嘉，不惮海路赊。

挂席历海峤，回瞻赤城霞。

赤城渐微没，孤屿前峣兀。

水续万古流，亭空千霜月。　　霜，一作山。

缙云川谷难，石门最可观。

瀑布挂北斗，莫穷此水端。

……

乘兴但一行，且知我爱君。

君来几何时，仙台应有期。

东窗绿玉树，定长三五枝。

至今天坛人，当笑尔归迟。

我苦惜远别，茫然使心悲。

黄河若不断，白首长相思。

魏万对李白非常崇拜，据他自己说，为了见到李白，一路追着李白的足迹寻找，千辛万苦在下雪天上天台山，到第二年春天才在金陵见面。李白对此挺感动，所以写了这首诗送给他。

送友人寻越中山水　　第 3 册 / 卷 175，第 1795 页

闻道稽山去，偏宜谢客才。

千岩泉洒落，万壑树萦回。

东海横秦望，西陵绕越台。

湖清霜镜晓，涛白雪山来。

八月枚乘笔，三吴张翰杯。

此中多逸兴，早晚向天台。

越中好山水多，但在李白看来，最好的地方还是天台山。

送杨山人归天台　　第 3 册 / 卷 175，第 1795~1796 页

客有思天台，东行路超忽。

涛落浙江秋，沙明浦阳月。

今游方厌楚，昨梦先归越。

且尽秉烛欢，无辞凌晨发。

我家小阮贤，剖竹赤城边。

诗人多见重，官烛未曾燃。

兴引登山屐，情催泛海船。

石桥如可度，携手弄云烟。

杨山人是在天台山修行的人。

金陵送张十一再游东吴　　第 3 册 / 卷 176，第 1806 页

张翰黄花句，风流五百年。

谁人今继作，夫子世称贤。

再动游吴棹，还浮入海船。

春光白门柳，霞色赤城天。

去国难为别，思归各未旋。

空馀贾生泪，相顾共凄然。

唐诗中写到霞光，或者朝霞，常会用赤城来代替。

送纪秀才游越　　第 3 册 / 卷 176，第 1806 页

海水不满眼，观涛难称心。

即知蓬莱石，却是巨鳌簪。

送尔游华顶，令余发鸟吟。

仙人居射的，道士住山阴。

禹穴寻溪入，云门隔岭深。

绿萝秋月夜，相忆在鸣琴。

华顶，即天台山最高处。

同友人舟行游台越作　　第 3 册 / 卷 179，第 1830 页

楚臣伤江枫，谢客拾海月。

怀沙去潇湘，挂席泛溟渤。

蹇予访前迹，独往造穷发。

古人不可攀，去若浮云没。

愿言弄倒景，从此炼真骨。

华顶窥绝溟，蓬壶望超忽。

不知青春度，但怪绿芳歇。

135

空持钓鳌心，从此谢魏阙。

李白与友人坐船游览台岳，"愿言弄倒景，从此炼真骨。华顶窥绝溟，蓬壶望超忽"，表达了自己修真的决心。

天台晓望　　第 3 册 / 卷 180，第 1840 页

天台邻四明，华顶高百越。

门标赤城霞，楼栖沧岛月。

凭高登远览，直下见溟渤。

云垂大鹏翻，波动巨鳌没。

风潮争汹涌，神怪何翕忽。

观奇迹无倪，好道心不歇。

攀条摘朱实，服药炼金骨。

安得生羽毛，千春卧蓬阙。

与上首诗同时期作品，是李白在天台山游历时所作，表达了自己求道的决心。

题桐柏观　　《道藏》第 11 册，第 96 页

龙楼凤阙不肯住，飞腾直欲天台去。

碧玉连环八面山，山中亦有人行处。

青衣约我游琼台，琪木花芳九叶开。

天风飘香不点地，千片万片绝尘埃。

我来正当重九后，笑把烟霞俱抖擞。

明朝拂袖出紫微，壁上龙蛇空自走。

此诗来自《道藏》中《天台山志》"李白题桐柏观诗"。在"李白题桐柏观诗"中，前面为五言诗《天台晓望》的内容，后面的内容即为此诗。诗题为编者所加。在《全唐诗》中未见，但因与李白有关，所以录入。

早望海霞边　　第 3 册 / 卷 180，第 1840 页
四明三千里，朝起赤城霞。
日出红光散，分辉照雪崖。
一餐咽琼液，五内发金沙。
举手何所待，青龙白虎车。
李白早晨起来修行时的情景。

秋夕书怀一作秋日南游书怀　　第 3 册 / 卷 183，第 1871~1872 页
北风吹海雁，南渡落寒声。
感此潇湘客，凄其流浪情。
海怀结沧洲，霞想游赤城。　　海怀结沧洲，一作远心飞苍梧。霞，
始探蓬壶事，旋觉天地轻。　　一作遐。事，一作术。
澹然吟高秋，闲卧瞻太清。　　吟，一作思。
萝月掩空幕，松霜结前楹。　　掩，一作隐。结，一作皓。松霜结
灭见息群动，猎微穷至精。　　前楹，一作松云散前楹。
桃花有源水，可以保吾生。
看到霞光，就会怀念游赤城的日子。

求崔山人百丈崖瀑布图　　第 3 册 / 卷 183，第 1876 页

百丈素崖裂，四山丹壁开。

龙潭中喷射，昼夜生风雷。

但见瀑泉落，如潆云汉来。

闻君写真图，岛屿备萦回。

石黛刷幽草，曾青泽古苔。

幽缄倘相传，何必向天台。

用天台山来衬托崔山人的百丈崖瀑布图，正说明了李白对天台山的熟悉和喜欢。

莹禅师房观山海图　　第 3 册 / 卷 183，第 1876 页

真僧闭精宇，灭迹含达观。

列嶂图云山，攒峰入霄汉。

丹崖森在目，清昼疑卷幔。

蓬壶来轩窗，瀛海入几案。

烟涛争喷薄，岛屿相凌乱。

征帆飘空中，瀑水洒天半。

峥嵘若可陟，想像徒盈叹。

杳与真心冥，遂谐静者玩。

如登赤城里，揭步沧洲畔。

即事能娱人，从兹得消散。

天台山依山傍海，符合山海图的旨趣，看着山海图，如同登赤城山。

岑参（约715~770）

岑参，原籍南阳（今属河南新野），迁居江陵（今属湖北），是唐代著名的边塞诗人。其诗歌富有浪漫主义特色，气势雄伟，想象丰富，色彩瑰丽，热情奔放。现存诗403首。

送祁乐归河东　　第3册/卷198，第2038页
祁乐后来秀，挺身出河东。
往年诣骊山，献赋温泉宫。
天子不召见，挥鞭遂从戎。
前月还长安，囊中金已空。
有时忽乘兴，画出江上峰。
床头苍梧云，帘下天台松。
忽如高堂上，飒飒生清风。　　生清，一作闻江。
五月火云屯，气烧天地红。
鸟且不敢飞，子行如转蓬。
少华与首阳，隔河势争雄。
新月河上出，清光满关中。
置酒灞亭别，高歌披心胸。
君到故山时，为谢五老翁。　　谢五，一作君谢。

诗中虽写到了祁乐的怀才不遇，但全诗充满了豪爽气，而"天台松"更使人感受到了韧性。

皇甫曾（？~785）

皇甫曾，字孝常，润州丹阳（今江苏丹阳）人，皇甫冉之弟。唐玄宗天宝末前后在世。天宝十二年（753）进士，此年状元为杨儇。历官侍御史，后坐事贬舒州司马，移阳翟令。

送少微上人东南游　　第 3 册 / 卷 210，第 2183 页

石梁人不到，独往更迢迢。

乞食山家少，寻钟野寺遥。

松门风自扫，瀑布雪难消。

秋夜闻清梵，馀音逐海潮。

"石梁"是天台山的一处景。刘长卿有此诗，区别是：刘诗的标题是"送少微上人游天台"，第一句是"石桥人不到"，第四句是"寻钟野路遥"。

赠沛—作需禅师　　第 3 册 / 卷 210，第 2186 页

南岳满湘沅，吾师经利涉。　　满，一作潇。沅，一作源。

身归沃洲老，名与支公接。

净教传荆吴，道缘止渔猎。

观空色不染，对境心自惬。

室中人寂寞，门外山重叠。　　重，一作稠。

天台积幽梦，早晚当负笈。　　晚当，一作岁归。

天台山有国清寺，是隋炀帝为智者大师敕建，是佛弟子向往之寺。此诗应是沛禅师打算去天台山，诗人为此赠送。

锡杖歌送明楚上人归佛川—作权德舆诗

第 3 册 / 卷 210，第 2188 页

上人远自西天至，头陀行遍南朝寺。
口翻贝叶古字经，手持金策声泠泠。
护法护身惟振锡，石濑云溪深寂寂。
乍来松径风露寒，遥映霜天月成魄。
后夜空山禅诵时，寥寥挂在枯树枝。
真法尝传心不住，东西南北随缘路。
佛川此去何时回，应真莫便游天台。

从皎然的《唐湖州佛川寺故大师塔铭》一文可知，诗题中的佛川应指湖州佛川寺。天台山国清寺在唐朝也很有名，湖州与天台山比较近，所以诗人建议来自西方的明楚上人去游天台山。"应真"来自《天台山赋》的"应真飞锡以蹑虚"，指得到真道的人。

杜甫（712~770）

杜甫，字子美，今河南巩义人，与李白合称为"李杜""大李杜"，后人称他为"诗圣"，他的诗也被称为"诗史"。唐代现实主义诗人的代表。

有怀台州郑十八司户虔   第 4 册 / 卷 218，第 2292 页

天台隔三江，风浪无晨暮。   三江，一作江海。
郑公纵得归，老病不识路。
昔如水上鸥，今如罝中兔。   水，一作江，一作天。如，一作为。

141

性命由他人，悲辛但狂顾。

山鬼独一脚，蝮蛇长如树。

呼号傍孤城，岁月谁与度。

从来御魑魅，多为才名误。　　为，一作被。

夫子嵇阮流，更被时俗恶。　　被，一作遭。

海隅微小吏，眼暗发垂素。

黄帽映青袍，非供折腰具。　　黄帽映，一作鸠杖近。

平生一杯酒，见我故人遇。

相望无所成，乾坤莽回互。

在唐朝，天台山是台州的地标，所以在许多与台州有关的诗中，诗人们常会提到天台山或赤城山。

故著作郎贬台州司户荥阳郑公虔

第 4 册 / 卷 222，第 2358~2359 页

鹦鹉至鲁门，不识钟鼓飨。

孔翠望赤霄，愁思雕笼养。　　思，一作入。

荥阳冠众儒，早闻名公赏。

地崇士大夫，况乃气精爽[1]。　　气精，一作气清，一作精气。

天然生知姿，学立游夏上。

神农极阙漏，黄石愧师长。

药纂西极名，兵流指诸掌[2]。　　极，一作域。

贯穿无遗恨，荟蕞何技痒[3]。

圭臬星经奥，虫篆丹青广。　　圭臬，圭以测日景，臬以平水。

四 与天台山相关的唐诗

子云窥未遍，方朔谐太柱。
神翰顾不一，体变钟兼两。
文传天下口，大字犹在榜。
昔献书画图，新诗亦俱往。
沧洲动玉陛，宣鹤误一响。　　陛，一作阶。宣，一作寡，一作官。
三绝自御题，四方尤所仰。　　御题，明皇题其诗与书画曰郑虔
嗜酒益疏放，弹琴视天壤。　　三绝。
形骸实土木，亲近唯几杖。
未曾寄官曹，突兀倚书幌。　　寄，一作记。
晚就芸香阁，胡尘昏埌莽。
反覆归圣朝，点染无涤荡。
老蒙台州掾，泛泛浙江桨。　　泛泛，一作遐泛。
覆穿四明雪，饥拾楢溪橡。
空闻紫芝歌，不见杏坛丈。
天长眺东南，秋色馀魍魉。
别离惨至今，斑白徒怀曩。
春深秦山秀，叶坠清渭朗。　　秦，一作泰。
剧谈王侯门，野税林下鞅。
操纸终夕酣，时物集遐想。
词场竟疏阔，平昔滥吹奖。　　吹，一作咨，一作推。
百年见存殁，牢落吾安放。　　放，一作仿。
萧条阮咸在，出处同世网。
他日访江楼，含凄述飘荡[4]。

（1）原注：往者公在疾，苏许公颇位尊望重，素未相识，早爱才名，躬自抚问。后结忘年之分，远迩嘉之。

（2）原注：公著《荟蕞》等诸书。又撰《胡本草》七卷。

（3）虔采集异闻，成书四十馀卷。苏源明请名《会粹》，取《尔雅·序》"会粹"旧说也。一云荟蕞，草多而小，言著书多小碎事也。

（4）原注：著作与今秘书监郑君审，篇翰齐价，谪江陵，故有阮咸江楼之句。

楢溪，始丰溪支流，在今浙江天台县东。孙绰《天台山赋》："济楢溪而直进"，即此。《清一统志·台州府一》：楢溪"在天台县东二十五里。亦名欢溪。源出华顶，南流至凤凰山侧，入始丰溪"。郑虔在安史之乱时，先后被叛军任为兵部郎中和国子司业。安史之乱被平定后，郑虔因陷伪而获贬台州。杜甫与郑虔交好，对郑虔的才干很推崇，对他的遭遇非常同情，同时也不乏鼓励与打气。

观李固请司马弟山水图三首·其二

第4册/卷226，第2449页

方丈浑连水，天台总映云。

人间长见画，老去恨空闻。　老去，一作身老。

范蠡舟偏小，王乔鹤不群。

此生随万物，何路出尘氛。

天台山的白云，王子乔控鹤飞行，诗人借物抒怀。

哭台州郑司户苏少监　　第 4 册 / 卷 234，第 2584~2585 页

故旧谁怜我，平生郑与苏。
存亡不重见，丧乱独前途。
豪俊何人在，文章扫地无。　　何人，一作人谁。
羁游万里阔，凶问一年俱。
白首中原上，清秋大海隅。
夜台当北斗，泉路著东吴。　　著，一作宿。
得罪台州去，时危弃硕儒。
移官蓬阁后，谷贵没潜夫。
流恸嗟何及，衔冤有是夫。
道消诗兴废，心息酒为徒。
许与才虽薄，追随迹未拘。
班扬名甚盛，嵇阮逸相须。
会取君臣合，宁铨品命殊。
贤良不必展，廊庙偶然趋。
胜决风尘际，功安造化炉。
从容拘旧学，惨澹闷阴符。　　拘，一作询。
摆落嫌疑久，哀伤志力输。
俗依绵谷异，客对雪山孤。
童稚思诸子，交朋列友于。
情乖清酒送，望绝抚坟呼。
疟病餐巴水，疮痍老蜀都。　　病，一作疠。
飘零迷哭处，天地日榛芜。

郑虔被贬到台州后不到三年就去世了，当杜甫得到消息时，写下此诗，痛哭朋友的去世，赞美郑虔的才干，对郑虔被贬到台州的不公正待遇表达了不忿之情。

钱起（722？~780）

钱起，字仲文，吴兴（今浙江湖州）人，大书法家怀素和尚之叔。早年数次赴试落第，唐天宝十年（751）进士。曾任考功郎中，故世称"钱考功"。代宗大历中为翰林学士。他是"大历十才子"之一，也是其中杰出者，被誉为"大历十才子之冠"。又与郎士元齐名，称"钱郎"，当时称为"前有沈宋，后有钱郎。"

雨中望海上怀郁林观中道侣　　第4册/卷236，第2605页
山观海头雨，悬沫动烟树。
只疑苍茫里，郁岛欲飞去。
大块怒天吴，惊潮荡云路。
群真俨盈想，一苇不可渡。
惆怅赤城期，愿假轻鸿驭。

诗人打算去天台山避暑、访友，但却因下雨和海潮困于路上。想想赤城山上的道友，恨不得赶快飞过去。

避暑纳凉　　第4册/卷239，第2665页
木槿花开畏日长，时摇轻扇倚绳床。
初晴草蔓缘新笋，频雨苔衣染旧墙。

十旬河朔应虚醉,八柱天台好纳凉。

无事始然知静胜,深垂纱帐咏沧浪。

天台山上夏天凉爽,适宜避暑。

张继(约715~约779)

张继,字懿孙,襄州(今湖北襄阳)人。据诸家记录,仅知他是天宝十二年(753)的进士。大历中,以检校祠部员外郎为洪州(今江西南昌)盐铁判官。他的诗爽朗激越,不事雕琢,比兴幽深,事理双切,对后世颇有影响。

会稽秋晚奉呈于太守　　第4册/卷242,第2710页

寂寂讼庭幽,森森戟户秋。　（第二个)寂,一作寞。

山光隐危堞,湖色上高楼。

禹穴探书罢,天台作赋游。

云浮将越客,岁晚共淹留。　云浮,一作浮云。

天台作赋游,指孙绰的《天台山赋》。

皇甫冉(717~770)

皇甫冉,字茂政,润州(今江苏镇江)丹阳人,天宝十五年(756)进士。曾官无锡尉,大历初,累迁右补阙。其诗清新飘逸,多漂泊之感。

酬包评事壁画山水见寄　　第4册/卷249,第2794页

一官知所傲,本意在云泉。

147

濡翰生新兴，群峰忽眼前。

黛中分远近，笔下起风烟。

岩翠深樵路，湖光出钓船。

寒侵赤城顶，日照武陵川。

若览名山志，仍闻招隐篇。

遂令江海客，惆怅忆闲田。

诗人以山水壁画表达了自己希望寄情山水的心情。然而，赤城也好，武陵也好，都只能想想而已。

杂言无锡惠山寺流泉歌　第 4 册 / 卷 249，第 2796 页

寺有泉兮泉在山，锵金鸣玉兮长潺潺。

作潭镜兮澄寺内，泛岩花兮到人间。

土膏脉动知春早，隈隩阴深长苔草。

处处萦回石磴喧，朝朝盥漱山僧老。

僧自老，松自新。流活活，无冬春。

任疏凿兮与汲引，若有意兮山中人。

偏依佛界通仙境，明灭玲珑媚林岭。

宛如太室临九潭，讵减天台望三井。

我来结绶未经秋，已厌微官忆旧游。

且复迟回犹未去，此心只为灵泉留。

此诗表达了诗人对山水生活的向往和对官场的厌倦之情。太室山、天台山都是好去处。

题昭上人房　　第 4 册 / 卷 250，第 2822 页

沃州传教后，百衲老空林。

虑尽朝昏磬，禅随坐卧心。

鹤飞湖草迥，门闭野云深。

地与天台接，中峰早晚寻。　　地，一作愿。

昭上人为僧人，诗人在无锡为官，天台山有国清寺，无锡与天台山相近，或许可以一游？

秦系（约720~820年在世）

秦系，字公绪，越州会稽人。

题女道士居不饵芝术四十馀年　一作马戴诗

　　第 4 册 / 卷 260，第 2887 页

不饵住云溪，休丹罢药畦。

杏花虚结子，石髓任成泥。

扫地青牛卧，栽松白鹤栖。

共知仙女丽，莫是阮郎妻。

用了阮肇在天台山采药遇仙的典故。

任华（生卒年不详）

任华，青州乐安（今山东博兴县）人。唐肃宗时任秘书省校书郎、监察御史等职，还曾任桂州刺史参佐。任华性情耿介，狂放不

羁，自称"野人""逸人"，仕途不得志。与高适友善，也有寄赠李白、杜甫的诗存世。

寄李白　　第 4 册／卷 261，第 2895~2896 页

古来文章，有能奔逸气，耸高格，清人心神，
惊人魂魄。我闻当今有李白，
大猎赋，鸿猷文；嗤长卿，笑子云。　猎，一作鹏。
班张所作琐细不入耳，未知卿云得在嗤笑限。
登庐山，观瀑布，海风吹不断，江月照还空，　空，一作明。
余爱此两句；登天台，望渤海，云垂大鹏飞，
山压巨鳌背，斯言亦好在。　在，一本无在字。
至于他作多不拘常律，振摆超腾，既俊且逸。
或醉中操纸，或兴来走笔。　操，一作扫。兴来，一作乘兴。
手下忽然片云飞，眼前划见孤峰出。　然，一作有。
而我有时白日忽欲睡，睡觉欻然起攘臂。
任生知有君，君也知有任生未？
中间闻道在长安，及余戾止，
君已江东访元丹，邂逅不得见君面。
每常把酒，向东望良久。　每常，一作有时。
见说往年在翰林，胸中矛戟何森森。
新诗传在宫人口，佳句不离明主心。
身骑天马多意气，目送飞鸿对豪贵。
承恩召入凡几回，待诏归来仍半醉。
权臣妒盛名，群犬多吠声。

有敕放君却归隐沦处,高歌大笑出关去。　处,一本无处字。

且向东山为外臣,诸侯交迓驰朱轮。

白璧一双买交者,黄金百镒相知人。

平生傲岸其志不可测;

数十年为客,未尝一日低颜色。　数,一本无数字。

八咏楼中坦腹眠,五侯门下无心忆。

繁花越台上,细柳吴宫侧。

绿水青山知有君,白云明月偏相识,

养高兼养闲,可望不可攀。

庄周万物外,范蠡五湖间。

人传访道沧海上,丁令王乔每往还。　人传,一作又闻。

蓬莱径是曾到来,方丈岂唯方一丈。

伊余每欲乘兴往相寻,江湖拥隔劳寸心。　往,一作远。

今朝忽遇东飞翼,寄此一章表胸臆。

倘能报我一片言,但访任华有人识。　一,一作以。

李白因为司马承祯的缘故,到天台山住过一段时间,并写下了不少与天台山有关的诗。任华既喜欢李白的诗,也羡慕李白的求道生活。

魏万(生卒年不详)

魏万,尝居王屋山,号王屋山人,后改名魏颢,是盛唐诗人李白的晚辈朋友。760年登第。初遇李白于广陵,白曰:"尔后必著大名于天下。"因尽出其文,命集之。其还王屋山也,白为之序,称其爱文好古。写有《李翰林集序》。

金陵酬李翰林谪仙子　　第 4 册／卷 261，第 2898 页

君抱碧海珠，我怀蓝田玉。
各称希代宝，万里遥相烛。
长卿慕蔺久，子猷意已深。
平生风云人，暗合江海心。　　云，一作雅。
去秋忽乘兴，命驾来东土。
谪仙游梁园，爱子在邹鲁。
二处一不见，拂衣向江东。
五两挂海月，扁舟随长风。　　海，一作淮。
南游吴越遍，高揖二千石。
雪上天台山，春逢翰林伯。　　雪，一作云。
宣父敬项橐，林宗重黄生。　　橐，一作托。
一长复一少，相看如弟兄。
惕然意不尽，更逐西南去。
同舟入秦淮，建业龙盘处。
楚歌对吴酒，借问承恩初。　　对，一作醉。
宫买长门赋，天迎驷马车。
才高世难容，道废可推命。
安石重携妓，子房空谢病。
金陵百万户，六代帝王都。
虎石据西江，钟山临北湖。
二山信为美，王屋人相待。　　二，一作湖。

应为歧路多,不知岁寒在。

君游早晚还,勿久风尘间。

此别未远别,秋期到仙山。

魏万追寻李白的足迹,在冬天到过天台山,但李白已离开了,最后魏万在金陵与李白见面了。李白写有《送王屋山人魏万还王屋并序》。

顾况(生卒年不详)

顾况,字逋翁,号华阳真逸(一说华阳真隐),晚年自号悲翁,海盐(在今浙江海宁境内)人。唐代诗人、画家、鉴赏家。他一生官位不高,曾任著作郎,因作诗嘲讽得罪权贵,贬饶州司户参军。晚年隐居茅山,有《华阳集》行世。

临海所居三首·其二　第 4 册 / 卷 267,第 2958 页
此去临溪不是遥,楼中望见赤城标。
不知叠嶂重霞里,更有何人度石桥。

赤城可见,石桥难度,层峦叠嶂重霞里,不知吸引了多少人来游览。

从剡溪至赤城　第 4 册 / 卷 267,第 2963 页
灵溪宿处接灵山,窈映高楼向月闲。
夜半鹤声残梦里,犹疑琴曲洞房间。

赤城山为洞天福地第六大洞天,诗人似乎听到了王子乔的白鹤声和笙曲。

窦庠（生卒年不详）

窦庠，曾任登州刺史，与元稹、白居易、韩愈、韦夏卿、武元衡、裴度、令狐楚等过从友善，多有酬唱，著有《窦氏联珠集》。

赠道芬上人善画松石　　第 4 册 / 卷 271，第 3039 页
云湿烟封不可窥，画时唯有鬼神知。
几回逢著天台客，认得岩西最老枝。

道芬上人为唐中期时僧人，会稽（今浙江绍兴）人，工画山水、松石，常为江南等寺院创作壁画。他作画十分投入，以致废寝忘食，后来竟在绘制《钓台名山图》时，因劳累过度而逝。唐朝许多诗人有关于他的诗流传，如顾况的《稽山道芬上人画山水歌》、徐凝的《伤画松道芬上人》。道芬上人所画的天台松，让从天台来的客人倍觉熟悉的是岩西最老枝。

章八元（生卒年不详）

章八元，字虞贤，今浙江桐庐人，唐大历六年（771）进士。贞元中调句容（今江苏句容县）主簿，后升迁协律郎（掌校正乐律）。章八元与郡司马刘长卿相友善，有不少唱和之作，为诗界名流所乐道。

天台道中示同行　　第 5 册 / 卷 281，第 3188 页
八重岩崿叠晴空，九色烟霞绕洞宫。
仙道多因迷路得，莫将心事问樵翁。

这是诗人与人一起游天台山时所作，诗里充满趣味，好像在安

抚同行者:"迷路不要紧,刘晨、阮肇就是因为迷路遇到了神仙,说不定我们迷路后也能遇到。"

张佐(生卒年、籍贯皆不详)

张佐,在代宗大历中曾应进士试。《全唐诗》存诗2首。

忆游天台寄道流见《众妙集》　　第5册/卷281,第3191页
忆昨天台到赤城,几朝仙籁耳中生。
云龙出水风声急,海鹤鸣皋日色清。
石笋半山移步险,桂花当涧拂衣轻。
今来尽是人间梦,刘阮茫茫何处行。

通过回忆游览天台山的美景,赞美山上的仙气。离开天台山后,就像刘晨、阮肇回到人间一样,不知前路在何方。

李益(746~829)

李益,字君虞,陕西姑臧(今甘肃武威)人,后迁河南郑州。大历四年(769)中进士,初任郑县尉,久不得升迁,建中四年(783),登书判拔萃科。因仕途失意,后弃官在燕赵一带漫游。元和初,宪宗召李益回京,任都官郎中。大和元年(827)任礼部尚书,以礼部尚书致仕卒。

登天坛夜见海一本海下有日字　　第5册/卷282,第3207页
朝游碧峰三十六,夜上天坛月边宿。

仙人携我搴玉英，坛上夜半东方明。
仙钟撞撞近海日，海中离离三山出。
霞梯赤城遥可分，霓旌绛节倚彤云。
八鸾五凤纷在御，王母欲上朝元君。
群仙指此为我说，几见尘飞沧海竭。
竦身别我期丹宫，空山处处遗清风。
九州下视杳未旦，一半浮生皆梦中。
始知武皇求不死，去逐瀛洲羡门子。

这是一首游仙诗。感叹人生短暂，对秦始皇、汉武帝为求长生到瀛洲寻找仙人羡门高的行为表达了理解之意。

同萧炼师宿太乙庙　第5册/卷283，第3211页

微月空山曙，春祠谒少君。
落花坛上拂，流水洞中闻。　拂，一作扫。
酒引芝童奠，香馀桂子焚。　子，一作女。
鹤飞将羽节，遥向赤城分。

少君，指李少君，为仙人，在《列仙传》中有记载。因懂得祭祀灶神求福、种谷得金、长生不老的方术而得到汉武帝的尊重。

李端（743~782）

李端，字正已，赵州（今河北赵县）人。少居庐山，师诗僧皎然。大历五年（770）进士。曾任秘书省校书郎、杭州司马。晚年辞官

隐居湖南衡山，自号衡岳幽人。李端是大历十才子之一，在"十才子"中年辈较轻，但诗才卓越，是"才子中的才子"。

赠衡岳隐禅师　　第5册/卷285，第3243页

旧住衡州寺，随缘偶北来。

夜禅山雪下，朝汲竹门开。　　禅，一作寒。

半偈传初尽，群生意未回。　　传初，一作空皆。

唯当与樵者，杖锡入天台。

衡岳隐禅师将去天台山，于是李端写下此诗赠别。

题云际寺准上人房　　第5册/卷286，第3265页

高僧居处似天台，锡杖铜瓶对绿苔。

竹巷雨晴春鸟啭，山房日午老人来。　　春，一作新。

园中鹿过椒枝动，潭底龙游水沫开。

独夜焚香礼遗像，空林月出始应回。

云际寺在陕西省终南山太平峪深处的云际山巅，环境幽雅，诗人将准上人的住处与天台山国清寺进行对比，对其进行了赞美。

司空曙（720~790）

司空曙，字文初（《唐才子传》作文明，此从《新唐书》），广平（今河北永年）人，唐朝诗人。

寄天台秀师　　第5册/卷292，第3311页

天台瀑布寺，传有白头师。

幻迹示羸病，空门无住持。　示，一作是。
雪晴看鹤去，海夜与龙期。
永愿亲瓶屦，呈功得问疑。　呈功，一作澄心。

根据《天台山方外志》记载，瀑布寺在天台县西北 25 里处的十二都瀑布之侧。

崔峒（生卒年不详）

崔峒（一作洞），唐大历元年（766）前后在世，字号不详，博陵安平（今河北安平县）人，出身"博陵崔氏"大房，为唐朝吏部郎中、秘书少监崔行功的曾孙。登进士第，大历中曾任拾遗、补阙、集贤学士等职。"大历十才子"之一。

润州送师弟自江夏往台州　　第 5 册 / 卷 294，第 3340 页
远客乘流去，孤帆向夜开。
春风江上使，前日汉阳来。
别路犹千里，离心重一杯。
剡溪木未落，羡尔过天台。

对于师弟前往台州时可以经过天台山，诗人充满了羡慕之情。

王建（768~835）

王建，字仲初，颍川（今河南许昌）人，唐朝诗人。出身寒微，一生潦倒。曾一度从军，约 46 岁时入仕，曾任昭应县丞、太常寺

丞等职。后出为陕州司马，世称王司马。与张籍友善，乐府与张齐名，世称张王乐府。

题台州—作天台**隐静寺**　　第 5 册 / 卷 298，第 3383 页
隐静灵仙寺天凿，杯度飞来建岩壑。　　仙，一作山。
五峰直上插银河，一涧当空泻寥廓。
崆峒黯淡碧琉璃，白云吞吐红莲阁。　　碧琉璃，一作琉璃殿。
不知势压天几重，钟声常闻月中落。　　闻，一作在。
对隐静寺独特的环境进行了描写。

刘商（生卒年不详）

刘商，字子夏，江苏徐州彭城县人。大历年间进士。官虞部员外郎，后出为汴州观察判观察判官。后辞官从事自己喜欢的诗画创作事业，《唐才子传》卷四说他"拟蔡琰《胡笳曲》，脍炙当时"。

与湛上人院画松　　第 5 册 / 卷 304，第 3461 页
水墨乍成岩下树，摧残半隐洞中云。　　云，一作天。
猷公曾住天台寺，阴雨猿声何处闻。
湛上人指天台宗第九代宗师湛然（711~782）；猷公，指白道猷，敦煌人，从小苦行习禅定。兴宁中来到天台山修行。

于鹄（?~814?）

于鹄，唐代宗大历年间至唐德宗贞元年间前后在世，久居长安，

应举不第，后隐居汉阳。其诗语言朴实生动，清新可人；题材方面多为描写隐逸生活，宣扬禅心道风的作品。

题树下禅师—作僧　　第 5 册 / 卷 310，第 3500 页

久行多不定，树下是禅床。

寂寂心无住，年年日自长。　　心，一作身。

虫蛇同宿涧，草木共经霜。　　宿，一作在。

已见南人说，天台有旧房。　　旧，一作上。

对来自天台山的禅师的高超修行进行赞颂。

武元衡（758~815）

武元衡，字伯苍。缑氏（今河南偃师东南）人，武则天曾侄孙。唐代诗人、政治家。有《临淮集》10 卷。

送吴侍御司马赴台州　　第 5 册 / 卷 316，第 3557 页

卢耽佐郡遥，川陆共迢迢。　　共，一作苦。

风景轻吴会，文章变越谣。　　轻，一作经。

烟林繁橘柚，云海浩波潮。

余有灵山梦，前君到石桥。

诗人通过送别表达自己对天台山石桥的向往之情。

同苗郎中送严侍御赴黔中因访仙源之事

　　第 5 册 / 卷 317，第 3576 页

武陵源在朗江东，流水飞花仙洞中。

莫问阮郎千古事，绿杨深处翠霞空。

阮郎即阮肇，来自阮肇和刘晨到天台山采药遇仙的故事。

权德舆（759~818）

权德舆，字载之。天水略阳（今甘肃秦安东北）人，后徙居润州丹徒（今江苏镇江）。在贞元、元和年间名重一时。唐朝宰相、文学家。

寄临海郡崔稚璋　　第 5 册 / 卷 322，第 3629 页

美酒步兵厨，古人尝宦游。

赤城临海峤，君子今督邮。

吏隐丰暇日，琴壶共冥搜。

新诗寒玉韵，旷思孤云秋。

志士诚勇退，鄙夫自包羞。

终当就知己，莫恋潺湲流。

督邮，古代官职名，是督邮书掾、督邮曹掾的简称，是各郡的重要属吏，代表太守督察县乡，宣达政令兼司法等。诗人劝崔稚璋去赤城山督查工作时，不要被山水迷住了。

锡杖歌送明一无明字**楚上人归佛川**

第 5 册 / 卷 327，第 3668 页

上人远自西天竺，头陀行遍国朝寺。　　竺，一作至。国，一作南。

口翻贝叶古字经，手持金策声泠泠。

护法护身唯振锡，石濑云溪深寂寂。

乍来松径风更寒，遥映霜天月成魄。　更，一作露。
后夜空山禅诵时，寥寥挂在枯树枝。
真法常传心不住，东西南北随缘路。
佛川此去何时回，应真莫便游天台。

皇甫曾有此诗。皇甫曾为润州丹阳（今江苏镇江丹阳县）人，权德舆曾徙居润州丹徒（今江苏镇江），佛川寺在湖州，两人都有可能与明楚上人交往过。所以此诗是谁做的，《全唐诗》中无定论。"应真"来自《天台山赋》的"应真飞锡以蹑虚"，指得到真道的人。

桃源篇　　第5册/卷329，第3682页

小年尝读桃源记，忽睹良工施绘事。
岩径初欣缭绕通，溪风转觉芬芳异。
一路鲜云杂彩霞，渔舟远远逐桃花。
渐入空濛迷鸟道，宁知掩映有人家。
庞眉秀骨争迎客，凿井耕田人世隔。
不知汉代有衣冠，犹说秦家变阡陌。
石髓云英甘且香，仙翁留饭出青囊。
相逢自是松乔侣，良会应殊刘阮郎。
内子闲吟倚瑶瑟，玩此沈沈销永日。
忽闻丽曲金玉声，便使老夫思阁笔。

诗中用到刘晨、阮肇在天台山采药遇仙的典故。诗人要表达的应是，无论是桃花源还是刘阮遇仙，都不如现实更让人踏实。

韩愈（768~824）

韩愈，字退之，河南河阳（今河南孟州）人，唐代杰出的文学家、思想家、哲学家、政治家。是唐代古文运动的倡导者，被后人尊为"唐宋八大家"之首，与柳宗元并称"韩柳"，著有《韩昌黎集》等。

送惠师　第5册/卷337，第3779~3780页

惠师浮屠者，乃是不羁人。十五爱山水，超然谢朋亲。
脱冠剪头发，飞步遗踪尘。发迹入四明，梯空上秋旻。
遂登天台望，众壑皆嶙峋。夜宿最高顶，举头看星辰。
光芒相照烛，南北争罗陈。兹地绝翔走，自然严且神。
微风吹木石，澎湃闻韶钧。夜半起下视，溟波衔日轮。
鱼龙惊踊跃，叫啸成悲辛。怪气或紫赤，敲磨共轮囷。
金鸦既腾翥，六合俄清新。常闻禹穴奇，东去窥瓯闽。
……

韩愈为倡导儒家学说，积极排佛，给唐宪宗上《论佛骨表》，极力劝谏宪宗派使者前往凤翔迎佛骨事，但他私下并不排斥与僧人交往。这首诗是送惠禅师去东南游，对天台山进行了想象式描写。

刘禹锡（772~842）

刘禹锡，字梦得，彭城（今江苏徐州）人，祖籍洛阳，自称是汉中山靖王后裔，曾任监察御史，永贞革新失败后被贬为朗州司马（今湖南常德）。唐代中晚期著名诗人，有"诗豪"之称。

和牛相公南溪醉歌见寄　　第 6 册 / 卷 356，第 4019 页

脱屣将相守冲谦，唯于山水独不廉。
枕伊背洛得胜地，鸣皋少室来轩檐。
相形面势默指画，言下变化随顾瞻。
清池曲榭人所致，野趣幽芳天与添。
有时转入潭岛间，珍木如幄藤为帘。
忽然便有江湖思，沙砾平浅草纤纤。
怪石钓出太湖底，珠树移自天台尖。
崇兰迎风绿泛艳，圻莲含露红襜襜。
修廊架空远岫入，弱柳覆槛流波沾。
渚蒲抽芽剑脊动，岸荻迸笋锥头铦。　芽，一作英。
携觞命侣极永日，此会虽数心无厌。
人皆置庄身不到，富贵难与逍遥兼。
唯公出处得自在，决就放旷辞炎炎。
座宾尽欢恣谈谑，愧我掉头还奋髯。
能令商於多病客，亦觉自适非沉潜。

古人认为天台山上芝桂仙草繁多，所以诗中有"珠树移自天台尖"。

衢州徐员外使君遗以缟纻兼竹书箱因成一篇用答佳贶 按此郡本

自婺州析置，徐（州）自台州迁。　　第 6 册 / 卷 359，第 4057 页

烂柯山下旧仙郎，列宿来添婺女光。
远放歌声分白纻，知传家学与青箱。
水朝沧海何时去，兰在幽林亦自芳。

闻说天台有遗爱，人将琪树比甘棠。

琪树，是一种有利于修真的药材，孙绰的《天台山赋》中有"琪树璀璨而垂珠"，所以琪树也成为天台山具有仙气的一种指代。

送元简上人适越　　第 6 册 / 卷 359，第 4065 页
孤云出岫本无依，胜境名山即是归。　　境，一作景。
久向吴门游好寺，还思越水洗尘机。
浙江涛惊狮子吼，稽岭峰疑灵鹫飞。
更入天台石桥去，垂珠璀璨拂三衣。　　去，一作路。

诗人送元简上人出游时，建议他去天台山，去石桥，因为胜景名山就是归处，石桥那里非常险峻，或许适合修行。

和令狐相公送赵常盈炼师与中贵人同拜岳及天台投龙毕却赴京　　第 6 册 / 卷 360，第 4076 页
银珰谒者引蜿蜒，霞帔仙官到赤城。
白鹤迎来天乐动，金龙掷下海神惊。
元君伏奏归中禁，武帝亲斋礼上清。
何事夷门请诗送，梁王文字上声名。

投龙，指投龙简，是道教斋醮仪式中的一个环节。封建帝王在举行黄箓大斋、金箓大斋之后，为了酬谢天地水三官神灵，把写有祈请者消罪愿望的文简和玉璧、金龙、金钮用青丝捆扎起来，分成三简，并取名为山简、土简、水简。山简封投于灵山之诸天洞府绝崖之中，奏告天官上元；土简埋于地里以告地官中元；水

简投于潭洞水府以告水官下元。这天地水三官又称三元。这种告请三元的投简活动目的是祈求天地水神灵保护社稷平安，人民幸福长寿。唐朝投龙简多选在名山进行，如武则天选在南岳衡山，唐玄宗天宝年间的投龙简选在山东云门山。刘禹锡他们参与的这次投龙简是在贞元十九年（803）至贞元二十一年（805），考刘禹锡所任官职，他在此期间任监察御史，才有资格参与投龙简。此次投龙简仪式应是在多座名山进行，元稹（于贞元十九年授秘书省校书郎）参与了阳明洞天（在今浙江绍兴）的投简，有诗《春分投简阳明洞天作》流传。

送霄韵上人游天台一作宝韵上人　　第 6 册 / 卷 365，第 4124 页

曲江僧向松江见，又到天台看石桥。

鹤恋故巢云恋岫，比君犹自不逍遥。

在《送元简上人适越》中有"更入天台石桥去"句，这首诗里有"又到天台看石桥"，可见刘禹锡对石桥的险峻记忆深刻。

再游玄都观并引　　第 6 册 / 卷 365，第 4126 页

余贞元二十一年为屯田员外郎时，此观未有花。是岁出牧连州，寻贬朗州司马。居十年，召至京师。人人皆言，有道士手植仙桃，满观如红霞，遂有前篇以志一时之事。旋又出牧，今十有四年。复为主客郎中，重游玄都观，荡然无复一树，唯兔葵燕麦动摇于春风耳。因再题二十八字，以俟后游。时大和二年三月。

百亩庭中半是苔，桃花净尽菜花开。　净，一作开，一作落。

种桃道士归何处，前度刘郎今又来。　又，一作独。

刘禹锡即诗中的刘郎，同时因是访道诗，也有刘阮中刘郎的典故。

胡证（758~828）

胡证，字启中，河中河东（今山西永济）人。举进士第。宝历初历拜岭南节度使。

和张相公太原亭怀古诗　第 6 册 / 卷 366，第 4145~4146 页

飞泉天台状，峭石蓬莱姿。

潺湲与青翠，咫尺当幽奇。

居然尽精道，得以书妍词。

岂无他山胜，懿此清轩墀。

在诗人心中，太原亭的飞泉人们或许不知道，但天台山的瀑布却因为孙绰《天台山赋》中的"瀑布飞流以界道"而闻名天下，所以诗人开头即"飞泉天台状"，让人们很容易产生共鸣。

孟郊（751~814）

孟郊，字东野，唐代湖州武康（今浙江德清县）人，有"诗囚"之称，与贾岛齐名，人称"郊寒岛瘦"。现存诗歌 500 多首，以短篇的五言古诗最多。妇孺皆知的诗有《游子吟》。

送清远上人归楚山旧寺 一作国清上人游苏，一作送溪上人

第6册/卷378，第4259页

波中出吴境，霞际登楚岑。

山寺一别来，云萝三改阴。　　云，一作风。

诗夸碧云句，道证青莲心。

应笑泛萍者，不知松隐深。　　笑，一作怜。泛萍，一作萍泛。

国清，即国清寺。

送超上人归天台 一作送天台道士　　第6册/卷379，第4264页

天台山最高，动蹑赤城霞。　　赤，一作仙。

何以静双目，扫山除妄花。

何以洁其性，滤泉去泥沙。　　洁其性，一作鉴形影。

灵境物皆直，万松无一斜。

月中见心近，云外将俗赊。　　近，一作迥。俗，一作世。

山兽护方丈，山猿捧袈裟。　　一本无此二句。

遗身独得身，笑我牵名华。

从诗中的"方丈""袈裟"来看，此诗应是送佛教上人，而不是道士。诗人告诉超上人，天台山、赤城霞都值得一看，天台山也是去除俗尘的好地方。

张籍（约767～约830）

张籍，字文昌，和州乌江（今安徽和县）人。张籍的乐府诗与

王建齐名,并称"张王乐府"。著名诗篇有《塞下曲》《征妇怨》《采莲曲》《江南曲》等。

赠海东僧　　第6册/卷384,第4330页

别家行万里,自说过扶馀。

学得中州语,能为外国书。

与医收海藻,持咒取龙鱼。

更问同来伴,天台几处居。

鉴真(688~763)东渡日本弘扬佛教,其后日本常有僧人西渡来华学习。今天台县是海东僧上岸地,所以诗人问"更问同来伴,天台几处居"。

送辛少府任乐安一作安县　　第6册/卷386,第4363页

才多不肯浪容身,老大诗章转更新。

选得天台山下住,一家全作学仙人。

诗人认为天台山是学仙的好去处。

元稹(779~831)

元稹,字微之,别字威明,唐洛阳(今河南洛阳)人。为北魏宗室鲜卑族拓跋部后裔,是什翼犍之十四世孙。早年和白居易共同提倡"新乐府",世人常把他和白居易并称"元白"。元稹任浙东监察使时曾应桐柏观住持徐灵府之请写《重修桐柏观记》。

刘阮妻一作山二首　　第 6 册 / 卷 422，第 4651 页
其一
仙洞千年一度闲，等闲偷入又偷回。
桃花飞尽东风起，何处消沉去不来。

其二
芙蓉脂肉绿云鬟，罨画楼台青黛山。
千树桃花万年药，不知何事忆人间。

刘晨、阮肇到天台山采药迷路，"遥望山上，有一桃树"，这桃树结的果实救了他两人的命，并因此遇到仙女与之成婚。于是桃花成了元稹这两首诗中的关键词，但他要感叹的是，刘阮离开后，桃花开后又结果，他们的妻子却再也见不到二人。

古艳诗二首一作春词·其二　　第 6 册 / 卷 422，第 4656 页
深院无人草树光，娇莺不语趁阴藏。
等闲弄水浮花片，流出门前赚阮郎。　　浮，一作流。
阮郎，指到天台山采药遇仙的阮肇。

酬白乐天杏花园　　第 6 册 / 卷 423，第 4660 页
刘郎不用闲惆怅，且作花间共醉人。
算得贞元旧朝士，几人同见太和春。　　算得，一作屈指。
　　　　　　　　　　　　　　　　　　人，一作员。

刘郎，指到天台山采药遇仙的刘晨。

赠毛仙翁并序　　第6册/卷423，第4661页

余廉问浙东岁，毛仙翁惠然来顾。越之人士识之者，相与言曰："仙翁尝与叶法善、吴筠游于稽山，迨兹多历年所，而风貌愈少，盖神仙者也。"余因得执弟子之礼，师其道焉。……今我仙翁真风遗骨，玄格高情，冥鸿孤鹤，不可方喻，盖峒山、汾水之俦也。一言道合，止于山亭三日，而南栖天台，谓余曰："入相之年，相候于安山里。"余拜而言曰："果如仙约，燃香拂榻，以俟云驾焉。"抒诗一章，以为他日之志也。

仙驾初从蓬海来，相逢又说向天台。

一言亲授希微诀，三夕同倾沆瀣杯。

此日临风飘羽卫，他年嘉约指盐梅。

花前挥手迢遥去，目断霓旌不可陪。

与元稹同时代的张仲方也有《赠毛仙翁》，描写毛仙翁是"容貌常如二八童，几岁头梳云鬓绿，无时面带桃花红"，可见毛仙翁修道有成。古人认为蓬莱、天台都是修真的好地方，所以毛仙翁打算去天台山。

白居易（772~846）

白居易，字乐天，号香山居士，又号醉吟先生，生于河南新郑，祖籍山西太原。官至翰林学士、左赞善大夫。与元稹共同倡导新乐府运动，世称"元白"，又与刘禹锡并称"刘白"。代表诗作有《长

恨歌》《卖炭翁》《琵琶行》等。

缭绫　念女工之劳也　第 7 册 / 卷 427，第 4715 页
缭绫缭绫何所似，不似罗绡与纨绮。
应似天台山上月明前，四十五尺瀑布泉。　月明，一作明月。
中有文章又奇绝，地铺白烟花簇雪。
织者何人衣者谁，越溪寒女汉宫姬。
去年中使宣口敕，天上取样人间织。
织为云外秋雁行，染作江南春水色。
广裁衫袖长制裙，金斗熨波刀翦纹。
异彩奇文相隐映，转侧看花花不定。
昭阳舞人恩正深，春衣一对直千金。
汗沾粉污不再著，曳土蹋泥无惜心。
缭绫织成费功绩，莫比寻常缯与帛。
丝细缲多女手疼，扎扎千声不盈尺。
昭阳殿里歌舞人。若见织时应也惜。　也，一作合。

"应似天台山上月明（一作明月）前"，此句字数有误，全诗为七言，此句为九言，根据意思，"山上"二字可能是衍字。缭绫是唐朝的贡品，产自越州（今浙江绍兴），织工精细，文彩奇巧。诗人用天台山上明月前的瀑布泉来比喻缭绫的美。

题赠郑秘书征君石沟溪隐居　第 7 册 / 卷 428，第 4731 页
郑生常隐天台，征起而仕。今复谢病，隐于此溪中。
郑君得自然，虚白生心胸。

吸彼沆瀣精，凝为冰雪容。
大君贞元初，求贤致时雍。
蒲轮入翠微，迎下天台峰。
赤城别松乔，黄阁交夔龙。
俯仰受三命，从容辞九重。
出笼鹤翩翩，归林凤雍雍。
在火辨良玉，经霜识贞松。
新居寄楚山，山碧溪溶溶。
丹灶烧烟煴，黄精花丰茸。
蕙帐夜琴澹，桂尊春酒浓。
时人不到处，苔石无尘踪。
我今何为者，趋世身龙钟。
不向林壑访，无由朝市逢。
终当解尘缨，卜筑来相从。　缨，一作网。

郑征隐居在天台山，唐德宗贞元初年（785）被征召为官。白居易访问该隐居之处后写下此诗，表达了羡慕之情。

县南花下醉中留刘五　第7册/卷436，第4842页
百岁几回同酩酊，一年今日最芳菲。
愿将花赠天台女，留取刘郎到夜归。
用刘晨在天台山采药遇仙的典故。

厅前桂　　第 7 册 / 卷 439，第 4902 页

天台岭上凌霜树，司马厅前委地丛。

一种不生明月里，山中犹校胜尘中。

诗中对天台山上的桂树进行了赞美。

和送刘道士游天台　　第 7 册 / 卷 445，第 5004 页

闻君梦游仙，轻举超世雰。

握持尊皇节，统卫吏兵军。

灵旗星月象，天衣龙凤纹。

佩服交带篆，讽吟蕊珠文。

阆宫缥缈间，钧乐依稀闻。

斋心谒西母，暝拜朝东君。　　暝，一作膜。

烟霏子晋裾，霞烂麻姑裙。

倐忽别真侣，怅望随归云。

人生同大梦，梦与觉谁分。

况此梦中梦，悠哉何足云。

假如金阙顶，设使银河濆。

既未出三界，犹应在五蕴。

饮咽日月精，茹嚼沆瀣芬。

尚是色香味，六尘之所熏。

仙中有大仙，首出梦幻群。　　大，一作天。

慈光一照烛，奥法相絪缊。

不知万龄暮，不见三光曛。

一性自了了，万缘徒纷纷。

苦海不能漂，劫火不能焚。

此是竺乾教，先生垂典坟。

此诗是白居易的"和微之诗二十三首"中的一首。微之是元稹的字，白居易与元稹的友情非常深厚，二人经常将写好的诗寄给对方，对方则相和作诗。但遗憾的是《全唐诗》中没有见到元稹的《送刘道士游天台》，应该是遗失了。

酬刘和州戏赠　　第 7 册 / 卷 447，第 5048 页

钱唐山水接苏台，两地褰帷愧不才。

政事素无争学得，风情旧有且将来。

双蛾解珮啼相送，五马鸣珂笑却回。

不似刘郎无景行，长抛春恨在天台。

这里的刘郎，既指诗题中的刘和州，也指在天台山采药遇仙的刘晨。

和微之春日投简阳明洞天五十韵

　　　第 7 册 / 卷 449，第 5085~5086 页

青阳行已半，白日坐将徂。

越国强仍大，稽城高且孤。

利饶盐煮海，名胜水澄湖。

牛斗天垂象，台明地展图。　　台明：天台、四明。

瑰奇填市井，佳丽溢闉闍。

勾践遗风霸，西施旧俗姝。

……

元稹参与在阳明洞天的投龙简后写下了《春分投简阳明洞天作》诗，白居易和诗五十韵，也正好解释了当时投龙简选择在天台山和阳明洞天的原因。

想东游五十韵并序　　第 7 册 / 卷 450，第 5097~5098 页

太和三年春，予病免官后，忆游浙右数郡，兼思到越一访微之。故两浙之间、一物以上，想皆在目，吟且成篇，不能自休，盈五百字，亦犹孙兴公想天台山而赋之也。

（诗略）

从中可知孙绰的《天台山赋》对白居易的影响很大。

奉和思黯相公以李苏州所寄太湖石奇状绝伦因题二十韵见示兼呈梦得　　第 7 册 / 卷 457，第 5214 页

错落复崔嵬，苍然玉一堆。
峰骈仙掌出，罅坼剑门开。
峭顶高危矣，盘根下壮哉。
精神欺竹树，气色压亭台。
隐起磷磷状，凝成瑟瑟胚。
廉棱露锋刃，清越扣琼瑰。
发姽形将动，巍峨势欲摧。
奇应潜鬼怪，灵合蓄云雷。　　云，一作风。

黛润沾新雨，斑明点古苔。

未曾栖鸟雀，不肯染尘埃。

尖削琅玕笋，洼剜玛瑙罍。

海神移碣石，画障簇天台。

……

诗人赞美太湖石的奇状绝伦都要提到天台山，只能说天台山让白居易记忆深刻。

赠薛涛 见张为《主客图》　　第 7 册 / 卷 462，第 5283 页

峨眉山势接云霓，欲逐刘郎北路迷。

若似剡中容易到，春风犹隔武陵溪。

薛涛为唐朝乐伎，善写诗，与元稹、白居易都有交往。刘郎即刘晨。

寄题上强山精舍寺 见王象之《舆地纪胜》

　　第 7 册 / 卷 462，第 5291 页

惯游山水住南州，行尽天台及虎丘。

惟有上强精舍寺，最堪游处未曾游。

白居易游览过天台山。

杨衡（生卒年不详）

杨衡，吴兴人，唐代宗大历初年前后在世。天宝间，避地至江西，与符载、崔群、宋济等同隐庐山，结草堂于五老峰下，号"山

中四友"。后登第，官至大理评事。有诗集1卷。

赠罗浮易炼师　　第7册/卷465，第5314页

海上多仙峤，灵人信长生。

荣卫冰雪姿，咽嚼日月精。

默书绛符遍，晦步斗文成。

翠发披肩长，金盖凌风轻。

晓籁息尘响，天鸡叱幽声。　　鸡，一作鹿。

碧树来户阴，丹霞照窗明。

焚香叩虚寂，稽首回太清。

鸾鹭振羽仪，飞翻拂旆旌。

左挹玉泉液，右搴云芝英。

念得参龙驾，攀天度赤城。

赤城山为洞天福地的第六大洞天，根据《上清天地宫府图经》，"十大洞天者，处大地名山之间，是上天遣群仙统治之所"。

牟融（生卒年不详）

牟融，有赠欧阳詹、张籍、韩翃诸人诗，盖贞元、元和间人也。诗1卷。

天台　　第7册/卷467，第5345页

碧溪流水泛桃花，树绕天台迥不赊。

洞里无尘通客境，人间有路入仙家。

鸡鸣犬吠三山近，草静云和一径斜。

此地不知何处去，暂留琼珮卧烟霞。

对天台山修真之境的赞美。

长孙佐辅（生卒年不详）

长孙佐辅，字不详，朔方人，唐德宗贞元中前后在世。累举进士不第，放荡不羁。弟公辅为吉州刺史，遂往依之。后终不仕。佐辅有诗集号古调集，《全唐诗》存其诗17首。

闻韦驸马使君迁拜台州　第 7 册 / 卷 469，第 5368 页

溟藩轸帝忧，见说初鸣驺。

德胜祸先戢，情闲思自流。

蚕殷桑柘空，廪实雀鼠稠。

谏虎昔赐骏，安人将问牛。

曾陪后乘光，共逐平津游。

旌旆拥追赏，歌钟催献酬。

音徽一寂寥，贵贱双沉浮。

北郭乏中崖，东方称上头。

跻山望百城，目尽增遐愁。

海逼日月近，天高星汉秋。

无阶异渐鸿，有志惭驯鸥。

终期促孤棹，暂访天台幽。

到台州就要去天台山访幽。

徐凝（生卒年不详）

徐凝，浙江睦州分水人，与诤友张祐（792？~853？）年岁相当，与白居易、元稹同时而稍晚。元和中官至侍郎，有诗名，代表作《奉酬元相公上元》。

天台独夜　　第 7 册 / 卷 474，第 5408 页

银地秋月色，石梁夜溪声。

谁知屐齿尽，为破烟苔行。　　烟，一作苍。

对天台山石梁秋天的美景进行描写。

李德裕（787~850）

李德裕，字文饶，唐代赵郡赞皇（今河北赞皇县）人，唐文宗、唐武宗时两度入相。会昌四年八月，进封太尉、赵国公。唐武宗与李德裕之间的君臣相知成为晚唐之绝唱。

春暮思平泉杂咏二十首·金松 出天台山，叶带金色

　　第 7 册 / 卷 475，第 5441 页

台岭生奇树，佳名世未知。

纤纤疑大菊，落落是松枝。

照日含金晰，笼烟淡翠滋。

勿言人去晚，犹有岁寒期。

天台松是许多诗人吟诵的对象。

临海太守惠予赤城石报以是诗

第 7 册 / 卷 475，第 5447~5448 页

闻君采奇石，剪断赤城霞。

潭上倒虹影，波中摇日华。

仙岩接绛气，谿路杂桃花。

若值客星去，便应随海槎。

赤城山因土色皆赤，状似云霞而得名。所以诗人说"闻君采奇石，剪断赤城霞"。

李涉（生卒年不详）

李涉，洛阳人。宪宗时，为太子通事舍人。太和中，为太学博士。

寄河阳从事杨潜   第 7 册 / 卷 477，第 5460~5461 页

忆昨天台寻石梁，赤城枕下看扶桑。

金乌欲上海如血，翠色一点蓬莱光。

安期先生不可见，蓬莱目极沧海长。

回舟偶得风水便，烟帆数夕归潇湘。

潇湘水清岩嶂曲，夜宿朝游常不足。

一自无名身事闲，五湖云月偏相属。

进者恐不荣，退者恐不深。

鱼游鸟逝两虽异，彼此各有遂生心。

身解耕耘妾能织，岁晏饥寒免相逼。

稚子才年七岁馀，渔樵一半分渠力。

吾友从军在河上，腰佩吴钩佐飞将。
偶与嵩山道士期，西寻汴水来相访。
见君颜色犹憔悴，知君未展心中事。
落日驱车出孟津，高歌共叹伤心地。
洛邑秦城少年别，两都陈事空闻说。
汉家天子不东游，古木行宫闭烟月。
洛滨老翁年八十，西望残阳临水泣。
自言生长开元中，武皇恩化亲沾及。
当时天下无甲兵，虽闻赋敛毫毛轻。
红车翠盖满衢路，洛中欢笑争逢迎。
一从戎马来幽蓟，山谷虎狼无捍制。
九重宫殿闭豺狼，万国生人自相噬。
蹭蹬疮痍今不平，干戈南北常纵横。
中原膏血焦欲尽，四郊贪将犹凭陵。
秦中豪宠争出群，巧将言智宽明君。
南山四皓不敢语，渭上钓人何足云。
君不见昔时槐柳八百里，路傍五月清阴起。
只今零落几株残，枯根半死黄河水。

诗人游览过天台山，在赤城山住过。诗中"进者恐不荣，退者恐不深"，可能为后人注言衍生，"君不见昔时槐柳八百里"中的"君不见"也可能是衍生而成。

李绅（772~846）

李绅，字公垂，生于乌程县（今浙江湖州），中书令李敬玄曾孙，与元稹、白居易交游甚密，是唐朝新乐府运动的参与者。代表作有《悯农》《乐府新题》20首。

新楼诗二十首·龙宫寺 第8册/卷481，第5513页

此寺摧毁积岁。贞元十六年，余为布衣，东游天台。故人江西观察使崔公以殿中谪官，移疾剡溪。崔公坐中有僧人修真，自言居龙宫寺，起谓余言：异日（一本此下有必当镇此四字）为修此寺。时以狂易之言不之应。僧相视久之而退。至元和二年，余以前进士为故薛苹（一作苹）常侍招至越中，此僧已卧疾，使门人相告：曩日所言，必当镇此，修寺之托，幸不见忘。僧又偶言寺中灵祇所相告耳。余问疾而已，不能对。及后符其言，而讯其存没，则僧及门人悉已殂谢，寺更颓毁，惟荒基馀像而已。因召僧人会真，余出俸钱为葺之，累月而毕，以成其往愿。

银地溪边遇衲师，笑将花字指潜知。

定观玄度生前事，不道灵山别后期。

真相有无因色界，化城兴灭在莲基。

好令沧海龙宫子，长护金人旧浴池。

序言中介绍了诗人做官前游览过天台山。

新楼诗二十首·琪树　　第 8 册 / 卷 481，第 5515 页

　　琪树垂条如弱柳，结子如碧珠，三年子可一熟。每岁生者相续，一年绿，二年碧，三年者红，缀于条上，璀错相间。

　　石桥峰上栖玄鹤，碧阙岩边荫羽人。　　阙，一作涧。
　　冰叶万条垂碧实，玉珠千日保青春。　　松，一作枯。一本第
　　月中泣露应同溷，涧底侵云尚有尘。　　三联缺，第七句作长
　　徒使茯苓成琥珀，不为松老化龙鳞。　　向月中清泣露。

孙绰《天台山赋》中有"琪树璀璨而垂珠"，所以琪树成为天台山芝草仙药的代称。

华顶　　第 8 册 / 卷 483，第 5529 页

欲向仙峰炼九丹，独瞻华顶礼仙坛。
石标琪树凌空碧，水挂银河映月寒。
天外鹤声随绛节，洞中云气隐琅玕。
浮生未有从师地，空诵仙经想羽翰。

华顶是天台山最高处，是古时修真者喜欢的地方。

鲍溶（生卒年不详）

　　鲍溶，字德源，生卒年、籍贯不详，元和四年进士，是中唐时期的重要诗人，《全唐诗》存其诗三卷一百九十六首，《全唐诗补编》补诗一首。宋代欧阳修、曾巩等对他的诗歌颇为欣赏。

寄天台准公　第 8 册 / 卷 485，第 5550 页

赤城桥东见月夜，佛垄寺边行月僧。

闲蹋莓苔绕琪树，海光清净对心灯。

赤城、佛寺、莓苔、琪树都是天台山的景和物。诗人通过对准公生活环境的描写，表达了对准公潜心修行的赞美之情。

送僧择栖一本无上二字**游天台二首**

　　第 8 册 / 卷 487，第 5571 页

其一

身非居士常多病，心爱空王稍觉闲。

师问寄禅何处所，浙东青翠沃洲山。　　东，一作南。

其二

金岭雪晴僧独归，水文霞彩衲禅衣。　　衲，一作纳。

可怜石室烧香夜，江月对心无是非。

自智者大师在天台山修行后，天台山成为唐朝僧人们比较喜欢去的地方。

沈亚之（781~832）

沈亚之，字下贤，吴兴（今浙江湖州）人。元和十年（815）第进士，与杜牧、张祜、徐凝等友善。历任秘书省正字、栎阳令、殿中侍御史内供奉等职。

送文颖上人游天台　　第 8 册 / 卷 493，第 5621 页

露花浮翠瓦，鲜思起芳丛。

此际断客梦，况复别志公。

既历天台去，言过赤城东。

莫说人间事，崎岖尘土中。

去天台山国清寺需要经过赤城山。

施肩吾（780~861）

施肩吾，唐睦州分水县桐岘乡（贤德乡）人，字希圣，号东斋，入道后称栖真子。唐宪宗元和十五年（820）进士，趣尚烟霞，慕神仙轻举之学，他在《与徐凝书》中自谓"仆虽幸忝成名，自知命薄，遂栖心玄门，养性林壑。赖先圣扶持，虽年迫迟暮，幸免龙钟，其所得如此而已"。《历世真仙体道通鉴》中有传。

送端上人游天台　　第 8 册 / 卷 494，第 5629 页

师今欲向天台去，来说天台意最真。

溪过石桥为险处，路逢毛褐是真人。

云边望宇钟声远，雪里寻僧脚迹新。

只可且论经夏别，莫教琪树两回春

诗句"莫教琪树两回春"巧妙运用了刘晨、阮肇的典故，诗人希望端上人去天台山后不要被天台山吸引住而停留下来了。

赠女道士郑玉华二首·其一　　第 8 册 / 卷 494，第 5643 页

玄发新簪碧藕花，欲添肌雪饵红砂。

世间风景那堪恋，长笑刘郎漫忆家。

刘郎，即刘晨。

遇王山人　　第 8 册 / 卷 494，第 5653 页

每欲寻君千万峰，岂知人世也相逢。

一瓢遗却在何处，应挂天台最老松。

王山人是在天台山修行的人。

送人归台州　　第 8 册 / 卷 494，第 5653 页

莫驱归骑且徘徊，更遣离情四五杯。

醉后不忧迷客路，遥看瀑布识天台。

从唐诗看，没去过天台山的常会按照文献记载把赤城山作为地标。去过天台山的，常会把山上的石桥、瀑布作为特色标志。

姚合（约 779 ~ 855）

姚合，陕州（今河南陕县）人，宰相姚崇曾侄孙。元和十一年（816）登进士第，授武功主簿。历任监察御史，金、杭二州刺史、刑部郎中、给事中等职，终秘书少监。在当时诗名很盛，与刘禹锡、李绅、张籍、王建、杨巨源、马戴、李群玉等都有往来唱酬。

送陟遐一作霞上人游天台　　第 8 册 / 卷 496，第 5676 页

万叠赤城路，终年游客稀。

朝来送师去，自觉有家非。

石净山光远，云深海色微。

此诗成亦鄙，为我写岩扉。

诗人写此诗可能是送陟遐上人去国清寺。

游天台上方一作游天长寺上方　　第 8 册 / 卷 500，第 5727 页

晓上上方高处立，路人羡我此时身。

白云向我头上过，我更羡他云路人。

一大早登高，白云从自己头上飘过，别人羡慕他官身，他羡慕别人自由自在。

周贺（生卒年不详）

周贺，字南乡，东洛人（今四川广元西北），约唐穆宗长庆元年在世（即约 821 年在世）。工近体诗，格调清雅，与贾岛、无可齐名。

逢播公　　第 8 册 / 卷 503，第 5765 页

带病希相见，西城早晚来。　　病，一作疾。

衲衣风坏帛，香印雨沾灰。　　衲衣，一作山房。帛，一作衲。

坐久钟声尽，谈馀岳影回。　　尽，一作静。

却思同宿夜，高枕说天台。　　说，一作话。

二人同宿时共同的话题是与天台山有关。

郑巢（生卒年不详）

郑巢，钱塘人，字不，约唐懿宗咸通中在世。大中间，举进士。姚合为杭州刺史，巢献诗游其门馆。合颇奖重，凡登览燕集，巢常在侧。后不仕而终。巢著有诗一卷，《唐才子传》传于世。

泊灵溪馆　　第8册/卷504，第5775页
孤吟疏雨绝，荒馆乱峰前。　　绝，一作外。
晓鹭栖危石，秋萍满败船。
溜从华顶落，树与赤城连。
已有求闲意，相期在暮年。
诗中用到华顶、赤城。

送象上人还山中　　第8册/卷504，第5777页
竹锡与袈裟，灵山笑暗霞。
泉痕生净藓，烧力落寒花。
高户闲听雪，空窗静捣茶。
终期宿华顶，须会说三巴。
象上人是在华顶修行的僧人。

柳泌（生卒年不详）

柳泌，道士，本名杨仁昼。元和间结识宰相皇甫傅、左金吾将军李道古，待诏翰林，为唐宪宗炼制仙药。因需要炼丹的药材，被宪宗任命他为台州刺史，让他到天台山采药。

琼台　　第 8 册 / 卷 505，第 5787 页

崖壁盘空天路回，白云行尽见琼台。

洞门黯黯阴云闭，金阙曈曈日殿开。

这首诗是诗人到天台山琼台仙谷采药时所写。《道藏·天台山志》中有此诗，标题为《唐柳泌诗》。其中"洞门黯黯阴云闭"《道藏·天台山志》中为"洞门黯黯深云闭"。

章孝标（791~873）

章孝标，字道正，元和十四年（819）中进士，由长安南归。太和年间曾为山南道从事，试大理寺评事，终秘书省正字。

僧院小松　　第 8 册 / 卷 506，第 5801 页

抛杉背柏冷僧帘，锁月梳风出殿檐。

还似天台新雨后，小峰云外碧尖尖。

天台山下雨后，山上会云雾缭绕，非常好看。

李敬方（生卒年不详）

李敬方，籍贯不详，唐穆宗长庆三年（823）进士。文宗太和（827~835）间，曾任歙州（安徽歙县）、台州（今浙江省临海县）刺史。著有《李敬方诗》一卷，《全唐诗》录存其诗8首。

天台晴望 时左迁台州刺史，题一作喜晴

第8册 / 卷508，第5816~5817页

天台十二旬，一片雨中春。　　天，一作到。
林果黄梅尽，山苗半夏新。　　黄梅，一作垂杨。
阳乌晴展翅，阴魄夜飞轮。　　晴，一作朝。
坐冀无云物，分明见北辰。　　冀，一作望，一作喜。

诗中表达了对南方梅雨季节久雨后出太阳的欣喜之情。

张祜（约785~849）

张祜，字承吉，唐代清河（今河北邢台清河县）人，家世显赫，被人称作张公子，有"海内名士"之誉。早年曾寓居姑苏。长庆中，令狐楚表荐之，不报。辟诸侯府，为元稹排挤，遂至淮南寓居，爱丹阳曲阿地，隐居以终。

游天台山　　第8册 / 卷510，第5835页

崔嵬海西镇，灵迹传万古。
群峰日来朝，累累孙侍祖。
三茅即拳石，二室犹块土。

傍洞窟神仙，中岩宅龙虎。
名从乾取象，位与坤作辅。
鸾鹤自相群，前人空若瞽。
巉巉割秋碧，娲女徒巧补。
视听出尘埃，处高心渐苦。
才登招手石，肘底笑天姥。
仰看华盖尖，赤日云上午。
奔雷撼深谷，下见山脚雨。
回首望四明，矗若城一堵。
昏晨邈千态，恐动非自主。
控鹄大梦中，坐觉身〔栩栩〕（诩诩）。
东溟子时月，却孕元化母。
彭蠡不盈杯，浙江微辨缕。
石梁屹横架，万仞青壁竖。
却瞰赤城颠，势来如刀弩。
盘松国清道，九里天莫睹。
穹崇上攒三，突兀傍耸五。
空崖绝凡路，痴立麋与麈。
邈峻极天门，觑深窥地户。
金庭路非远，徒步将欲举。
身乐道家流，惇儒若一矩。
行寻白云叟，礼象登峻宇。
佛窟绕杉岚，仙坛半榛莽。

悬崖与飞瀑，险喷难足俯。

海眼三井通，洞门双阙挂。

琼台下昏侧，手足前采乳。

但造不死乡，前劳何足数。

隋唐时，天台山的佛道教已闻名天下，所以此诗中对天台山的描写与孙绰的《天台山赋》已有很大不同。

忆游天台寄道流　　第 8 册 / 卷 511，第 5866 页

忆昨天台到赤城，几朝仙籁耳中生。

云龙出水风声过，海鹤鸣皋日色清。

石笋半山移步险，桂花当洞拂衣轻。

今来尽是人间梦，刘阮茫茫何处行。

通过回忆游览天台山的美景，赞美山上的仙气。离开天台山后，就像刘晨、阮肇回到人间一样，不知前路在何方。张佐的诗中有此首。

寄王尊师　　第 8 册 / 卷 511，第 5866 页

天台南洞一灵仙，骨耸冰棱貌莹然。

曾对浦云长昧齿，重来华表不知年。　　浦云，一作樗蒲。

溪桥晚下玄龟出，草露朝行白鹿眠。

犹忆夜深华盖上，更无人处话丹田。

从诗中可知，王尊师是一位在天台山的修真者。

酬答柳宗言秀才见赠　　第 8 册 / 卷 511，第 5868 页

南下天台厌绝冥，五湖波上泛如萍。

江鸥自戏为踪迹，野鹿闲惊是性灵。

任子偶垂沧海钓，戴逵虚认少微星。

金门后俊徒相唁，且为人间寄荇苓。

《天台山赋》有"跨穹隆之悬磴，临万丈之绝冥"，所以看过天台山的幽险后已不需要再看绝冥之山了。

朱庆馀（生卒年不详）

朱庆馀，名可久，以字行，越州（今浙江绍兴）人，宝历二年（826）进士，官至秘书省校书郎，《全唐诗》存其诗两卷。曾作《闺意献张水部》作为参加进士考试的"通榜"，增加中进士的机会。据说张籍读后大为赞赏，写诗回答他说："越女新妆出镜心，自知明艳更沉吟。齐纨未足时人贵，一曲菱歌值万金。"于是朱庆馀声名大震。

送虚上人游天台　　第 8 册 / 卷 515，第 5924 页

青冥通去路，谁见独随缘。

此地春前别，何山夜后禅。

石桥隐深树，朱阙见晴天。

好是修行处，师当住几年。

古时，修行人常会为拜师和寻找适宜自己修行的地方出游。诗

人夸赞天台山石桥是个好的修行处,建议虚上人在那里多住几年。

送元处士游天台　　第 8 册 / 卷 515,第 5925 页

青冥路口绝人行,独与僧期上赤城。

树列烟岚春更好,溪藏冰雪夜偏明。

空山雉椎禾苗短,野馆风来竹气清。

若过石桥看瀑布,不妨高处便题名。

赤城、石桥、瀑布都是天台山上吸引人的景物。

杨发(生卒年不详)

杨发,字至之,约唐武宗会昌中在世。太和四年(830)登进士第,历太常少卿,出为苏州刺史,后为岭南节度,严于治军。后坐贬婺州刺史,卒于任。

山泉一作李才江诗　　第 8 册 / 卷 517,第 5946 页

半空飞下水,势去响如雷。

静彻啼猿寺,高陵坐客台。

耳同经剑阁,身若到天台。

溅树吹成冻,凌祠触作灰。

深中试榔栗,浅处落莓苔。

半夜重城闭,潺湲枕底来。

自孙绰的《天台山赋》中有"践莓苔之滑石"后,"莓苔"也成为后人描写天台山时的一大特色。

李远（生卒年不详）

李远，字求古，一作承古，夔州云安（今重庆云阳县）人，大和五年（831）杜陟榜进士，官至御史中丞。李远善为文，尤工于诗。常与杜牧、许浑、李商隐、温庭筠等交游，与许浑齐名，时号"浑诗远赋"。

赠友人　　第8册/卷519，第5976页
凤城烟霭思偏多，曾向刘郎住处过。
银烛焰前贪劝酒，玉箫声里已闻歌。
佳人惜别看嘶马，公子含情向翠蛾。　　含，一作贪。
今日重来门巷改，出墙桐树绿婆娑。

刘郎，应是诗人的刘姓友人，但此处用刘晨的典故。刘晨从天台山回到家后已人、物全不同了，也正是诗中的"今日重来门巷改"。

许浑（约791~约858）

许浑，字用晦（一作仲晦），润州丹阳（今江苏丹阳）人。祖籍安陆，武后朝宰相许圉师六世孙。文宗大和六年（832）进士及第，开成元年受卢钧邀请，赴南海幕府，后先后任当涂、太平令，因病免。大中年间入为监察御史，因病乞归，后复出仕，任润州司马。历虞部员外郎，转睦、郢二州刺史。晚唐最具影响力的诗人之一。

早发中岩寺别契直上人　　第8册/卷528，第6092页
苍苍松桂阴，残月半西岑。

素壁寒灯暗，红炉夜火深。

厨开山鼠散，钟尽岭猿吟。

行役方如此，逢师懒话心。

中岩寺在天台山上，诗人还有另一首诗《早发天台中岩寺度关岭次天姥岑》，诗人在中岩寺住了一段时间。

赠僧—作赵嘏诗　　第8册/卷529，第6097页

心法本无住，流沙归复来。

锡随山鸟动，经附海船回。

洗足柳遮寺，坐禅花委苔。

唯将一童子，又欲上天台。

赵嘏诗题为《赠金刚三藏》。

将赴京师留题孙处士山居二首·其一

第8册/卷530，第6104页

草堂近西郭，遥对敬亭开。　　敬，一作镜。

枕腻海云起，簟凉山雨来。　　海，一作江。

高歌怀地肺，远赋忆天台。

应学相如志，终须驷马回。　　学，一作笑。

"远赋忆天台"，用孙绰《天台山赋》回忆天台。

酬报先上人登楼见寄上人自峡下来

　　　　第 8 册 / 卷 531，第 6113 页

丹叶下西楼，知君万里愁。

钟非黔峡寺，帆是敬亭舟。

山色和云暮，湖光共月秋。

天台多道侣，何惜更南游。

诗人劝先上人留在天台山修行，因为天台山上修行的人很多。

早发天台中岩寺度关岭次天姥岑

　　　　第 8 册 / 卷 533，第 6136 页

来往天台天姥间，欲求真诀驻衰颜。

星河半落岩前寺，云雾初开岭上关。　　上，一作外。

丹壑树多风浩浩，碧溪苔浅水潺潺。　　多，一作高。浩浩，一

可知刘阮逢人处，行尽深山又是山。　　作皓皓。

诗人往返于天台山和天姥山之间，只为寻求长生驻颜之术。以刘晨、阮肇的故事感叹仙缘难求。

送郭秀才游天台并序　　第 8 册 / 卷 533，第 6137 页

　　余尝与郭秀才同玩朱审画天台山图，秀才因游是山，题诗赠别。

云埋阴壑雪凝峰，半壁天台已万重。

人度碧溪疑辍棹，僧归苍岭似闻钟。

暖眠鸂鶒晴滩草，高挂猕猴暮涧松。　　滩，一作天。

曾约共游今独去,赤城西面水溶溶。　　共,一作旧。赤城西

面,一作香炉山下。

郭秀才因为看到朱审所画的《天台山图》后就急着要先去游山,"曾约共游今独去",诗人无奈,却也写诗送别。

乘月棹舟送大历寺灵聪上人不及赤城西

第 8 册 / 卷 534,第 6140 页

万峰秋尽百泉清,旧锁禅扉在赤城。

枫浦客来烟未散,竹窗僧去月犹明。

杯浮野渡鱼龙远,锡响空山虎豹惊。

一字不留何足讶,白云无路水无情。

诗人赶到赤城山的住处给大历寺灵聪上人送行,但却人去楼空。诗人觉得遗憾却也在情理之中,赞叹灵聪上人如白云、流水般洒脱。

思天台赤城西　　第 8 册 / 卷 538,第 6183 页

赤城云雪深,山客负归心。

昨夜西斋宿,月明琪树阴。

诗人思念天台山其实是思念因赤城山下了大雪而不能按约定回来的朋友。

寄云际寺敬上人　　第 8 册 / 卷 538,第 6188 页

万山秋雨水萦回,红叶多从紫阁来。

云冷竹斋禅衲薄,已应飞锡过天台。　　过,一作入。

199

"应飞锡"来自《天台山赋》中的"应真飞锡以蹑虚",这里是诗人对云际寺敬上人修行高深的赞美。

李商隐(约813~858)

李商隐,字义山,号玉谿生,又号樊南生,祖籍怀州河内(今河南焦作沁阳),出生于郑州荥阳(今河南郑州荥阳)。唐文宗开成二年(837),李商隐登进士第,曾任秘书省校书郎、弘农尉等职,因卷入"牛李党争"的政治旋涡而备受排挤,一生困顿不得志。他是晚唐著名诗人,和杜牧合称"小李杜",与温庭筠合称为"温李"。

访隐 第8册/卷541,第6281页

路到层峰断,门依老树开。
月从平楚转,泉自上方来。
薤白罗朝馔,松黄暖夜杯。
相留笑孙绰,空解赋天台。

诗中用到孙绰《天台山赋》的典故。

送从翁从东川弘农尚书幕 第8册/卷541,第6294页

大镇初更帅,嘉宾素见邀。
使车无远近,归路更烟霄。 更,一作便。
稳放骅骝步,高安翡翠巢。
御风知有在,去国肯无聊。 御,一作愈。
早悉诸孙末,俱从小隐招。

心悬紫云阁,梦断赤城标。

……

要去当幕僚,自然无法再悠闲地隐居,所以"梦断赤城标"。

朱槿花二首·其一　第8册/卷541,第6303页
莲后红何患,梅先白莫夸。
才飞建章火,又落赤城霞。
不卷锦步障,未登油壁车。
日西相对罢,休浣向天涯。

朱槿,又名扶桑、佛槿、中国蔷薇,花色大多为红色。诗人以赤城霞来衬托朱槿花的艳丽。

病中闻河东公乐营置酒口占寄上

　　第8册/卷541,第6304~6305页

闻驻行春旆,中途赏物华。
缘忧武昌柳,遂忆洛阳花。
嵇鹤元无对,荀龙不在夸。
只将沧海月,长压赤城霞。
兴欲倾燕馆,欢终到习家。　终,一作于。
风长应侧帽[1],路隘岂容车[2]。
楼迥波窥锦,窗虚日弄纱。
锁门金了鸟,展障玉鸦叉。
舞妙从兼楚,歌能莫杂巴。

必投潘岳果，谁掺祢衡挝[3]。

刻烛当时忝，传杯此夕赊。

可怜漳浦卧，愁绪独如麻。

（1）原注：独孤景公信举止风流，常风吹帽倾，观者盈路。

（2）原注：相逢狭路间，路隘不容车。

（3）原注：祢处士击鼓，能为渔阳掺挝。

李商隐一生不得志，此时病中更是容易伤感，感叹别人的得意人尽皆知，自己的落魄唯己愁绪。

潘咸（生卒年不详）

潘咸，一作潘诚，又作潘成，生卒年、籍贯皆不详。与诗人喻凫有交往，当是文宗时人。

送陈明府之任　第 8 册 / 卷 542，第 6317 页

客见天台县，闾阎树色间。

骖回几临水，带缓独开山。

吏散落花尽，人居远岛闲。

过于老莱子，端简独承颜。

诗人与所送之人在天台山相见过。

刘得仁（生卒年不详）

刘得仁，相传他是公主之子，约 838 年在世。长庆中（823

年左右）即有诗名。

冬日喜同志宿　　第 8 册 / 卷 544，第 6346 页

相逢话清夜，言实转相知。

共道名虽切，唯论命不疑。

吟身坐霜石，眠鸟握风枝。

别忆天台客，烟霞昔有期。

烟霞，指山水胜景。"别忆天台客，烟霞昔有期"，指在天台山隐居。

薛逢（生卒年不详）

薛逢，字陶臣，蒲洲河东（今山西永济）人，会昌元年（841）进士。历侍御史、尚书郎。

送刘客　　第 8 册 / 卷 548，第 6390 页

两重江外片帆斜，数里林塘绕一家。

门掩右军馀水石，路横诸谢旧烟霞。

扁舟几处逢溪雪，长笛何人怨柳花。　　怨，一作思。

若到天台洞阳观，葛洪丹井在云涯。　　井，一作灶。

赵嘏也有此诗。葛洪曾在天台山炼丹。

赵嘏（约 806~853）

赵嘏，字承佑，楚州山阳（今江苏省淮安楚州区）人，年

轻时四处游历，会昌四年进士及第，一年后东归。会昌末或大中初复往长安，入仕为渭南尉。

赠金刚三藏一作许浑诗　　第 9 册 / 卷 549，第 6399 页
心法云无住，流沙归复来。
锡随山鸟动，经附海船回。
洗足柳遮寺，坐禅花委苔。
惟将一童子，又欲过天台。

许浑诗题为《赠僧》。金刚三藏将去天台山访道。

送剡客一作薛逢诗　　第 9 册 / 卷 549，第 6408 页
两重江外片帆斜，数里林塘绕一家。
门掩右军馀水石，路横诸谢旧烟霞。
扁舟几处逢溪雪，长笛何人怨柳花。　　怨，一作思。
若到天台洞阳观，葛洪丹井在云涯。　　若到，一作到日。
　　　　　　　　　　　　　　　　　　涯，一作崖。

薛逢也有此诗。葛洪曾在天台山炼丹。

项斯（810~893）

项斯，字子迁，台州府乐安县（今浙江仙居）人。因受国子祭酒杨敬之的赏识而声名鹊起，诗达长安，于会昌四年（844）擢进士第，官终丹徒尉，卒于任所。

寄石桥僧　　第 9 册 / 卷 554，第 6465 页

逢师入山日，道在石桥边。

别后何人见，秋来几处禅。　　何，一作无。

溪中云隔寺，夜半雪添泉。　　雪，一作雨。

生有天台约，知无却出缘。　　知，一作应。却，一作再。

诗人游天台山时在石桥遇到僧人，二人应是一见如故，所以才有"天台约"。

病中怀王展先辈在天台　　第 9 册 / 卷 554，第 6468 页

枕上用心静，唯应改旧诗。

强行休去早，暂卧起还迟。

因说来归处，却愁初病时。

赤城山下寺，无计得相随。

诗人虽在赤城山，但因病中却无法相随在王展先辈身边，所以很是遗憾。

华顶道者　　第 9 册 / 卷 554，第 6471 页

仙人掌中住，生有上天期。　　生，一作坐。

已废烧丹处，犹多种杏时。

养龙于浅水，寄鹤在高枝。

得道复无事，相逢尽日棋。

诗人对在天台山华顶修道者进行了赞美。

马戴（799~869）

马戴，字虞臣，唐定州曲阳（今河北省曲阳县，一说江苏省东海县或陕西华县）人。早年屡试落第，困于场屋垂30年，客游所至，南极潇湘，北抵幽燕，西至沂陇，久滞长安及关中一带，并隐居于华山，遨游边关。直至武宗会昌四年（844）与项斯、赵嘏同榜登第。宣宗大中元年（847）为太原幕府掌书记，以直言获罪，贬为龙阳（今湖南省汉寿）尉，后得赦还京。懿宗咸通末，佐大同军幕。咸通七年（867）擢国子太常博士。晚唐时期著名诗人。

题青龙寺镜公房　　第9册／卷555，第6495页

一室意何有，闭门为我开。

炉香寒自灭，履雪饭初回。

窗迥孤山入，灯残片月来。

禅心方此地，不必访天台。

天台山的佛教因智者大师而闻名天下。

赠禅僧　　第9册／卷556，第6501页

弟子人天遍，童年在沃洲。　　遍，一作满。

开禅山木长，浣衲海沙秋。　　开禅，一作禅开。浣衲，一作衲浣。

振锡摇汀月，持瓶接瀑流。　　振，一作立。

赤城何日上，鄙愿从师游。　　一作常多白云兴，愿结赤城游。

诗人希望跟随禅僧一起去赤城山访道。

中秋夜坐有怀　　第 9 册 / 卷 556，第 6510~6511 页

秋光动河汉，耿耿曙难分。

堕露垂丛药，残星间薄云。

心悬赤城峤，志向紫阳君。

雁过海风起，萧萧时独闻。

中秋夜，诗人心里记挂着赤城山，想念赤城山上修行的朋友。

送道友入天台山作　　第 9 册 / 卷 556，第 6511 页

却忆天台去，移居海岛空。

观寒琪树碧，雪浅石桥通。

漱齿飞泉外，餐霞早境中。

终期赤城里，披氅与君同。

赞叹天台山良好的修道环境。

郑畋（823~882）

郑畋，字台文，河南荥阳人，会昌二年（842）进士及第。刘瞻镇北门，辟为从事。瞻作相，荐为翰林学士，迁中书舍人。乾符中，以兵部侍郎同平章事，寻出为凤翔节度使，拒巢贼有功，授检校尚书左仆射。性宽厚，能诗文。

题缑山王子晋庙　　第 9 册 / 卷 557，第 6518 页

有昔灵王子，吹笙溯沇瀍。

六宫攀不住，三岛去相招。

亡国原陵古，宾天岁月遥。
无蹊窥海曲，有庙访山椒。
石帐龙蛇拱，云栊彩翠销。
露坛装琬琰，真像写松乔。
珠馆青童宴，琳宫阿母朝。
气舆仙女侍，天马吏兵调。
湘妓红丝瑟，秦郎白管箫。
西城要绰约，南岳命娇娆。
句曲觞金洞，天台啸石桥。
晚花珠弄蕊，春茹玉生苗。
二景神光秘，三元宝箓饶。
雾垂鸦翅鬓，冰束虎章腰。
鹤驭争衔箭，龙妃合献绡。
衣从星渚浣，丹就日宫烧。
物外花尝满，人间叶自凋。
望台悲汉戾，闵水笑梁昭。
古殿香残炧，荒阶柳长条。
几曾期七日，无复降重霄。
嵩岭连天汉，伊澜入海潮。
何由得真诀，使我珮环飘。

王子乔为桐柏真人，镇所在桐柏山金庭，所以诗人在嵩岭缑山王子晋庙朝拜时有"句曲觞金洞，天台啸石桥"的句子。

四 与天台山相关的唐诗

薛能（约817~880）

薛能，字太拙，汾州人（今山西汾阳一带）。会昌六年（846）登进士第，仕宦显达，官至工部尚书。晚唐著名诗人。

送浙东王大夫㴩　　第9册，卷559，第6544页
天爵擅忠贞，皇恩复宠荣。
远源过晋史，甲族本缑笙。
亚相兼尤美，周行历尽清。
制除天近晓，衙谢草初生。
宾客招闲地，戎装拥上京。
九街鸣玉勒，一宅照红旌。　　街，一作衢。
细雨当离席，遥花显去程。
佩刀畿甸色，歌吹馆桥声。
骢騄从秦赐，艅艎到汴迎。
步沙逢霁月，宿岸致严更。
渤澥流东鄙，天台压属城。
众谈称重镇，公意念疲甿。
……

"缑笙"指王子乔，王子乔为晋太子，善吹笙，为王姓始祖。"甲族本缑笙"指王大夫出自世家大族。诗人送别浙东王大夫，因而以浙东的地标天台山入诗。

贾岛（779~843）

贾岛，字阆仙，自号碣石山人，唐朝河北道幽州范阳县（今河北涿州）人。为生计所迫出家为僧。贾岛因作诗被韩愈发现才华，因诗句"僧敲（推）月下门"中"推敲"二字受教于韩愈，还俗参加科举，但30岁前累举不中第。唐文宗的时候被排挤，贬做遂州长江县主簿。唐武宗会昌年初由普州司仓参军改任司户，未任病逝。贾岛与孟郊并称"郊寒岛瘦"，孟郊人称"诗囚"，贾岛被称为"诗奴"，一生不喜与常人往来，《唐才子传》称他"所交悉尘外之士"。他喜作诗苦吟，在字句上狠下功夫，人称"诗奴"。有诗文集《长江集》。

送郑山人游江湖　　第9册/卷571，第6685页

南游衡岳上，东往天台里。
足蹑华顶峰，目观沧海水。　　顶峰，一作峰顶。

在天台山华顶峰东望可见大海。

送无可上人　　第9册/卷572，第6690页

圭峰霁色新，送此草堂人。
麈尾同离寺，蛩鸣暂别亲。　　亲，一作秦。
独行潭底影，数息树边身。
终有烟霞约，天台作近邻。

圭峰山在江西省东北部，所以诗人说"天台作近邻"。

四 与天台山相关的唐诗

送天台僧　　第 9 册 / 卷 572，第 6694 页

远梦归华顶，扁舟背岳阳。

寒蔬修净食，夜浪动禅床。

雁过孤峰晓，猿啼一树霜。　　晓，一作晚。

身心无别念，馀习在诗章。　　诗，一作文。

诗人送来自天台山的僧人回华顶。

送僧归天台　　第 9 册 / 卷 573，第 6708 页

辞秦经越过，归寺海西峰。

石涧双流水，山门九里松。

曾闻清禁漏，却听赤城钟。

妙宇研磨讲，应齐智者踪。　　宇，一作字。

智者，指天台宗智者大师。

宿慈恩寺郁公房　　第 9 册 / 卷 573，第 6720 页

病身来寄宿，自扫一床闲。

反照临江磬，新秋过雨山。

竹阴移冷月，荷气带禅关。

独住天台意，方从内请还。　　住，一作往。

天台山慈恩寺建于 597 年。诗人在文郁上人那里寄宿过，所以二人结下了友情，写了 3 首与之相关的诗。

寄慈恩寺郁上人　　第 9 册 / 卷 573，第 6728 页

中秋期夕望，虚室省相容。

北斗生清漏，南山出碧重。

露寒鸠宿竹，鸿过月圆钟。　　圆，一作悬。

此夜情应切，衡阳旧住峰。

表达了对慈恩寺郁上人的思念之情。

酬慈恩寺文郁上人　　第 9 册 / 卷 574，第 6733 页

袈裟影入禁池清，犹忆乡山近赤城。　　禁，一作镜。

篱落罅间寒蟹过，莓苔石上晚蛩行。　　行，一作鸣。

期登野阁闲应甚，阻宿山房疾未平。　　山，一作幽。

闻说又寻南岳去，无端诗思忽然生。

赤城、莓苔都是天台山的标志性景物。

送罗少府归牛渚　　第 9 册 / 卷 574，第 6738 页

作尉长安始三日，忽思牛渚梦天台。　　始三日，一作三月罢。

楚山远色独归去，灞水空流相送回。

霜覆鹤身松子落，月分萤影石房开。

白云多处应频到，寒涧泠泠漱古苔。　　漱，一作溅。

从"梦天台"可知，诗人对天台山记忆深刻。

题童真上人　　第 9 册 / 卷 574，第 6738 页

江上修持积岁年，滩声未拟住潺湲。

誓从五十身披衲，便向三千界坐禅。
月峡青城那有滞，天台庐岳岂无缘。
昨宵忽梦游沧海，万里波涛在目前。

怀念天台山修行的日子。

刘沧（生卒年不详）

刘沧，字蕴灵，汶阳（今山东宁阳）人。比杜牧、许浑年辈略晚，约唐懿宗咸通中在世。大中八年（854）与李频同榜登进士第。据《唐才子传》，刘沧屡举进士不第，得第时已白发苍苍。

赠道者　　第9册/卷586，第6850页
真趣淡然居物外，忘机多是隐天台。
停灯深夜看仙箓，拂石高秋坐钓台。
卖药故人湘水别，入檐栖鸟旧山来。
无因朝市知名姓，地僻衡门对岳开。

诗人所赠道者应是在天台山隐居修行过。

赠天台隐者　　第9册/卷586，第6851页
静者多依猿鸟丛，衡门野色四郊通。
天开宿雾海生日，水泛落花山有风。
回望一巢悬木末，独寻危石坐岩中。
看书饮酒馀无事，自乐樵渔狎钓翁。　　狎，一作名。

与前一首《赠道者》所赠可能是一人。

李频（818~876）

李频，字德新，唐寿昌长汀源（今建德李家镇）人。大中八年（854）中进士，调校书郎，任南陵县主簿，又升任武功县令。一生诗作甚多，大多散佚。历代评李诗"清新警拔""清逸精深"。

越中行　　第9册/卷588，第6881页

越国临沧海，芳洲复暮晴。

湖通诸浦白，日隐乱峰明。

野宿多无定，闲游免有情。

天台闻不远，终到石桥行。

到了越地旅行，听说天台山不远，最后终于如愿上到石桥了。

送僧入天台　　第9册/卷588，第6885页

一锡随缘赴，天台又去登。

长亭旧别路，落日独行僧。

夜烧山何处，秋帆浪几层。

他时授巾拂，莫为老无能。　　为，一作说，一作道。

诗人陪同僧人去登天台山。

送台州唐兴陈明府　　第9册/卷588，第6887页

见说海西隅，山川与俗殊。

宦游如不到，仙分即应无。

瀑布当公署，天台是县图。

遥知为吏去，有术字茕孤。

天台山在唐朝属于唐兴县。

李郢（生卒年不详）

李郢，字楚望，长安人。大中十年，第进士，官终侍御史。诗作多写景状物，风格以老练沉郁为主。

宿怜一作潾上人房　第9册/卷590，第6904页

重公旧相识，一夕话劳生。

药裹关身病，经函寄道情。

岳寒当寺色，滩夜入楼声。

不待移文诮，三年别赤城。

与重公在赤城离别后已三年。

长安夜访澈上人　第9册/卷590，第6909页

关西木落夜霜凝，乌帽闲寻紫阁僧。

松迥月光先照鹤，寺寒沟水忽生冰。

琤琤晓漏喧秦禁，漠漠秋烟起汉陵。

闻说天台旧禅处，石房独有一龛灯。

"闻说天台旧禅处，石房独有一龛灯"，说明澈上人曾在天台山修禅过。

送圆鉴上人游天台　　第 9 册 / 卷 590，第 6909 页

西岭草堂留不住，独携瓶锡向天台。

霜清海寺闻潮至，日宴江船乞食回。

华顶夜寒孤月落，石桥秋尽一僧来。

灵溪道者相逢处，阴洞泠泠竹室开。

圆鉴上人决意独自去往天台山，引起诗人对天台山华顶、石桥的回忆。

送僧之台州　　第 9 册 / 卷 590，第 6909 页

独寻台岭闲游去，岂觉灵溪道里赊。

三井应潮通海浪，五峰攒寺落天花。

寒潭盥漱铜瓶洁，野店安禅锡杖斜。

到日初寻石桥路，莫教云雨湿袈裟。

诗人提醒僧人，第一次到天台山石桥，要小心云雨。

重游天台　　第 9 册 / 卷 590，第 6910 页

南国天台山水奇，石桥危险古来知。

龙潭直下一百丈，谁见生公独坐时。　　坐，一作过。

诗人对天台山的山水情有独钟，对山上的石桥一景更是印象深刻。与天台山有关的 5 首诗中有 3 首写到"石桥"。

高骈（821~887）

高骈，字千里，南平郡王崇文孙。祖籍渤海蓚县（今河北景县），先世乃山东（太行山以东）汉族名门渤海高氏。昭宗时历淮南节度副大使，封渤海郡王。后被部将毕师铎所害，连同其子侄四十余人，"同坎（坑）瘞（埋）之"。

访隐者不遇　第9册/卷598，第6978页
落花流水认天台，半醉闲吟独自来。
惆怅仙翁何处去，满庭红杏碧桃开。
用刘阮入天台的典故。

许棠（生卒年不详）

许棠，字文化，宣州泾县人。咸通十二年，登进士第，授泾县尉，又曾为江宁丞。后辞官，潦倒以终，为"咸通十哲"之一。

赠天台僧　第9册/卷604，第7036页
赤城霞外寺，不忘旧登年。
石上吟分海，楼中语近天。
重游空有梦，再隐定无缘。
独夜休行道，星辰静照禅。
天台僧在赤城山佛寺修行。

题慈恩寺元遂上人院　　第 9 册 / 卷 604，第 7042 页

竹槛匝回廊，城中似外方。

月云开作片，枝鸟立成行。

径接河源润，庭容塔影凉。

天台频去说，谁占最高房。

诗人对天台山很挂念。

皮日休（约 838~883）

皮日休，字袭美，一字逸少，复州竟陵（今湖北天门）人。曾居住在鹿门山，道号鹿门子，又号间气布衣、醉吟先生、醉士等。咸通八年（867）进士及第，在唐时历任苏州军事判官（《吴越备史》）、著作佐郎、太常博士、毗陵副使。皮日休是晚唐著名诗人，与陆龟蒙齐名，世称"皮陆"。

吴中苦雨因书一百韵寄鲁望　　第 9 册 / 卷 609，第 7081 页

全吴临巨溟，百里到沪渎。

海物竞骈罗，水怪争渗漉。

狂蜃吐其气，千寻勃然鬻。

一刷半天墨，架为欹危屋。

怒鲸瞠相向，吹浪山縠縠。

倏忽腥杳冥，须臾坼崖谷。

帝命有严程，慈物敢潜伏。

嘘之为玄云，弥亘千万幅。

直拨倚天剑，又建横海纛。

化之为暴雨，淙淙射平陆。

如将月窟写，似把天河扑。

著树胜戟支，中人过箭镞。

龙光倏闪照，虬角挡狰触。

此时一千里，平下天台瀑。

……

将吴中暴雨的情景比作天台山瀑布，可见雨有多大。

孙发百篇将游天台请诗赠行因以送之

第 9 册 / 卷 613，第 7126 页

孙子荆家思有馀，元戎曾荐入公车。

百篇宫体喧金屋，一日官衔下玉除。

紫府近通斋后梦，赤城新有寄来书。

因逢二老如相问，正滞江南为（鲶）鱼。

从方干《赠孙百篇》中所说"御题百首思纵横，半日功夫举世名。羽翼便从吟处出，珠玑续向笔头生"可知，孙发因快速写诗百篇，时人称之为"孙百篇"。

重玄寺元达年逾八十好种名药凡所植者多至自天台四明包山句曲丛翠纷糅各可指名余奇而访之因题二章

第 9 册 / 卷 613，第 7128 页

其一

雨涤烟锄伛偻赍，绀牙红甲两三畦。　伛偻赍，一作偃破篱。
药名却笑桐君少，年纪翻嫌竹祖低。
白石静敲蒸术火，清泉闲洗种花泥。
怪来昨日休持钵，一尺雕胡似掌齐。

其二

香蔓蒙茏覆苔邪，桂烟杉露湿袈裟。
石盆换水捞松叶，竹径穿床避笋芽。
藜杖移时挑细药，铜瓶尽日灌幽花。
支公谩道怜神骏，不及今朝种一麻。

重玄寺的僧人元达一辈子都在种名药，这些名药多是来自天台山、四明山等山中，说明天台山多芝桂灵草。

夏景冲澹偶然作二首·其二　　第9册/卷614，第7131页

一室无喧事事幽，还如贞白在高楼。
天台画得千回看，湖目芳来百度游。　目，一作月。湖目，
无限世机吟处息，几多身计钓前休。　莲子也。
他年谒帝言何事，请赠刘伶作醉侯。

"贞白"指陶弘景，梁武帝为之谥"贞白先生"。皮日休在《腊后送内大德从勘游天台》中有注说"天台山有金庭不死之乡及琼楼玉室"，即来自陶弘景的《真诰》。

寒日书斋即事三首·其二　　第9册/卷614，第7137页

不知何事有生涯，皮褐亲裁学道家。

深夜数瓯唯柏叶，清晨一器是云华。

盆池有鹭窥蘋沫，石版无人扫桂花。

江汉欲归应未得，夜来频梦赤城霞。

"夜来频梦赤城霞"，可见诗人很怀念在天台山的日子。

腊后送内大德从勖游天台蓣　第 9 册 / 卷 614，第 7138 页

讲散重云下九天，大君恩赐许随缘。

霜中一钵无辞乞，湖上孤舟不废禅。

梦入琼楼寒有月（1），行过石树冻无烟（2）。

他时瓜镜知何用，吴越风光满御筵。

（1）天台山有金庭不死之乡及琼楼玉室。

（2）按消山有石楼树，吴大皇元年，郡吏伍耀于海际得之，
　　枝茎紫色有光，南越谓之石连理也。

天台山金庭被道书认为是修真福地。

虎丘寺西小溪闲泛三绝·其一　第 9 册 / 卷 615，第 7147 页

鼓子花明白石岸，桃枝竹覆翠岚溪。

分明似对天台洞，应厌顽仙不肯迷。

引刘阮到天台山遇仙的典故。

寄题天台国清寺齐梁体　第 9 册 / 卷 615，第 7150 页

十里松门国清路，饭猿台上菩提树。

怪来烟雨落晴天，元是海风吹瀑布。

天台山国清寺为隋炀帝为智者大师所建。

奉和鲁望药名离合夏月即事三首·其二
第 9 册 / 卷 616, 第 7156 页
数曲急溪冲细竹,叶舟来往尽能通。
草香石冷无辞远,志在天台一遇中。
引刘阮到天台山遇仙的典故。

陆龟蒙 (？~881)

陆龟蒙,江苏吴江人,字鲁望,别号天随子、江湖散人、甫里先生。曾任湖州、苏州刺史幕僚,后隐居松江甫里(今甪直镇),编著有《甫里先生文集》等。与皮日休交友,世称"皮陆",诗以写景咏物为多。陆龟蒙的成就不仅体现在文学上,农学上同样造诣匪浅,他撰写的《耒耜经》是一部描写中国唐朝末期江南地区农具的专著。

和袭美送孙发百篇游天台 第 9 册 / 卷 625, 第 7225 页
直应天授与诗情,百咏唯消一日成。
去把彩毫挥下国,归参黄绶别春卿。
闲窥碧落怀烟雾,暂向金庭隐姓名。
珍重兴公徒有赋,石梁深处是君行。
金庭、孙绰《天台山赋》、石梁都与天台山有关。

奉和袭美怀华阳润卿博士三首·其二

第 9 册 / 卷 625，第 7228 页

火景应难到洞宫，萧闲堂冷任天风。
谈玄麈尾抛云底，服散龙胎在酒中。
有路还将赤城接，无泉不共紫河通。
奇编早晚教传授，免以神仙问葛洪。

古人认为天台山为修真之所。

和袭美腊后送内大德从勖游天台

第 9 册 / 卷 626，第 7238 页

应缘南国尽南宗，欲访灵溪路暗通。　溪在天台山下。
归思不离双阙下，去程犹在四明东。
铜瓶净贮桃花雨，金策闲摇麦穗风。
若恋吾君先拜疏，为论台岳未封公。

皮日休在《腊后送内大德从勖游天台》中注说"天台山有金庭不死之乡及琼楼玉室"，陆龟蒙在所和的这首诗中注说"溪在天台山下"，二人对天台山都很推崇。

和袭美寄题玉霄峰叶涵象尊师所居

第 9 册 / 卷 626，第 7238 页

天台一万八千丈，师在浮云端掩扉。
永夜只知星斗大，深秋犹见海山微。
风前几降青毛节，雪后应披白羽衣。

南望烟霞空再拜，欲将飞魄问灵威。

根据《历世真仙体道通鉴》第四十卷中"叶藏质"条介绍，叶藏质字含象，是唐朝高道叶法善（616~722）的后裔，为天台山桐柏观冯惟良弟子，在玉霄峰选胜创道斋，因前有二峰耸峭对峙，故号石门山居。此诗即是对石门山居的描写。

送董少卿游茅山　　第9册/卷626，第7239页

咸辇高悬度世名，至今仙裔作公卿。

将随羽节朝珠阙，曾佩鱼符管赤城。　　董尝判台州。

云冻尚含孤石色，雪干犹堕古松声。

应知四扇灵方在，待取归时绿发生。

董少卿曾在台州为官，所以说"曾佩鱼符管赤城"。

和袭美天竺寺八月十五夜桂子

　　　　第9册/卷628，第7259页

霜实常闻秋半夜，天台天竺堕云岑。　　垂拱中，天台桂子落一

如何两地无人种，却是湘漓是桂林。　　百馀日方止。

垂拱（685~688），为唐睿宗年号，但实际掌权人为武则天。天台山的桂子落了100多天才停，可见其茂盛。

寄题天台国清寺齐梁体　　第9册/卷628，第7261页

峰带楼台天外立，明河色近罘罳湿。

松间石上定僧寒，半夜楢溪水声急。

天台山国清寺是隋炀帝为智者大师所建。

司空图（837~908）

司空图，字表圣，自号知非子，又号耐辱居士。祖籍临淮（今安徽泗县东南），自幼随家迁居河中虞乡（今山西永济）。唐懿宗咸通十年（869）应试，擢进士上第，天复四年（904），朱全忠召为礼部尚书，司空图佯装老朽不任事，被放还。后梁开平二年（908），唐哀帝被弑，他绝食而死。

游仙二首·其二　第 10 册 / 卷 634，第 7325 页
刘郎相约事难谐，雨散云飞自此乖。
月姊殷勤留不住，碧空遗下水精钗。
刘郎指刘晨，有入天台山采药遇仙的经历。

曹唐（生卒年不详）

曹唐，字尧宾，桂州（今广西桂林）人。初为道士，后举进士不第。咸通中，累为使府从事。

刘晨阮肇游天台　第 10 册 / 卷 640，第 7387 页
树入天台石路新，云和草静迥无尘。　云和草静迥，一作细云
烟霞不省生前事，水木空疑梦后身。　和雨动。省，一作是。
往往鸡鸣岩下月，时时犬吠洞中春。　后，一作里。
不知此地归何处，须就桃源问主人。　此，一作何。何，一作依。

225

此诗及下面几首应是诗人读刘晨、阮肇入天台山采药遇仙故事后的感想之作。此诗写刚去天台山时的情景。

刘阮洞中遇 一作偶仙子　　第 10 册 / 卷 640，第 7387 页

天和树色霭苍苍，霞重岚深路渺茫。
云实满山无鸟雀，水声沿涧有笙簧。　实，一作窦。
碧沙洞里乾坤别，红树枝前日月长。
愿得花间有人出，免令仙犬吠刘郎。　免，一作不。

此诗写遇到仙女的情景。

仙子送刘阮出洞　　第 10 册 / 卷 640，第 7388 页

殷勤相送出天台，仙境那能却再来。
云液每归须强饮，玉书无事莫频开。　每，一作既。
花当洞口应长在，水到人间定不回。
惆怅溪头从此别，碧山明月闭苍苔。

此诗写刘阮因想念家乡要回家，仙子们相送时的情景。

仙子洞中有怀刘阮　　第 10 册 / 卷 640，第 7388 页

不将清瑟理霓裳，尘梦那知鹤梦长。
洞里有天春寂寂，人间无路月茫茫。
玉沙瑶草连溪碧，流水桃花满涧香。
晓露风灯零落尽，此生无处访刘郎。

此诗写刘阮离开后仙子们对他们的怀念之情。

刘阮再到天台不复见仙子　　第 10 册 / 卷 640，第 7388 页

再到天台访玉真，青苔白石已成尘。

笙歌冥寞闲深洞，云鹤萧条绝旧邻。

草树总非前度色，烟霞不似昔年春。

桃花流水依然在，不见当时劝酒人。　　然，一作前。

此诗写刘阮再到天台山，却只见物是人非。

小游仙诗九十八首·其九十八

第 10 册 / 卷 641，第 7403 页

绛阙夫人下北方，细环清佩响丁当。

攀花笑入春风里，偷折红桃寄阮郎。

阮郎，指阮肇。

方干（836~888）

方干，字雄飞，号玄英，门人私谥曰玄英先生。睦州青溪（今浙江淳安）人。唐宪宗元和三年举进士。懿宗咸通中，隐居会稽镜湖。

题睦州郡中千峰榭　　第 10 册 / 卷 650，第 7513 页

岂知平地似天台，朱户深沈别径开。

曳响露蝉穿树去，斜行沙鸟向池来。

窗中早月当琴榻，墙上秋山入酒杯。

何事此中如世外，应缘羊祜是仙才。

榭，指建在台上的房屋。"岂知平地似天台"，以天台山的特

别来衬千峰榭的特别。

因话天台胜异仍送罗道士　　第 10 册 / 卷 650，第 7520 页
积翠千层一径开，遥盘山腹到琼台。　　遥盘，一作盘纡。
藕花飘落前岩去，桂子流从别洞来。
石上丛林碍星斗，窗边瀑布走风雷。
纵云孤鹤无留滞，定恐烟萝不放回。　　定，一作亦。
此诗写天台山琼台仙谷的美景。

题越州一有南郭**袁秀才林亭**　　第 10 册 / 卷 651，第 7529 页
清逶林亭指画开，幽岩别派像天台。
坐牵蕉叶题诗句，醉触藤花落酒杯。
白鸟不归山里去，红鳞多自镜中来。
终年此地为吟伴，早起寻君薄暮回。　　伴，一作侣。
用天台山的幽岩来写袁秀才林亭。

赠中岩王处士　　第 10 册 / 卷 651，第 7531 页
垂杨袅袅草芊芊，气象清深似洞天。　　深，一作虚。
援笔便成鹦鹉赋，洗花须用桔槔泉。
商於避世堪同日，渭曲逢时必有年。
直恐刚肠闲未得，醉吟争奈被才牵。
中岩在天台山，寒山有"风摇松叶赤城秀，雾吐中岩仙路迷"，张祜的《游天台山》中有"傍洞窟神仙，中岩宅龙虎"。

四 与天台山相关的唐诗

和剡县陈明府登县楼　　第 10 册 / 卷 651，第 7533~7534 页

郭里人家如掌上，檐前树木映窗棂。

烟霞若接天台地，分野应侵婺女星。

驿路古今通北阙，仙溪日夜入东溟。

彩衣才子多吟啸，公退时时见画屏。

天台山云烟缥缈，赤城山色如霞，诗人用"烟霞若接天台地"来赞美剡县的美景。

赠天台叶尊师　　第 10 册 / 卷 652，第 7535 页

莫见平明离少室，须知薄暮入天台。　　莫，一作难。须知，一作

常时爱缩山川去，有夜自携星月来。　　犹须。自，一作曾。

灵药不知何代得，古松应是长年栽。　　长，一作少。

先生暗笑看棋者，半局棋边白发催。　　看，一作观。

叶尊师指在天台山修行的叶藏质。

送孙百篇游天台　　第 10 册 / 卷 652，第 7538 页

东南云路落斜行，入树穿村见赤城。　　云，一作去。

远近常时皆药气，高低无处不泉声。　　时，一作闻。

映岩日向床头没，湿烛云从柱底生。　　日，一作月。

更有仙花与灵鸟，恐君多半未知名。　　鸟，一作草。未，一作不。

诗人给孙百篇描述了天台山的美景。

229

题盛令新亭　　第 10 册 / 卷 652，第 7539~7540 页

举目岂知新智慧，存思便是小天台。

偶尝嘉果求枝去，因问名花寄种来。　　种，一作子。

春物诱才归健笔，夜歌牵醉入丛杯。

此中难遇逍遥事，计日应为印绶催。

将新亭比为小天台。

石门瀑布　　第 10 册 / 卷 652，第 7542 页

奔倾漱石亦喷苔，此是便随元化来。　　是便随，一作事皆从。

长片挂岩轻似练，远声离洞咽于雷。　　长片，一作片影。

气含松桂千枝润，势画云霞一道开。　　含，一作侵。桂，一作树。

直是银河分派落，兼闻碎滴溅天台。　　画云，一作压烟。

此诗描写石门瀑布奔腾的气势。

送钱特卿赴职天台　　第 10 册 / 卷 652，第 7545 页

路入仙溪气象清，垂鞭树石罅中行。

雾昏不见西陵岸，风急先闻瀑布声。

山下县寮张乐送，海边津吏棹舟迎。

诗家弟子无多少，唯只于余别有情。

诗中写去天台山路上的美景。

送水墨项处士归天台　　第 10 册 / 卷 653，第 7555 页

仙峤倍分元化功，揉蓝翠色一重重。

还家莫更寻山水,自有云山在笔峰。

诗人赞美项处士在天台山的修行之所山水优美,具有仙气。

罗邺(825~?)

罗邺,字不详,今浙江杭州余杭人,累举进士不第,光化中,以韦庄奏,追赐进士及第,赐官补阙。以七言诗见长,有"诗虎"之称。在咸通、乾符年间(860~879),时宗人罗隐、罗虬俱以声格著称,遂齐名,号"江东三罗"。

闻友人入越幕因以诗赠　第 10 册 / 卷 654,第 7573 页
稽岭春生酒冻销,烟鬟红袖恃娇饶。　　红,一作菁。
岸边丛雪晴香老,波上长虹晚影遥。　　岸,一作峰。遥,一作摇。
正哭阮途归未得,更闻江笔赴嘉招。
人间荣瘁真堪恨,坐想征轩鬓欲凋。　　欲,一作未。

"正哭阮途归未得"用阮肇入天台山遇仙的典故。

罗隐(833~909)

罗隐,字昭谏,新城(今浙江富阳区新登镇)人,唐代诗人。大中十三年(859)底至京师,应进士试,历七年不第。后来又断断续续考了几年,总共考了十多次,自称"十二三年就试期",最终还是铩羽而归,史称"十上不第"。黄巢起义后,避乱隐居九华山,光启三年(887),55 岁时归乡依吴越王钱镠,历任钱塘令、

司勋郎中、给事中等职。

寄杨秘书　　第 10 册 / 卷 655，第 7591 页

湖水平来见鲤鱼，偶因烹处得琼琚。

披寻藻思千重后，吟想冰光万里馀。

漳浦病来情转薄，赤城吟苦意何如。

锦衣公子怜君在，十载兵戈从板舆。

诗中可见作者的无奈。

往年进士赵能卿尝话金庭胜事见示叙

第 10 册 / 卷 655，第 7591 页

会稽诗客赵能卿，往岁相逢话石城。

正恨故人无上寿，喜闻良宰有高情。

山朝佐命层层笋，水接飞流步步清。

两火一刀罹乱后，会须乘兴雪中行。

金庭在陶弘景的《真诰》中被认为是天台山上的不死之乡，是修真的福地。

送程尊师东游有寄　　第 10 册 / 卷 663，第 7656 页

华盖峰前拟卜耕，主人无奈又闲行。

且凭鹤驾寻沧海，又恐犀轩过赤城。

绛简便应朝右弼，紫旄兼合见东卿。

劝君莫忘归时节，芝似萤光处处生。

"又恐犀轩过赤城"，是担心到了赤城山就舍不得离开了。此

诗在《道藏·天台山志》中有，题为"罗隐诗"。

寄剡县主簿　　第 10 册 / 卷 665，第 7678 页

金庭养真地，珠篆会稽官。

境胜堪长往，时危喜暂安。

洞连沧海阔，山拥赤城寒。

他日抛尘土，因君拟炼丹。

金庭、赤城都是修真界认定的好地方。

周朴（?~878）

周朴，字见素，一作太朴，今福建福州长乐人。《全唐诗》作吴兴（今浙江湖州）人。《唐才子传》作福州长乐人。工于诗，无功名之念，隐居嵩山，寄食寺庙中当居士，常与山僧钓叟相往还。与诗僧贯休、方干、李频为诗友。

送梁道士　　第 10 册 / 卷 673，第 7762 页

旧居桐柏观，归去爱安闲。

倒树造新屋，化人修古坛。

晚花霜后落，山雨夜深寒。

应有同溪客，相寻学炼丹。

桐柏观在天台山，唐睿宗为司马承祯敕建。

题赤城中岩寺 一本无下三字

第 10 册 / 卷 673，第 7762 页

浮世师休话，晋时灯照岩。

禽飞穿静户，藤结入高杉。

存没诗千首，废兴经数函。

谁知将俗耳，来此避嚣逸。

赤城中岩寺从晋朝就开始有僧人修行。

升山寺　第 10 册 / 卷 673，第 7763~7764 页

升山自古道飞来，此是神功不可猜。

气色虽然离禹穴，峰峦犹自接天台。

岩边折树泉冲落，顶上浮云日照开。

南望闽城尘世界，千秋万古卷尘埃。

从诗中"南望闽城尘世界"可知，升山寺在今福建境内，始建南朝陈天嘉三年（562）。相传越王勾践时，山自会稽飞来，所以诗人说"峰峦犹自接天台"。

桐柏观　第 10 册 / 卷 673，第 7765 页

东南一境清心目，有此千峰插翠微。

人在下方冲月上，鹤从高处破烟飞。

岩深水落寒侵骨，门静花开色照衣。

欲识蓬莱今便是，更于何处学忘机。

天台山桐柏观是唐睿宗为司马承祯敕建。

无等岩　第 10 册 / 卷 673，第 7766 页

建造上方藤影里，高僧往往似天台。

不知名树檐前长，曾问道人岩下来。

无等岩在南安九日山西台，实际上是几块巨大的石头自然叠架成一个山洞。唐代高僧无等禅师在洞中修炼二十年。诗人以天台山的独特来衬其特别之处。

崔涂（生卒年不详）

崔涂，字礼山，善音律，尤善长笛，《唐才子传》说他是江南人，唐僖宗光启四年（888）进士。

送僧归江东　一作岐下送蒙上人归天台

　　第 10 册 / 卷 679，第 7839 页

坐彻秦城夏，行登越客船。

去留那有著，语默不离禅。

叶拥临关路，霞明近海天。

更寻同社侣，应得虎溪边。　一作石桥云畔树，应老旧房前。

是诗题中的"归"字可知，诗人所送的僧人是在天台山修行。

吴融（850~903）

吴融，字子华，越州山阴（今浙江绍兴）人。龙纪初及进士第，官中书舍人、户部侍郎等职。

绵竹山四十韵　　第 10 册 / 卷 685，第 7939~7940 页

绵竹东西隅，千峰势相属。
崚嶒压东巴，连延罗古蜀。
方者露圭角，尖者钻箭簇。
引者蛾眉弯，敛者鸢肩缩。
尾蟉青蛇盘，颈低玄兔伏。
横来突若奔，直上森如束。
岁在作噩年，铜梁摇蚕毒。
相国京兆公，九命来作牧。
戎提虎仆毛，专奉狼头纛。
行府寄精庐，开窗对林麓。
是时重阳后，天气旷清肃。
兹山昏晓开，一一在人目。
霜空正冹寥，浓翠霏扑扑。
披海出珊瑚，贴天堆碧玉。
俄然阴霾作，城郭才霡霂。
绝顶已凝雪，晃朗开红旭。
初疑昆仑下，夭矫龙衔烛。
亦似蓬莱巅，金银台叠麚。
紫霞或旁映，绮段铺繁缛。
晚照忽斜笼，赤城差断续。

……

以赤城的晚霞来衬托绵竹山晚霞的美丽。

陆扆（847~905）

陆扆，初名允迪，字祥文，原籍今浙江嘉兴，客居于陕西。唐光启二年（886）从僖宗幸南山，第进士，为巡官。累官至翰林学士、中书舍人。

句 第 10 册 / 卷 688，第 7976 页

今秋已约天台月。《纪事》

诗人应是准备去游天台山。

林嵩（生卒年不详）

林嵩，唐长乐人，一作长溪人，字降臣，一作降神。僖宗乾符进士，除秘书省正字。值黄巢起事，遂东归，福建观察使辟为团练巡检官，后官至金州刺史。

赠天台王处士 第 10 册 / 卷 690，第 7994 页

深隐天台不记秋，琴台长别一何愁。

茶烟岩外云初起，新月潭心钓未收。

映宇异花丛发好，穿松孤鹤一声幽。

赤城不掩高宗梦，宁久悬冠枕瀑流。

用了王子乔的典故。这里有对王处士的称赞之意。

杜荀鹤（约 846~906）

杜荀鹤，字彦之，自号九华山人，池州石埭（今安徽省石台县）人。出身寒微，中年始中进士，仍未授官，乃返乡闲居。曾以诗颂朱温，后朱温取唐建梁，任以翰林学士，知制诰。

登天台寺　　第 10 册 / 卷 691，第 7997 页

一到天台寺，高低景旋生。

共僧岩上坐，见客海边行。

野色人耕破，山根浪打鸣。

忙时向闲处，不觉有闲情。

坐在天台寺，可以看到大海，可体会怡然自得之意。

送项山人归天台　　第 10 册 / 卷 692，第 8035 页

因话天台归思生，布囊藤杖笑离城。

不教日月拘身事，自与烟萝结野情。

龙镇古潭云色黑，露淋秋桧鹤声清。

此中是处堪终隐，何要世人知姓名。

项山人归隐的地方在天台山。

送僧归国清寺　　第 10 册 / 卷 692，第 8037 页

吟送越僧归海涯，僧行浑不觉程赊。

路沿山脚潮痕出，睡倚松根日色斜。

撼锡度冈猿抱树，挈瓶盛浪鹭翘沙。

到参禅后知无事,看引秋泉灌藕花。

天台山国清寺是适宜修行的地方。

王贞白(875~958)

王贞白,字有道,号灵溪,信州永丰(今江西广丰)人。唐乾宁二年(895)登进士,七年后(902)授职校书郎,尝与罗隐、方干、贯休同唱和。有《灵溪集》七卷,其名句"一寸光阴一寸金",至今广为流传。

忆张处士　第 10 册 / 卷 701,第 8140 页
天台张处士,诗句造玄微。
古乐知音少,名言与俗违。
山风入松径,海月上岩扉。
毕世唯高卧,无人说是非。

诗人称赞天台山张处士的才干及与众不同。

寄天台叶尊师　第 10 册 / 卷 701,第 8142 页
师住天台久,长闻过石桥。
晴峰见沧海,深洞彻丹霄。
采药霞衣湿,煎芝古鼎焦。
念予无俗骨,频与鹤书招。

叶尊师应指叶藏质。叶尊师夸赞诗人无俗骨,二人交往密切。此诗称赞叶尊师仙风道骨。

张蠙（生卒年不详）

张蠙，字象文，清河（今河北邢台清河县）人。生而颖秀，乾宁二年（895）登进士第。唐懿宗咸通（860~874）年间，与许棠、张乔、郑谷等合称"咸通十哲"，授校书郎，调栎阳尉，迁犀浦令。唐哀帝天复初（901）前后在世。

送董卿赴台州　　第 10 册 / 卷 702，第 8146 页

九陌除书出，寻僧问海城。
家从中路挈，吏隔数州迎。
夜蚌侵灯影，春禽杂橹声。
开图见异迹，思上石桥行。

石桥在天台山。

黄滔（840～911）

黄滔，字文江，今福建莆田人，昭宗乾宁二年进士，被誉为"福建文坛盟主"、闽中"文章初祖"。

题郑山人居　　第 11 册 / 卷 704，第 8179 页

履迹遍莓苔，幽枝间药栽。
枯杉擎雪朵，破衲触风开。
泉自孤峰落，人从诸洞来。
终期宿清夜，斟茗说天台。

从"履迹遍莓苔""斟茗说天台"来看，郑山人应是刚从

天台山游览归来。

题道成上人院　　第 11 册 / 卷 704，第 8180 页

花宫城郭内，师住亦清凉。

何必天台寺，幽禅瀑布房。

簟舒湘竹滑，茗煮蜀芽香。

更看道高处，君侯题翠梁。

诗人用天台山的寺庙、瀑布来衬托道成上人院的清幽。

徐夤（生卒年不详）

徐夤，字昭梦，今福建莆田人。登乾宁进士第，授秘书省正字。依王审知，礼待简略，遂拂衣去，归隐延寿溪。

赠董先生　　第 11 册 / 卷 708，第 8219 页

寿岁过于百，时闲到上京。

餐松双鬓嫩，绝粒四支轻。

雨雪思中岳，云霞梦赤城。

来年期寿箓，何处待先生。

诗中的董先生应是一位修真者，已 100 多岁了，但却"双鬓嫩""四支轻"，常往来于中岳、赤城间。诗人希望明年还能见到先生。

画松　　第 11 册 / 卷 708，第 8231 页

涧底阴森验笔精，笔闲开展觉神清。

曾当月照还无影，若许风吹合有声。

枝偃只应玄鹤识，根深且与茯苓生。

天台道士频来见，说似株株倚赤城。

画师笔下的松树是多么传神、生动，天台山的道士说就像赤城山上的一样。

寄天台陈希畋　　第 11 册 / 卷 709，第 8247 页

阴山冰冻尝迎夏，蛰户云雷只待春。

吕望岂嫌垂钓老，西施不恨浣纱贫。

坐为羽猎车中相，飞作君王掌上身。

拍手相思惟大笑，我曹宁比等闲人。

诗人赞美了隐居天台山的陈希畋的才干。

和尚书咏泉山瀑布十二韵　　第 11 册 / 卷 711，第 8267 页

名齐火浣溢山椒，谁把惊虹挂一条。

天外倚来秋水刃，海心飞上白龙绡。

民田凿断云根引，僧圃穿通竹影浇。

喷石似烟轻漠漠，溅崖如雨冷潇潇。

水中蚕绪缠苍壁，日里虹精挂绛霄。

寒潄绿阴仙桂老，碎流红艳野桃夭。

千寻练写长年在，六出花开夏日消。

急恐划分青嶂骨，久应掤裂翠微腰。
濯缨便可讥渔父，洗耳还宜傲帝尧。
林际猿猱偏得饭，岸边乌鹊拟为桥。
赤城未到诗先寄，庐阜曾游梦已遥。
数夜积霖声更远，郡楼欹枕听良宵。

唐朝时，因为文人的吟诵，天台山和庐山的瀑布都很有名。从诗句"赤城未到诗先寄，庐阜曾游梦已遥"来看，诗人曾看过庐山瀑布，而天台山的瀑布还没有实地欣赏过。

崔道融（？~907）

崔道融，荆州江陵（今湖北江陵县）人，自号东瓯散人。乾宁二年（895）前后，任永嘉（今浙江省温州市）县令，早年曾游历陕西、湖北、河南、江西、浙江、福建等地。后入朝为右补阙，不久因避战乱入闽。与司空图、方干为诗友。

天台陈逸人　　第 11 册 / 卷 714，第 8287 页

绝粒空山秋复春，欲看沧海化成尘。
近抛三井更深去，不怕虎狼唯怕人。

徐夤有《寄天台陈希畋》，此处的陈逸人应指陈希畋。

曹松（828~903）

曹松，唐代晚期诗人。字梦征，舒州（今安徽桐城，一今安徽

潜山）人。早年曾避乱栖居洪都西山，后依建州刺史李频。光化四年（901）中进士，年已70余，特授校书郎（秘书省正字）而卒。

赠衡山麋明府　　第 11 册 / 卷 716，第 8313 页

为县潇湘水，门前树配苔。

晚吟公籍少，春醉积林开。

涤砚松香起，擎茶岳影来。

任官当此境，更莫梦天台。

诗人用天台山来衬托衡山的环境也不错。

天台瀑布　　第 11 册 / 卷 717，第 8322 页

万仞得名云瀑布，远看如织挂天台。

休疑宝尺难量度，直恐金刀易剪裁。

喷向林梢成夏雪，倾来石上作春雷。

欲知便是银河水，堕落人间合却回。

诗中写天台山瀑布既美且有气势。

李洞（生卒年不详）

李洞，字才江，京兆（今陕西西安）人，诸王孙也。慕贾岛为诗，铸其像，事之如神。时人但消其僻涩，而不能贵其奇峭，唯吴融称之。昭宗时不第，游蜀卒。

送人之天台　　第 11 册 / 卷 721，第 8355 页

行李一枝藤，云边晓扣冰。

丹经如不谬，白发亦何能。　亦何，一作若为。

浅井仙人境，明珠海客灯。

乃知真隐者，笑就汉廷征。

诗人应是送朋友去天台修行。

颜上人房一作题西明自觉上人房　　第 11 册 / 卷 721，第 8360 页

御沟临岸行，远岫见云生。

松下度三伏，磬中销五更。

雨淋经阁白，日闪剃刀明。

海畔终须去，烧灯老国清。

颜上人将国清寺作为终老之所。

任翻（生卒年不详）

任翻，翻一作蕃，又作藩，江东（今江苏南浙江北一带）人。会昌间（814~846）在世。出身贫寒，初举进士，步行至京，落第而归。放浪江湖，以吟诗弹琴自娱。

葛仙井　　第 11 册 / 卷 727，第 8412 页

古井碧沈沈，分明见百寻。

味甘传邑内，脉冷应山心。

圆入月轮净，直涵峰影深。

自从仙去后，汲引到如今。

葛洪曾在天台山炼丹，炼丹所用的井被称为葛仙井。

桐柏观　　第 11 册 / 卷 727，第 8412 页

飘飘云外者，暂宿聚仙堂。　　者，一作客。

半夜人无语，中宵月送凉。

鹤归高树静，萤过小池光。

不得多时住，门开是事忙。

诗人住在天台山桐柏观聚仙堂，表达了自己的孤独与无奈。

卢士衡（生卒年不详）

卢士衡，字号不详，疑为江南人。五代后唐天成二年（927）进士。

寄天台道友　　第 11 册 / 卷 737，第 8494 页

相思遥指玉霄峰，怅望江山阻万重。

会隔晓窗闻法鼓，几同寒榻听疏钟。

别来知子长餐柏，吟处将谁对倚松。

且住人间行圣教，莫思天路便登龙。

诗人所说的道友在玉霄峰修行。

僧房听雨　　第 11 册 / 卷 737，第 8495 页

古寺松轩雨声别，寒窗听久诗魔发。

记得年前在赤城，石楼梦觉三更雪。

诗中表达了对赤城的怀念之情。

熊皎（生卒年不详）

熊皎，生平不详。自称九华山人。

冬日原居酬光上人见访　　第 11 册 / 卷 737，第 8496 页
吾道丧已久，吾师何此来。
门无尘事闭，卷有国风开。
野迥霜先白，庭荒叶自堆。
寒暄吟罢后，犹喜话天台。

"犹喜话天台"，说明诗人和光上人都很喜欢天台山。

赠胥尊师　　第 11 册 / 卷 737，第 8496 页
绿发童颜羽服轻，天台王屋几经行。
云程去速因风起，酒债还迟待药成。
房闭十洲烟浪阔，篆开三洞鬼神惊。
他年华表重归日，却恐桑田已变更。

多次到过天台山、王屋山的胥尊师是一位修行高深者。

陈陶（约 812~885）

陈陶，字嵩伯，自号三教布衣。《全唐诗》卷七百四十五"陈陶"传作"岭南人"。诗人早年游学长安，善天文历象，尤工诗。举进士不第，遂恣游名山。唐宣宗大中时，隐居洪州西山，后不知所终。有诗十卷，已散佚，后人辑有《陈嵩伯诗集》一卷。

步虚引一作仙人词　　　第 11 册 / 卷 745，第 8559 页

小隐山人十洲客，莓苔为衣双耳白。

青编为我忽降书，暮雨虹霓一千尺。　　降书，一作隐身。霓，

赤城门闭六丁直，晓日已烧东海色。　　一作霞。闭，一作开。

朝天半夜闻玉鸡，星斗离离碍龙翼。　　烧，一作红。一本后四

　　　　　　　　　　　　　　　　　　句另作一首。

卷 29 "杂歌谣辞"中有此诗。赤城山与朝霞相映成趣。

夏日怀天台一作夏日有怀　　　第 11 册 / 卷 746，第 8574 页

竹斋睡馀柘浆清，麟凤诱我劳此生。

勿忆天台掩书坐，涧云起尽红峥嵘。

诗中表达了对天台山云霞的怀念之情。

泉州刺桐花咏兼呈赵使君·其一　　　第 11 册 / 卷 746，第 8578 页

仿佛三株植世间，风光满地赤城闲。

无因秉烛看奇树，长伴刘公醉玉山。

刺桐花的艳丽都要超过赤城山的霞色了。

李中（生卒年不详）

李中，920~974 年在世。字有中，江西九江人。仕南唐为淦阳宰。有《碧云集》三卷，《全唐诗》编为四卷。

送孙孔二秀才游庐山　　第 11 册 / 卷 747，第 8585 页

庐山多胜景，偏称二君游。

松径苍苔合，花阴碧涧流。

倾壶同坐石，搜句共登楼。

莫学天台客，逢山即驻留。

诗人用天台山来衬写庐山的幽景。

舟中望九华山　　第 11 册 / 卷 747，第 8593 页

排空苍翠异，辍棹看崔嵬。

一面雨初歇，九峰云正开。

当时思水石，便欲上楼台。

隐去心难遂，吟馀首懒回。

僧休传紫阁，屏歇写天台。

中有忘机者，逍遥不可陪。

诗人有归隐之心却做不到。

徐铉（916~991）

徐铉，字鼎臣，广陵（今江苏扬州）人。历官五代吴校书郎、南唐知制诰、翰林学士、吏部尚书，后随李煜归宋，官至散骑常侍，世称徐骑省。

中书相公溪亭闲宴依韵李建勋　　第 11 册 / 卷 752，第 8647 页

雨霁秋光晚，亭虚野兴回。

沙鸥掠岸去，溪水上阶来。

客傲风欹帻，筵香菊在杯。

东山长许醉，何事忆天台。

欣赏着溪亭的景致，不由回忆起天台山的山水。

许坚（生卒年不详）

许坚，庐江（今属安徽）人。性朴野，有异术，多谈神仙之事。适意往来，行踪不定。或寓庐山白鹿洞，或居茅山，或游九华山。李璟时，以异人召，不至，后不知所终。《历世真仙体道通鉴》卷46有传。

题幽栖观　　第 11 册 / 卷 757，第 8701 页

仙翁上升去，丹井寄晴壑。

山色接天台，湖光照寥廓。

玉洞绝无人，老桧犹栖鹤。

我欲挈青蛇，他时冲碧落。

"山色接天台"，既是说幽栖观的山色与天台山一样幽雅，也是说幽栖观这个地方也适宜修真。

欧阳炯（896~971）

欧阳炯，益州（今四川成都）人，在后蜀任职为中书舍人。据《宣和画谱》载，他事孟昶时历任翰林学士、门下侍郎同平章事，随孟昶降宋后，授为散骑常侍，工诗文，特别长于词，又善长笛，是花

间派重要作家。

大游仙诗一作欧阳炳　　第 11 册 / 卷 761，第 8729 页
赤城霞起武陵春，桐柏先生解守真。
白石桥高曾纵步，朱阳馆静每存神。
囊中隐诀多仙术，肘后方书济俗人。
自领蓬莱都水监，只忧沧海变成尘。

赤城山、桐柏观、石桥都是天台山的典型景致。

刘昭禹（生卒年不详）

刘昭禹，字休明，桂阳（今湖南桂阳）人（一云婺州人），约梁太祖开平中前后在世。少师林宽，五代时仕湖南马氏，为县令。历容管节度推官，与李宏皋、何仲举等同为马氏天策府学士。后卒于桂州幕中。

忆天台山　　第 11 册 / 卷 762，第 8735 页
常记游灵境，道人情不低。
岩房容偃息，天路许相携。
霞散曙峰外，虹生凉瀑西。
何当尘役了，重去听猿啼。

对天台山的回忆，诗人表达了向往无争、闲静的生活。

冬日暮国清寺留题　　第 11 册 / 卷 762，第 8735 页
天台山下寺，冬暮景如屏。

树密风长在，年深像有灵。

高钟疑到月，远烧欲连星。

因共真僧话，心中万虑宁。

诗人写冬天日暮时国清寺的景致。

廖融（约936年在世）

廖融，字元素。江西省宁都县黄陂镇黄陂村人，曾任都昌令。后唐末隐南岳，自号衡山居士。

赠天台逸人　　第11册/卷762，第8742页

移桧托禅子，携家上赤城。

拂琴天籁寂，欹枕海涛生。

云白寒峰晚，鸟歌春谷晴。

又闻求桂楫，载月十洲行。

诗人因为携家上赤城而与在天台山隐居的人相识。

杨夔（生卒年不详）

杨夔，唐末时人，自号"弘农子"，弘农（今河南灵宝）人。昭宗时与殷文圭、杜荀鹤、康骈、夏侯淑、王希羽等同为宣州节度田頵上客。夔终身不仕，以处士终。

送日东僧游天台　　第11册/卷763，第8749页

一瓶离日外，行指赤城中。

去自重云下，来从积水东。

攀萝跻石径，挂锡憩松风。

回首鸡林道，唯应梦想通。

因为智者大师，天台山的佛教在唐朝影响较大，吸引僧人来此云游。

刘兼（生卒年不详）

刘兼，长安人，约周末宋初间在世。官荣州刺史。

命妓不至　　第 11 册 / 卷 766，第 8781 页

琴中难挑孰怜才，独对良宵酒数杯。

苏子黑貂将已尽，宋弘青鸟又空回。　　尽，一作敝。

月穿净牖霜成隙，风卷残花锦作堆。

欹枕梦魂何处去，醉和春色入天台。

"欹枕梦魂何处去，醉和春色入天台"，表达了诗人对天台山的向往之情。

赵湘（959~993）

赵湘，字叔灵，祖籍南阳，居衢州西安（今浙江衢州）。太宗淳化三年（992）进士，授庐江尉。第二年卒。

题天台石桥　　第 11 册 / 卷 775，第 8872 页

白石峰犹在，横桥一径微。

多年无客过,落日有云归。

水净苔生发,山寒树著衣。

如何方广寺,千古去人稀。

从诗中可见,时过境迁,盛唐时来天台山石桥游览的情景已不再。

潘雍(生卒年不详)

潘雍,生平无考。《全唐诗》收《赠葛氏小娘子》诗1首。

赠葛氏小娘子　　第11册/卷778,第8894页

曾闻仙子住天台,欲结灵姻愧短才。

若许随君洞中住,不同刘阮却归来。

葛氏小娘子应是在天台山修行的人,所以诗人将她比作仙子,向她求婚,且保证不会像刘晨、阮肇他们因思乡而归家。

殷琮(生卒年不详)

殷琮,生平事迹不详,与汤洙同时。

登云梯　　第11册/卷779,第8903页

碧落远澄澄,青山路可升。

身轻疑易蹋,步独觉难凭。

迤逦排将近,回翔势渐登。

上宁愁屈曲,高更喜超腾。

江树遥分蔼，山岚宛若凝。

赤城容许到，敢惮百千层。

此处用赤城山来衬托所登云梯。

罗浮山　　第 11 册 / 卷 786，第 8958 页
无名氏

四百馀峰海上排，根连蓬岛荫天台。

百灵若为移中土，蒿华都为一小堆。

以蓬莱岛、天台山、嵩岳来衬托罗浮山的独特。

安守范、杨鼎夫、周述、李仁肇（四人生卒年不详）

安守范，蜀彭州刺史安思谦之子。杨鼎夫，定远推官。周述，怀远军巡官。李仁肇，眉州判官。

天台禅院联句　　第 11 册 / 卷 793，第 9020~9021 页

偶到天台院，因逢物外僧。　——安守范

忘机同一祖，出语离三乘。　——杨鼎夫

树老中庭寂，窗虚外境澄。　——周述

片时松影下，联续百千灯。　——李仁肇

安守范四人对天台禅院的环境、高僧印象深刻。

夏宝松（生卒年不详）

夏宝松，庐陵人。

句　　第 11 册 / 卷 795，第 9042~9043 页

孤猿叫落中岩月，野客吟残半夜灯。

雁飞南浦砧初断，月满西楼酒半醒。　砧初断，一作钟初动。

晓来羸驷依前去，目断遥山数点清。

此诗不完整。中岩在天台山，从这三韵来看，诗人所构筑的意境是萧索而落魄的。

葛氏女（生卒年不详）

葛氏女，名不详，与潘雍同时，有诗赠答。

和潘雍　　第 12 册 / 卷 801，第 9114 页

九天天远瑞烟浓，驾鹤骖鸾意已同。

从此三山山上月，琼花开处照春风。（1）

（1）潘雍赠葛氏诗云：曾闻仙子住天台，欲结灵姻愧短才。

　　　若许随君洞中住，不同刘阮却归来。

这是对潘雍求婚诗的回应。

薛涛（768~832）

薛涛，字洪度，京兆长安（今陕西西安）人。随父宦，流落蜀中，

遂入乐籍。与鱼玄机、李冶、刘采春并称唐代四大女诗人，与卓文君、花蕊夫人、黄娥并称蜀中四大才女。

金灯花　　第 12 册 / 卷 803，第 9139 页

阑边不见蘘蘘叶，砌下惟翻艳艳丛。

细视欲将何物比，晓霞初叠赤城宫。

诗人用赤城山的颜色来形容金灯花的红艳。

李冶（？~784）

李冶，字季兰（《太平广记》中作"秀兰"），乌程（今浙江吴兴）人，后为女道士，是中唐诗坛上享受盛名的女诗人。

送阎二十六赴剡县　　第 12 册 / 卷 805，第 9157 页

流水阊门外，孤舟日复西。

离情遍芳草，无处不萋萋。

妾梦经吴苑，君行到剡溪。

归来重相访，莫学阮郎迷。

诗人对阎二十六说，你去剡县后千万别像阮肇一样遇到仙子回不来了，一定要归来，然后我们再相访。

元淳（生卒年不详）

元淳，女道士，洛中人。

句　　第 12 册 / 卷 805，第 9158 页

赤城峭壁无人到，丹灶芝田有鹤来。（霍师妹游天台）

诗人叮嘱自己的师妹，去了赤城山，要记得来信。

寒山（约691~793）

寒山，唐代长安（今陕西西安）人，出身于官宦人家，多次投考不第，被迫出家，30岁后隐居于浙东天台山，享年100多岁。严振非《寒山子身世考》中更以《北史》、《隋书》等大量史料与寒山诗相印证，指出寒山乃为隋皇室后裔杨瓒之子杨温，因遭皇室内的妒忌与排挤及佛教思想影响而遁入空门，隐于天台山寒岩。

据杜光庭（850~933）的《仙传拾遗》记载，"寒山子者，不知其名氏。大历（766~779）中，隐居天台翠屏山。其山深邃，当暑有雪，亦名寒岩，因自号寒山子。好为诗，每得一篇一句，辄题于树间石上。有好事者，随而录之，凡三百余首，多述山林幽隐之兴，或讥讽时态，能警励流俗。桐柏征君徐灵府，序而集之，分为三卷，行于人间。"徐灵府为天台山桐柏观道士，是司马承祯的再传弟子，经历了唐朝代宗、德宗、顺宗、宪宗、穆宗、敬宗、文宗、武宗八个皇帝的统治时期，享年82岁。因为徐灵府的收集整理并写序，寒山子的300多首诗才得以流传。寒山子的303首诗中多与天台山有关，或写重岩，或写山，或写树，或写白云，或写花草，或写修行中的感想，但下面仅选录直接涉及人们所熟知的天台山意象的11首诗。

诗三百三首　　第 12 册 / 卷 806，第 9160~9186 页

其四十　　第 9163 页

惯居幽隐处，乍向国清中。

时访丰干道，仍来看拾公。　　道，一作老。

独回上寒岩，无人话合同。

寻究无源水，源穷水不穷。

其七十八　　第 9166 页

卜择幽居地，天台更莫言。

猿啼豀雾冷，岳色草门连。

折叶覆松室，开池引涧泉。

已甘休万事，采蕨度残年。

其一百六十五　　第 9173 页

闲游华顶上，日朗昼光辉。　　日朗昼，一作大朗月。

四顾晴空里，白云同鹤飞。

其一百七十九　　第 9175 页

多少天台人，不识寒山子。

莫知真意度，唤作闲言语。

其一百九十三　　第 9176 页

丹丘迥耸与云齐，空里五峰遥望低。

雁塔高排出青嶂，禅林古殿入虹霓。

风摇松叶赤城秀，雾吐中岩仙路迷。

碧落千山万仞现，藤萝相接次连谿。

其二百〇四　　第9177页

余家本住在天台，云路烟深绝客来。

千仞岩峦深可遁，万重溪涧石楼台。

桦巾木屐沿流步，布裘藜杖绕山回。

自觉浮生幻化事，逍遥快乐实善哉。　　善，一作奇。

其二百一十　　第9177~9178页

自从到此天台境，经今早度几冬春。

山水不移人自老，见却多少后生人。　　（此首一作拾得诗）

其二百一十六　　第9178页

我闻天台山，山中有琪树。

永言欲攀之，莫晓石桥路。　　之，一作上。

缘此生悲叹，幸居将已慕。

今日观镜中，飒飒鬓垂素。

其二百二十七　　第9179页

自见天台顶，孤高出众群。

风摇松竹韵，月现海潮频。

下望青山际,谈玄有白云。
野情便山水,本志慕道伦。

其二百六十四　　第9183页
迥耸霄汉外,云里路岩峣。
瀑布千丈流,如铺练一条。
下有栖心窟,横安定命桥。
雄雄镇世界,天台名独超。

其二百七十三　　第9183页
忆得二十年,徐步国清归。
国清寺中人,尽道寒山痴。
痴人何用疑,疑不解寻思。
我尚自不识,是伊争得知。
低头不用问,问得复何为。
有人来骂我,分明了了知。
虽然不应对,却是得便宜。

拾得（生卒年不详）

拾得,是唐代丰干禅师在松林漫步时捡回来的稚龄男孩,所以大家都叫他"拾得"。拾得长大后成为唐代天台山国清寺隐僧,是佛教史上著名的诗僧,行迹怪诞,言语非常,相传是普贤菩萨的化身。雍正皇帝敕封拾得为"合圣"。

《全唐诗》中有拾得诗54首，下面只选录诗中直接出现与天台山意象有关的5首诗。

诗　　第12册/卷807，第9188~9192页

其十　　第9189页

有偈有千万，卒急述应难。

若要相知者，但入天台山。

岩中深处坐，说理及谈玄。

共我不相见，对面似千山。

其二十　　第9190页

自从到此天台寺，经今早已几冬春。

山水不移人自老，见却多少后生人。　　一作寒山诗

其三十二　　第9191页

闲入天台洞，访人人不知。

寒山为伴侣，松下啖灵芝。

每谈今古事，嗟见世愚痴。

个个入地狱，早晚出头时。　　早晚，一作那得。

其四十五　　第9192页

般若酒泠泠，饮多人易醒。

余住天台山，凡愚那见形。

常游深谷洞,终不逐时情。

无思亦无虑,无辱也无荣。

其四十八　　第9192页

迢迢山径峻,万仞险隘危。

石桥莓苔绿,时见白云飞。　　白,一作片。

瀑布悬如练,月影落潭晖。

更登华顶上,犹待孤鹤期。

丰干(生卒年不详)

丰干,唐代高僧,又作封干,唐玄宗开元初前后在世。剪发齐眉,衣布袋,居天台山国清寺。

壁上诗二首·其一　　第12册/卷807,第9193页

余自来天台,凡经几万回。　　凡,一作曾。

一身如云水,悠悠任去来。

逍遥绝无闹,忘机隆佛道。

世途岐路心,众生多烦恼。

兀兀沉浪海,漂漂轮三界。

可惜一灵物,无始被境埋。

电光瞥然起,生死纷尘埃。

寒山特相访,拾得常往来。

论心话明月,太虚廓无碍。

法界即无边，一法普遍该。

丰干、寒山、拾得在天台山国清寺经常一起论心、话明月、论佛法。

景云（生卒年不详）

景云，与岑参同时，善草书。

画松 第 12 册 / 卷 808，第 9204 页

画松一似真松树，且待寻思记得无。

曾在天台山上见，石桥南畔第三株。

天台山上的松树常常出现在画家笔下。

灵一（生卒年均不详）

灵一，约唐代宗广德中在世。姓吴氏，人称一公，广陵（今江苏扬州）人。童子出家，禅诵之余，辄赋诗歌。与朱放、张继、皇甫冉兄弟、灵澈为诗友，酬倡不绝，诗一卷。

赠灵澈禅师 第 12 册 / 卷 809，第 9214 页

禅师来往翠微间，万里千峰到剡山。　　到，一作见。

何时共到天台里，身与浮云处处闲。

诗人与灵澈相约一起去游天台山。

灵澈（746～816）

灵澈，本姓汤氏，字源澄，越州会稽（今浙江绍兴）人。云门寺律僧，驻锡衡岳寺。著有《律宗引源》廿一卷。与刘禹锡、刘长卿、吕温交往甚密，互有诗相赠，享誉当时诗坛。

天姥岑望天台山　　第 12 册 / 卷 810，第 9216 页

天台众峰外，华顶当寒空。

有时半不见，崔嵬在云中。

华顶是天台山最高峰，常常矗立在白云中。

僧皎然（730~799）

僧皎然，俗姓谢，字清昼，湖州（浙江吴兴）人，是中国山水诗创始人谢灵运的十世孙，与颜真卿、灵澈、陆羽等和诗，现存皎然 470 首诗。

送邢台州济一作送独孤使君赴岳州

　　　　第 12 册 / 卷 818，第 9304 页

海上仙山属使君，石桥琪树古来闻。　古，一作此。

他时画出白团扇，乞取天台一片云。

天台山上的石桥、琪树、白云都是让人记忆深刻的景物。

送重钧上人游天台　　第 12 册 / 卷 818，第 9305 页

渐看华顶出，幽赏意随生。　赏意，一作意尚。

十里行松色，千重过水声。

海容云正尽，山色雨初晴。　　色雨，一作态雪。

事事将心证，知君道可成。

重钧上人去游天台山，诗人告诉他华顶是个适宜修行的好去处。

送德守二叔侄上人还国清寺觐师

第 12 册 / 卷 819，第 9314 页

道贤齐二阮，俱向竹林归。

古偈穿花线，春装卷叶衣。

僧墟回水寺，佛陇启山扉。

爱别吾何有，人心强有违。

国清寺为天台宗祖庭，高僧辈出，是许多僧人想要朝拜的寺庙。

忆天台　　第 12 册 / 卷 820，第 9331 页

箬溪朝雨散，云色似天台。

应是东风便，吹从海上来。

灵山游汗漫，仙石过莓苔。

误到人间世，经年不早回。

眼前的景致使诗人回忆起天台山的云色。

夔铜碗为龙吟歌　　第 12 册 / 卷 821，第 9343 页

逸僧夔碗为龙吟，世上未曾闻此音。　　为，一作闻。

一从太尉房公赏，遂使秦人传至今。

初戛徐徐声渐显，乐音不管何人辨。

似出龙泉万丈底，乍怪声来近而远。　泉，一作渊。

未必全由戛者功，真生虚无非碗中。　功，一作工。

寥亮掩清笛，萦回凌细风。

遥闻不断在烟杪，万籁无声天境空[1]。

乍向天台宿华顶，秋宵一吟更清迥。　乍，一作昨。

能令听者易常性，忧人忘忧躁人静。

今日铿锽江上闻，蛟螭奔飞如得群。

声过阴岭恐成雨，响驻晴天将起云。　起，一作遏。

坐来吟尽空江碧，却寻向者听无迹。　空江。一作江上。听，

人生万事将此同，暮贱朝荣动还寂。　一作声。

（1）听专一境，则众音不闻，非万籁之无声也。

在天台山的华顶住一宿，可感受秋天晚上的清迥。

送旻上人游天台　第 12 册 / 卷 821，第 9351 页

真心不废别，试看越溪清。

知汝机忘尽，春山自有情。

月思华顶宿，云爱石门行。

海近应须泛，无令鸥鹭惊。

旻上人去游天台山，诗人建议他在华顶看月，石门赏云，在山上还可看海上鸥鹭惊飞。

僧鸾（生卒年不详）

僧鸾，少有逸才，不事拘检。谒薛能（817~880）尚书，以其颠率，令之出家。后入京，为文章供奉，赐紫。

赠李粲秀才 字辉用　　第12册/卷823，第9365~9366页

陇西辉用真才子，搜奇探险无伦比。
笔下铦磨巨阙锋，胸中静湛西江水。
哀弦古乐清人耳，月露激寒哭秋鬼。
苔地无尘到晓吟，杉松老叶风干起。
十轴示余三百篇，金碧烂光烧蜀笺。
雄芒逸气测不得，使我踯躅成狂颠。
大郊远阔空无边，凝明淡绿收馀烟。
旷怀相对景何限，落日乱峰青倚天。
又惊大舶帆高悬，行涛劈浪凌飞仙。
回首瞥见五千仞，扑下香炉瀑布泉。
何事古人夸八斗，焉敢今朝定妍丑。
飒风驱雷暂不停，始向场中称大手。
骏如健鹘鹗与雕，拏云猎野翻重霄。
狐狸窜伏不敢动，却下双鸣当迅飙。
愁如湘灵哭湘浦，咽咽哀音隔云雾。
九嶷深翠转巍峨，仙骨寒消不知处。
清同野客敲越瓯，丁当急响涵清秋。
鸾雏相引叫未定，霜结夜阑仍在楼。

高若太空露云物，片白激青皆仿佛。
仙鹤闲从净碧飞，巨鳌头戴蓬莱出。
前辈歌诗惟翰林，神仙老格何高深。
鞭驰造化绕笔转，灿烂不为酸苦吟。
梦乘明月清沉沉，飞到天台天姥岑。
倾湖涌海数百字，字字不朽长拟金。
此日多君可俦侣，堆珠叠玑满玄圃。
终日并辔游昆仑，十二楼中宴王母。

"前辈歌诗惟翰林"指李白，李白曾被唐玄宗召为供奉翰林。"梦乘明月清沉沉，飞到天台天姥岑"，指李白写《梦游天姥吟留别》。诗人以李白来鼓励秀才李璨。

贯休（832～912）

贯休，俗姓姜，字德隐，婺州兰溪（今浙江兰溪）人。7岁出家和安寺，日读经书千字，过目不忘。唐天复间入蜀，被前蜀主王建封为"禅月大师"，赐以紫衣。贯休能诗，亦擅绘画，是唐末五代前蜀画僧、诗僧。

寒月送玄一本有道字**士入天台**　　第12册/卷828，第9411页
之子逍遥尘世薄，格淡于云语如鹤。
相见唯谈海上山，碧侧青斜冷相沓。
芒鞋竹杖寒冻时，玉霄忽去非有期。
僮担赤笈密雪里，世人无人留得之。　（世）人，一作上。

想入红霞路深邃，孤峰纵啸仙飙起。

星精聚观泣海鬼，月涌薄烟花点水。

送君丁宁有深旨，好寻佛窟游银地。　　佛窟、银地，皆天台云

雪眉衲僧皆正气，伊昔贞白先生同此意。　　境也。

若得神圣之药，即莫忘远相寄。

此诗是送道士去天台山玉霄峰。后三句有异，倒数第一、二句各少一字，倒数第三句多两个字。倒数第三句中的"伊昔贞白先生"中有两字应是衍字，或是"伊昔"，或是"先生"。贞白即陶弘景，梁武帝为陶弘景谥号"贞白先生"。陶弘景虽为上清派道士，但他对儒家思想和佛教思想并不反对，主张儒释道兼容。贯休写诗所送的是道士，所以他说"雪眉衲僧皆正气，伊昔贞白先生同此意"。最后两句可能是贯休在诗后的嘱咐语，但后人却在整理此诗时一并写上了。理由有三：一是此两句各少一字，不符七言要求；二是全诗应为八韵，不应是九韵；三是此两句为口语表达。

观怀素一本有上人二首草书歌　　第12册/卷828，第9419页

张颠颠后颠非颠，直至怀素之颠始是颠。

师不谭经不说禅，筋力唯于草书朽。　　朽，一作妙。

颠狂却恐是神仙，有神助兮人莫及。　　人，一作神。

铁石画兮墨须入，金尊竹叶数斗馀。

……

天台古杉一千尺，崖崩倒折何峥嵘。　　倒，一作岸。

或细微，仙衣半拆金线垂。　　半拆，一作缝绽。

四 与天台山相关的唐诗

或妍媚，桃花半红公子醉。

我恐山为墨兮磨海水，

天与笔兮书大地，　书大地，一作海为水，天为笔兮书大地。

乃能略展狂僧意。常恨与师不相识，

一见此书空叹息。伊昔张渭任华叶季良，　渭，一作谓。

数子赠歌岂虚饰，所不足者浑未曾道著其神力。

石桥被烧烧，良玉土不蚀，　（第二个）烧，一作却。土不，

锥画沙兮印印泥。世人世人争得测，　一作不土。

知师雄名在世间，明月清风有何极。

诗中用天台山的古杉树来赞美怀素的草书。

天台一本无上二字**老僧**　第 12 册 / 卷 829，第 9424 页

独住无人处，松龛岳色侵。

僧中九十腊，云外一生心。

白发垂不剃，青眸笑转深。

犹能指孤月，为我暂开襟。

老僧已出家 90 年。诗人通过对老僧所住环境和外貌的描写，表达对老僧的敬仰之情。

寄天台道友　第 12 册 / 卷 829，第 9425 页

大是清虚地，高吟到日晡。

水声金磬乱，云片玉盘粗。

仙有遗踪在，人还得意无。

271

石碑文不直，壁画色多枯。

冷立千年鹤，闲烧六一炉。

松枝垂似物，山势秀难图。

紫府程非远，清溪径不迂。

馨香柏上露，皎洁水中珠。

贤圣无他术，圆融只在吾。

寄言桐柏子，珍重保之乎。

此诗是写给天台山桐柏观的道友。

题友人山居　　第12册/卷829，第9428页

卜居邻坞寺，魂梦又相关。

鹤本如云白，君初似我闲。

月明僧渡水，木落火连山。

从此天台约，来兹未得还。

诗人与友人曾约好一起去天台山，但友人选在邻坞寺居住后，就哪也不去了。

送僧游天台　　第12册/卷829，第9429页

囊空心亦空，城郭去腾腾。

眼作么是眼，僧谁识此僧。

歇隈红树久，笑看白云崩。

已有天台约，深秋必共登。

诗人送僧人去天台山，并约好深秋再一起登山。

送道士归天台　　第 12 册 / 卷 830，第 9435 页

道高留不住，道去更何云。

举世皆趋世，如君始爱君。

径侵银地滑，瀑到石城闻。

它日如相忆，金桃一为分。

诗人对天台山道士潜心修道表达了感佩之情。

送友人及第后归台州　　第 12 册 / 卷 831，第 9456 页

得桂为边辟，翩翩颇合宜。

嫖姚留不住，昼锦已归迟。

岛侧花藏虎，湖心浪撼棋。

终期华顶下，共礼渌身师。　天台石桥有白道猷坐化身渌也。

智者大师曾说他之所以到天台山修行，是因为白道猷在天台山修行有成。

秋夜作因怀天台道者　　第 12 册 / 卷 832，第 9466 页

万事何须问，良时即此时。

高秋半夜雨，落叶满前池。

静怕龙神识，贫从草木欺。

平生无限事，只有道人知。

从诗中"平生无限事，只有道人知"可知诗人与道友关系非常好。

送僧归天台寺　　第 12 册 / 卷 832，第 9468 页

天台四绝寺，归去见师真。

莫折枸杞叶，令他十得嗔。　　十，一作拾。

天空闻圣磬，瀑细落花巾(1)。

必若云中老，他时得有邻。　　得，一作德。

（1）天台国清寺有拾得花巾，即波罗巾也。

诗人借送僧人归天台寺，对国清寺的环境进行了描写。

寄题诠律师院以下见《统签》　　第 12 册 / 卷 837，第 9514 页

锦溪光里耸楼台，师院高凌积翠开。

深竹杪闻残磬尽，一茶中见数帆来。

焚香只是看新律，幽步犹疑损绿苔。

莫讶题诗又东去，石房清冷在天台。

写律师院位置的特别和院中的清冷。

寄天台叶道士　　第 12 册 / 卷 837，第 9514 页

负局高风不可陪，玉霄峰北置楼台。

注参同契未将出，寻柳栗僧多宿来。

飕槭松风山枣落，闲关溪鸟术花开。

终须肘后相传好，莫便乘鸾去不回。

此诗应是写给在玉霄峰修行的叶藏质。

送道友归天台　　第 12 册 / 卷 837，第 9514 页

藓浓苔湿冷层层，珍重先生独去登。

气养三田传未得，药非八石许还曾。

云根应狎玉斧子，月径多寻银地僧。

太守苦留终不住，可怜江上去腾腾。

诗中写了道友回天台山的决心。

过商山　　第 13 册 / 卷 888，第 10107 页

吟缘横翠忆天台，啸狖啼猿见尽猜。

四个老人何处去，一声仙鹤过溪来。

皇城宫阙回头尽，紫阁烟霞为我开。

天际峰峰尽堪住。红尘中去大悠哉。

商山因四皓而闻名。秦末汉初时有东园公唐秉、用里先生周术、绮里季吴实和夏黄公崔广四位著名黄老学者在此山隐居修行，不愿出山做官。后刘邦打算废太子刘盈，吕后便遵照开国大臣张良的主意，聘请商山四皓辅佐太子。四人出山时都 80 有余，眉皓发白，故被称为"商山四皓"。太子从而保住皇位继承权。诗人赞颂四皓出山可治国，归隐可修仙。

齐己（863~937）

齐己，出家前俗名胡德生，晚年自号衡岳沙门，湖南长沙宁乡县祖塔乡人，唐朝晚期著名诗僧。

赠无本上人　　第 12 册 / 卷 840，第 9552 页

往年吟月社，因乱散扬州。

未免无端事，何妨出世流。

洞庭禅过腊，衡岳坐经秋。

终说将衣钵，天台老去休。

无本上人曾到处云游，但最后确定去天台山终老。

怀华顶道人　　第 12 册 / 卷 840，第 9554 页

华顶星边出，真宜上士家。

无人触床榻，满屋贮烟霞。

坐卧临天井，晴明见海涯。

禅馀石桥去，屐齿印松花。

诗人很羡慕天台山华顶修行道人所拥有的幽雅环境。

再经蒋山与诸长老夜话　　第 12 册 / 卷 841，第 9561 页

远迹都如雁，南行又北回。

老僧犹记得，往岁已曾来。

话遍名山境，烧残黑栎灰。

无因伴师往，归思在天台。

"归思在天台"，说明诗人对天台山记挂在心。

怀天台华顶僧　　第 12 册 / 卷 842，第 9577 页

华顶危临海，丹霞里石桥。

四 与天台山相关的唐诗

曾从国清寺，上看月明潮。
好鸟亲香火，狂泉喷沴寥。
欲归师智者，头白路迢迢。

勉励天台山华顶僧人要以智者大师为学习的榜样，精进不止。

招乾昼上人宿话　　第 12 册 / 卷 843，第 9598 页
连夜因风雪，相留在寂寥。
禅心谁指示，诗卷自焚烧。
语默邻寒漏，窗扉向早朝。
天台若长往，还渡海门潮。

诗人跟乾昼上人夜话禅心，认为若在天台山常住，一定可以修为精进。

寄酬秦府高推官辇　　第 12 册 / 卷 844，第 9612 页
天台衡岳旧曾寻，闲忆留题白石林。
岁月已残衰飒鬓，风骚犹壮寂寥心。
猴山碧树遮藏密，丹穴红霞掩映深。
争得相逢一携手，拂衣同去听玄音。

诗人曾在天台山和衡岳云游。

秋夕言怀寄所知　　第 12 册 / 卷 846，第 9636 页
休问蒙庄材不材，孤灯影共傍寒灰。
忘筌话道心甘死，候体论诗口懒开。

277

窗外风涛连建业，梦中云水忆天台。

相疏却是相知分，谁讶经年一度来。

天台山的白云、渌水让诗人记忆深刻。

梓栗杖送人　　第 12 册 / 卷 846，第 9637 页

禅家何物赠分襟，只有天台杖一寻。

拄去客归青洛远，采来僧入白云深。

游山曾把探龙穴，出世期将指佛心。

此日江边赠君后，却携筇杖向东林。

有什么可作为礼物送人？只有天台杖，这杖曾陪伴诗人云游天下。

默坐　　第 12 册 / 卷 847，第 9657 页

灯引飞蛾拂焰迷，露淋栖鹤压枝低。

冥心坐满蒲团稳，梦到天台过剡溪。

打坐时会梦到天台山，说明天台山让诗人难忘。

修睦（生卒年不详）

修睦的俗姓、里居、生年均不详。光化中（899 年左右）为洪州僧正。与贯休、处默、栖隐为诗友。

题僧梦微房　　第 12 册 / 卷 849，第 9683 页

东海日未出，九衢人已行。

吾师无事坐，苔藓入门生。

雨过闲花落，风来古木声。

天台频说法，石壁欠题名。

前三韵写诗人师父梦微住处的幽静与冷清，第四韵则指出其师不是无名和无能之辈，曾多次到天台山说法，所以说"石壁欠题名"。

吴越僧

《全唐诗》中没有具体的诗人名。

有人认为《武肃王有旨石桥设斋会进一诗共六首》的作者为释延寿。释延寿（904~975），俗姓王，字仲玄，号抱一子，临安府余杭（浙江杭县）人。28岁，王仲玄任华亭镇将，督纳军需，屡用公帑买鱼虾等物放生，事发后，判处死刑，在押赴市曹行刑时，面无惧容，典刑者追问其详，永明坦然表示动用库钱纯为护生，自己并未私用一文，于是被获无罪释放。后唐明宗长兴四年（933），30岁的王仲玄向时为吴王的钱元瓘（钱镠第7子和继位者，934年被封为吴越王，941年去世，谥号文穆王）禀明舍弃官位、妻孥，投明州四明山（今浙江鄞州区境内）龙册寺翠岩令参禅师剃度为僧，法名延寿，字智觉。后于天台德韶禅师处学习禅定，于国清寺修行法华忏，悟得玄旨。建隆二年（961）应吴越王钱俶之请，驻锡永明寺，提倡"禅净双修"法门。为净土宗六祖。

武肃王是钱镠（852~932），字具美（或巨美），小字婆留，杭州临安人，因战功于904年被封为吴王。朱温建梁时，即907年封其为吴越王。932年，钱镠去世，终年81岁，朝廷赐谥号"武肃"。

在天台山石桥设斋会，若是吴越王钱镠下旨举办的，则与释延寿应该无关，因在钱镠去世前，释延寿还没有出家为僧。释延寿30岁出家，即933年，而钱镠于932年去世获朝廷赐谥号"武肃"，释延寿出家后无法与武肃王有交集。

因此，若此诗为释延寿所作，则不会是尊武肃王之旨在石桥设斋会，而应是尊文穆王的旨意，诗题则有问题。若是武肃王下旨在石桥设斋会，则此诗作者不是释延寿。

武肃王有旨石桥设斋会进一诗共六首

第12册/卷851，第9694页

其一

南有天台事可尊，孕灵含秀独超群。
重重曲涧侵危石，步步层岩踏碎云。
金雀每从云里现，异香多向夜深闻。
当知此界非凡界，一道幽奇各自分。

其二

仙源佛窟有天台，今古嘉名遍九垓。
石磴嵌空神匠出，瀑泉雄壮雨声来。
景强偏感高僧上，地胜能令远思开。
一等翘诚依此处，自然灵贶作梯媒。

其三

智泉福海莫能逾，亲自王恩运睿谟。

感现尽冥心境界，资持全固道根株。

石梁低裛红鹦鹉，烟岭高翔碧鹧鸪。

胜妙重重惟祷祝，永资军庶息灾虞。

吕岩（796~？）

吕岩，字洞宾，号纯阳子，唐德宗贞元十二年（796）四月十四日出生，《历世真仙体道通鉴》第45卷中记载："其自作传云：'吾乃京兆人，唐末累举进士不第，因游华山，遇钟离子，传授延命之术。寻遇苦竹真人，传授日月交并之法。再遇钟离，尽获金丹之妙。吾得年五十道始成。'" 唐末、五代著名道士，世称吕祖或纯阳祖师，为民间神话故事八仙之一。

七言　第12册/卷857，第9751页

曾随刘阮醉桃源，未省人间欠酒钱。

一领布裘权且当，九天回日却归还。

凤茸袄子非为贵，狐白裘裳欲比难。

只此世间无价宝，不凭火里试烧看。

刘阮即刘晨、阮肇。

无题　《道藏》第11册/第96页。

青蛇挂地月徘徊，月静云间鹤未回。

来访有缘人换骨，暂留踪迹到天台。

此诗《全唐诗》中无，来自《道藏》中的《天台山志》"吕洞宾诗"，无诗题。

题桐柏山黄先生庵门　第12册/卷857，第9753页
吾有玄中极玄语，周游八极无处吐。
云骈飘泛到凝阳，一见君兮在玄浦。
知君本是孤云客，拟话希夷生恍惚。
无为大道本根源，要君亲见求真物。
其中有一分三五，本自无名号丹母。
寒泉沥沥气绵绵，上透昆仑还紫府。
浮沉升降入中宫，四象五行齐见土。
驱青龙，擒白虎，起祥风兮下甘露。
铅凝真汞结丹砂，一派火轮真为主。
既修真，须坚确，能转乾坤泛海岳。
运行天地莫能知，变化鬼神应不觉。
千朝炼就紫金身，乃致全神归返朴。
黄秀才，黄秀才，
既修真，须且早，人间万事何时了。
贪名贪利爱金多，为他财色身衰老。
我今劝子心悲切，君自思兮生猛烈。
莫教大限到身来，又是随流入生灭。
留此片言，用表其意。

他日相逢,必与汝决。

莫退初心,善爱善爱。

诗人劝桐柏山的黄秀才早点抛却名利财色进行内丹修炼。

七夕 第 12 册 / 卷 858,第 9758 页

宋元丰中,吕惠卿守单州天庆观。

七月七日,有异人过,书诗于纸。

四海孤游一野人,两壶霜雪足精神。

坎离二物君收得,龙虎丹行运水银。

野人本是天台客,石桥南畔有旧宅。　客,宾字。石桥者,洞也。

父子生来有两口,多好歌笙不好拍。　两口,吕也。拍,吟也。

吕祖曾在天台山修行。

天台观石简记 第 13 册 / 卷 875,第 9982 页

　　咸通十三年,台州刺史姚鹄于天台山天台观观讲堂后创老君殿,得石函,中有玉简,上有文云云。具以上闻,敕宣付史馆,颁示四方。

　　海水竭,台山缺,皇家宝祚无休歇。

唐懿宗《以天台山获石函册文付史馆诏》:"上天降祉,厚地呈祥。爰有白简灵书,出于混元宝殿。告国祚延洪之兆,示坤珍启迪之符。顾此殊休,宜为上瑞。宣付史馆,颁示四方。"

李瀚（生卒年不详）

李瀚，唐末五代人。

蒙求　　第 13 册 / 卷 881，第 10033~10035 页

王戎简要，裴楷清通。

孔明卧龙，吕望非熊。

杨震关西，丁宽易东。

谢安高洁，王导公忠。

匡衡凿壁，孙敬闭户。

……

初平起石，左慈掷杯。

武陵桃源，刘阮天台。

……

刘阮天台，即刘晨和阮肇入天台山采药遇仙的故事。

李洞（生卒年不详）

李洞，字才江，京兆（今陕西西安）人，诸王孙也。慕贾岛为诗，铸其像，事之如神。时人但诮其僻涩，而不能贵其奇峭，唯吴融称之。昭宗时不第，游蜀卒。诗三卷。

山泉　　第 13 册 / 卷 886，第 10084 页

半空飞下水，势去响如雷。

静彻啼猿寺，高凌坐客台。

耳同经剑阁，身若到天台。

溅树吹成冻，凌祠触作灰。

深中试柳栗，浅处落莓苔。

半夜重城闭，孱郴枕上来。　　上，一作底。

李煜（937~978）

李煜，字重光，号钟隐、莲峰居士，生于金陵（今江苏南京），南唐最后一位国君。别称南唐后主、李后主。他在中国词史上占有重要的地位，被称为"千古词帝"。

菩萨蛮　第13册/卷889，第10116~10117页

　　花明月暗笼轻雾，今宵好向郎边去。刬袜步香阶，手提金缕鞋。画堂南畔见，一晌偎人颤。好为出来难，教君恣意怜。

　　蓬莱院闭天台女，画堂昼寝无人语。抛枕翠云光，绣衣闻异香。潜来珠锁动，惊觉鸳鸯梦。慢脸笑盈盈，相看无限情。

　　铜簧韵脆锵寒竹，新声慢奏移纤玉。眼色暗相钩，秋波横欲流。雨云深绣户，来便谐衷素。宴罢又成空，梦迷春睡中。

　　人生愁恨何能免，消魂独我情何限。故国梦重归，觉来双泪垂。高楼谁与上，长记秋晴望。往事已成空，还如一梦中。

"蓬莱院闭天台女,画堂昼寝无人语。"用刘阮入天台山采药遇仙女的典故。

鹿虔扆（生卒年不详）

鹿虔扆,籍贯、字号不详。五代后蜀进士,累官学士,广政间曾任永泰军节度使、进检校太尉、加太保,人称鹿太保。

女冠子　　第 13 册 / 卷 894,第 10172 页

凤楼琪树,惆怅刘郎一去。正春深,洞里愁空结,人间信莫寻。竹疏斋殿迥,松密醮坛阴。倚云低首望,可知心。

步虚坛上,绛节霓旌相向。引真仙,玉佩摇蟾影,金炉袅麝烟。露浓霜简湿,风紧羽衣偏。欲留难得住,却归天。

用刘晨、阮肇上天台山采药遇仙的典故。琪树,是特有的一种树,被称为仙境中的玉树。白居易《牡丹芳》诗:"仙人琪树白无色,王母桃花小不香。"李绅《诗序》:"琪树垂条如弱柳,一年绿,二年碧,三年红。"

冯延巳（903~960）

冯延巳,又名延嗣,字正中,五代广陵（今江苏省扬州市）人。在南唐做过宰相,生活过得很优裕、舒适。他的词多写闲情逸致辞,文人的气息很浓,对北宋初期的词人有比较大的影响。

阮郎归　　第 13 册 / 卷 898，第 10218 页

南园春半踏青时，风和闻马嘶。

青梅如豆柳如丝，日长蝴蝶飞。

花露重，草烟低，人家帘幕垂。

秋千慵困解罗衣，画梁双燕栖。

角声吹断陇梅枝，孤窗月影低。

塞鸿无限欲惊飞，城乌休夜啼。

寻断梦，掩深闺，行人去路迷。

门前杨柳绿阴齐，何时闻马嘶。

阮郎归，词牌名，又名"碧桃春""宴桃源""濯缨曲"等。

李適（生卒年不详）

李適，雍州万年人。景龙中，为中书舍人，很快转工部侍郎。

送友人向恬(括)州　　第 13 册 /《补全唐诗》，第 10302 页

委迤吴山云，演漾洞庭水。

青枫既愁人，白频亦靡靡。　　频，蘋。

送君出京国，孤舟眇江汜。

浮阳怨芳岁，况乃别行子。

括苍涨海壖，斯路天台□。

我有岩中念，遥寄四明里。

沈佺期有《同工部李侍郎適访司马一本此下有先生二字子微》一诗。

元孚（生卒年不详）

元孚，唐武宗时人，与许浑同时，宣城开元寺僧，或曰楚中僧。

元孚五十年前游天台宿建公院登华顶攀琪树观石桥之险绝缅怀昔游因为绝句寄知建长老兼呈台州王司马　第13册/《全唐诗补逸》卷18，第10561页

天生石月架空虚，树缀龙髯子贯珠。

三十年前已攀折，建公曾到上方无。

从诗题可知，诗人50年前游览过天台山，并曾登过华顶，攀折过琪树，观看过石桥。

郑薰（生卒年不详）

郑薰，字子溥。文宗大和二年（828）登进士第，任户部员外郎、郎中。武宗会昌六年（846），任台州刺史，转漳州刺史，入为考功郎中。宣宗大中三年（849），充翰林学士、加知制诰。后拜中书舍人，工、礼二部侍郎。《全唐诗》存诗1首，《全唐诗续补遗》1首。

桐柏观蘋　第14册/《全唐诗续补遗》卷7，第10675页

深山桐柏观，残雪路犹分。

数里踏红叶，全家穿白云。

月寒岩障晓，风远蕙兰芬。

明日出云去，吹笙不可闻。

《古今图书集成山川典》一二六《桐柏山部》。

见《嘉定赤城志》卷三十。《天台前集》卷中题作《冬暮挈家宿桐柏观》。

诗中用到王子乔吹笙的典故。

姚鹄（生卒年不详）

姚鹄，早年时期隐居蜀中，经常出入当时好士公卿之席幕。于会昌三年（843）经宰相李德裕的推荐，进士及第。咸通十一年（870），姚鹄累官至江南东道台州刺史。

行桐柏山蓣 第 14 册 /《全唐诗续补遗》卷 7，第 10677 页

际海礼冰碧，穿云来玉清。

千山盘鸟道，十里入猿声。

草木飘香异，云霞引步轻。

谁言鳌顶上，此处是蓬瀛。

对天台桐柏山地理位置、在道教中的地位、环境状况等进行了描写。

小白（生卒年不详）

小白，曾居南岳，僧人，与僧人齐己、贯微、秀登为同时代人。秀登有《送小白上人归华顶》《送贯微归天台》。

宿金庭观蘋

第 14 册 /《全唐诗续补遗》卷 9，第 10708 页

羽客相留宿上方，金庭风月冷如霜。

直饶人世三千岁，未抵仙家一夜长。

金庭被认为是不死之乡的福地。

颜真卿（709~784）

颜真卿，字清臣，小名羡门子，别号应方，京兆万年（今陕西西安）人，祖籍琅玡临沂（今山东临沂）。唐朝名臣、书法家，其正楷端庄雄伟，行书气势遒劲，创"颜体"楷书，对后世影响很大。与赵孟頫、柳公权、欧阳询并称为"楷书四大家"。又与柳公权并称"颜柳"，被称为"颜筋柳骨"。

天台智者大师画赞

第 14 册 /《全唐诗续拾》卷 18，第 11158 页

天台大师俗姓陈，其名智顗华容人。

隋炀皇帝崇明因，号为智者诚敬申。

师初孕育灵异频，彩烟浮空光照邻。

尧眉舜目熙若春，禅慧悲智严其身。

长沙佛前发弘誓，定光菩萨示冥契。

恍如登山临海际，上指伽蓝毕身世。

东谒大苏求真谛，智同灵鹫听法偈。

得宿命通弁无碍，旋陀罗尼华三昧。

四　与天台山相关的唐诗

居常西面化在东，八载瓦官阐玄风。
敷演智度发禅蒙，梁陈旧德皆仰崇。
遂入天台华顶中，因见定光符昔梦。
降魔制敌为法雄，胡僧开道精感通。
又有圣贤垂秘旨，时平国清即名寺。
赎得鱼梁五百里，其中放生讲流水。
后主三礼洞庭里，请为菩萨戒弟子。
炀皇世镇临江涘，金城说会求制止。
香火事讫乃西旋，渚宫听众逾五千。
建立精舍名玉泉，横亘万里皆禀缘。
炀皇启请回法船，非禅不智求弘宣。
遂著《净名精义传》，因令徐柳参其玄。
帝既西趋移象魏，师因东还遂初志。
半山忽与沙门颠，俄倾逡巡偘韬秘。
止观大师名法源，亲事左溪弘度门。
二威灌顶诵师言，同禀思文龙树尊。
荆溪妙乐间生孙，广述祖教补乾坤。
写照随形殊好存，源公瞻礼必益敦。
俾余赞述斯讨论，庶几亿载垂后昆。

对天台智者大师的经历、佛法、修为、著述等进行了描述。

陆质（？~805）

陆质，字伯冲，吴郡（今江苏苏州）人。原名淳，避宪宗讳改。代宗时为淮南从事。德宗贞元末，历任信州、台州刺史。《新唐书》《旧唐书》有传。

送最澄阇梨还日本诗

第 14 册 /《全唐诗续拾》卷 19，第 11171 页

海东国主尊台教，遣僧来听《妙法华》。

归来香风满衣袂，讲堂日出映朝霞。

台教，指佛教天台宗。最澄，767 年出生，日本僧人，804 年奉诏随遣唐使入唐求法。最澄入天台山不仅学习天台教学，还研修禅、大乘戒和密教等佛学。805 年最澄结束了在唐求法活动。回国时得到了台州刺史陆质等人的欢送，大家赠诗留念。最澄回到日本后，在比睿山大兴天台教义，正式创立日本佛教天台宗。

秀登（生卒年不详）

秀登，与齐己、贯微、小白为同时代僧人，五代时在世。

送小白上人归华顶一本云守恭作

第 15 册 /《全唐诗续拾》卷 41，第 11533 页

瀑溅安禅石，秋云锁碧层。

一峰如卓笔，几日策孤藤。

树偃前朝盖，星辉下界灯。

超然归此处，心已契南能。

诗人通过对环境的描写，称赞了小白上人华顶修行处的特别。

送贯微归天台

  第 15 册 /《全唐诗续拾》卷 41，第 11533 页

秋归赤城寺，幽兴唯相同。

迹与片云合，心向万境空。

倾耳霜树猿，吹衣瀑布风。

后夜越溪上，梦断寒猿中。

对赤城寺秋天环境进行了描写。

江为（生卒年不详）

江为，字以善，五代时建州人，其先宋州考城人，文蔚之子，避乱家建阳。约 950 年在世。

瀑布 第 15 册 /《全唐诗续拾》卷 43，第 11569 页

庐山正南面，瀑布古来闻。

万里朝沧海，千寻出白云。

寒声终自远，灵派孰为分。

除却天台后，平流莫可群。

在诗人看来，只有天台山瀑布可与庐山瀑布媲美。

赠天台僧　　第 15 册 /《全唐诗续拾》卷 43，第 11570 页

白发经年复白眉，斋身多病已无机。
曾来越客留诗板，旧识蕃人送衲衣。
岩窦夜禅云树湿，石桥秋望海山微。
结庵更拟寻华顶，晚岁应容叩竹扉。

诗人认为华顶最适宜结庵修行。

葛玄（164~244）

葛玄为三国时道士，丹阳句容（今江苏句容县）人，其师为左慈（生卒年不详，东汉末年著名道士，《神仙传》中有传）。根据葛洪的《神仙传》记载，葛玄从小聪明伶俐，学识渊博，在 10 多岁时，因父母双亡而感叹人生苦短，开始寻求长生之术，后学道有成，在天台山获授《玄灵宝》等经。因《全唐诗》收录了他的一首诗，所以也在此处列出。

登天台　　第 15 册 /《全唐诗续拾》卷 60，第 11916 页

高高山上山，山中白云闲。
瀑布低头看，青天举手扳。
石桥横海外，风笛落人间。
不见红尘客，时时鹤往还。

此诗通过对天台山上所见白云、瀑布、石桥等的描写，抒写了远离红尘的山中修行生活，闲适而自在。

附 录

天台山记

(唐)徐灵府

徐灵府,号默希子,钱塘天目山人,通儒学,无意于名利,为道教上清派第十二代宗师司马承祯的三传弟子,享年82岁。关于徐灵府的生卒时间,今天所见到的历史文献资料中皆无具体的记载,根据《历世真仙体道通鉴》记载,可推测他大约经历了唐朝代宗、德宗、顺宗、宪宗、穆宗、敬宗、文宗、武宗、宣宗九个皇帝的统治时期。徐灵府在天台山所做的事情有:一是完成十二卷《通玄真经注》;二是寻找修真之地并写作《天台山记》;三是重修桐柏观并请浙东做会稽廉访使元稹写《重修桐柏观记》;四是编成《寒山子诗集》并作序;五是重视经籍,收集、补充道经科法,写有《三洞要略》等。

> 孙绰云:"涉海则有方丈、蓬莱,登陆则有四明、天台。"信矣哉!盖寰瀛之灵墟,三清之别馆。按《真诰》云:"天台山高一万八千丈,周回八百里,山有八重,四面如一。当牛斗之分,以其上应台宿,光辅紫宸,故名天台,亦曰桐柏。"栖山陶隐居《登真隐诀》云:"大小台处五县中央(即余姚、临海、唐兴、句章、剡县也)。大小台乃桐

柏山六里乃至二石桥，先得小者，复行百余里，更得大者。在最高处，采药人仿佛见之。石屏虹梁，与画相似。又见玉堂金阙，望桥边有莲花状，大如车轮。其花恍惚不可熟见。大小台者，以石桥之大少为名。"据此说，即天台与桐柏二山相接而小异也。

按长康《启蒙记》云："天台山在会稽郡五县界中，去人境不远。路经瀑布，次经犹溪，至于浙山。犹溪在唐兴县东二十里，发源自花顶，从凤凰山东南流合县大溪，入于临海郡溪江也。其水深冷，前有石桥，遥望不盈尺，长数十步，临绝溟之涧，忘其身者，然后能度。度者见天台山，蔚然凝秀，双岭于青霄之上，有琼楼玉堂，瑶琳醴泉，仙物异种，偶或有见者，当时斫树记之，再寻则不复可得也。"按此记说，则神异之所，非造次可睹焉。今游人众所见者，盖非此桥，且犹溪高处不见有桥。今众人所见者，乃在歇亭西二十里。水流于剡县界，定知不是长康所说之桥也。

州取山名，曰台州，县隶唐兴，即古始丰县也。肃宗上元二年改为唐兴县。山去州一百四十八里，去县有一十八里，一头亚入沧海。有金庭不死之乡，在桐柏之中，方圆可三十里，上常有黄云覆之。树则苏玕琳碧，泉则石髓金浆。《真诰》所谓金庭洞天，是桐柏真人之所治也。真人周灵王太子乔，字子晋，好吹笙，作凤鸣于伊洛间，道人浮丘公接以上嵩山。三十余年后，求之不得，偶乘白鹤，谢时人而去。以仙官授任为桐柏真人右弼王，领五岳司侍帝来治兹山也。故《真诰》云："吴句曲之金陵，越桐柏之金庭，成真之灵墟，养神之福境。"

《名山福地记》云："洪波不登，三灾莫至。"又云："经丹水南行，有洞交会。从中过，即赤城丹山之洞。上玉清平之天，周回三百里。"洞门在乐安县界，即十六洞天第六洞也，即茅司命所治也。群峰峥嵘，碧障合沓，磨霄凌汉，因蒸云起，雾乘迸芳，瑶花间发，光彩辉烛，四时如春。凤翔神鸾栖于其上，丰孤文豹隐于其中。南驰缙云，北接四明，东拒溟㵽，西通剡川。又多产桱，松桂垂珠积翠于重岩，玄光灵芝吐耀于幽谷。至于岩烟匿景，匪从与五岳争雄。考异搜奇，自可引三山为匹。爰洎晋宗至于梁陈，咸以日中星鸟，望秩兹山，藏璧献琛，率为常兴。《抱朴子内篇》云："凡诸小山不堪作神丹金液，皆有木石之精，千岁老魅能坏人药。唯嵩镇、少室、缙云、罗浮、大小台比诸山，正神居处，助人为福，可以修真练药者矣。"

天台观在唐兴县北十八里，桐柏山西南，瀑布岩下。旧《图经》云，吴主孙权为葛仙公所创，最居形胜。北拗王真君坛，东北连丹霞洞，西北抛翠屏岩。故孙兴公《天台山赋》云："搏壁立之翠屏。"即此岩也。仙坛与翠屏岩耸空斗峙，瀑布迸流，落落西崖间，可千余丈，状素蜺垂天，飞帛触地。孙兴公赋云："瀑布飞流以界道。"即此处是也。腾波喷沫，近惊翻云；鼓怒浪雷，遥闻神悦。

瀑布南流百余步，与灵溪相合。流注县大溪，入于临海郡也。观中流引瀑水，萦绕廊院，灌注池沼，苟芰芬芳，萝竹交映。游者忘归，胜概之极也。

观东一百五十步，先有故柳史君宅，号曰紫霄山居。南瞩苍岭，北接紫霄峰，左右皆列小山，逦迤为势。东北连丹霞洞，洞有葛仙公练丹之初所也。宅中多植灵葩翠桎，修筐其卉。曲池环沼，药院丹炉，斯亦炼化之奇景也。柳君名泌，宪宗十三年，自复州石门山诏征，授台州刺史。不至郡，便还山下，领务备药后浑家于丹霞洞隐仙也。

自天台观西去瀑布寺一里，宋元嘉年中沙门法顺所兴立，近瀑布下，因以为名。寺北一里有岩，高百丈，名百丈岩，岩下灵溪。孙兴公赋："过灵溪而一濯，疏烦虑于心胸。"寺引溪水，经厨中过，还绕廊院。寺南九峰山，山高百余丈，周回六里，亦天台有流干也。旧名九垄山，天宝六载改为九峰山。昔王逸少与支遁林常登此山，以为胜瞩也。

自天台观北路上桐柏观一十二里，皆悬崖磴道，盘折而上，皆长松狭路，至于桐柏洞门。故赋云："苏萋萋之纤草，荫落落之长松。"即此地也。自洞门一小岭，可二里乃至观处，倚小松岭。岭前豁然平陆数倾，四面特起峰峦，有若郭郭，乃神真之所休憩，巢许之所钦，自非吸沉凌霄汉，梦龟鹤之夭促，与天地而长久者，何以居焉？昔诸先生修道之所，又徐法师亦于此立道房斋阁，号曰隐真之中峰。观前有田倾余，东有溪曰清溪，溪注田，西经三井，飞流瀑布。凡是游客，但睹景奇物异，恍然似升玄都玉京者矣。

观即唐睿宗景龙二年为白云先生所置。白先生乃司马天师也，名子微，字承祯，河内温人，事载在碑中。先生初入花顶峰，遇王羲之入山学业。[1]先生过笔法付羲之："子欲学书，如听吾语。夫受笔法与俗不同，须静其心后澄其心思，暮在功书筋骨附近气力，又须均停。握管与握玉无殊，下笔与投峰不别，莫夸端正，但取坚强。筋力若成，自然端正。东边石室，子莫频过，尽是异兽精灵也。向余边受业，凡人到彼必伤，缘残吾命，汝将来，料伊不敢。西边石室，甚是清闲。案砚俱全，诗书并足；松花仙果，可给朝餐；石茗香泉，堪充暮饮。闲玩水自散情怀，闷即凌峰，莫思闲事。"羲之既蒙处分，岂敢有违。一登石室，二载不亏。夜则望月临池，朝则投云握管。澄滤其思，暮在功书，清静其心神，志求笔法。光回影转，节勿频移，日就月将，便经年载。羲之第一年学书，似蛇惊春蛰，鱼跃寒泉，笔下龙飞，行间蝶舞。虽未殊妙，早以惊群。至第二年学书，似鹤度春林，云飞玉间，笔含五彩，墨点如龟，筋骨相连，似垂金锁。至第三年学书，将为是妙也。送书得数纸来先生再拜。展于案上，一见凛然作色，高声

---

[1] 此处应有疑，王羲之为晋朝人，司马承祯为唐朝人，二者相差几百年，不应该有交集。徐灵府不应出现此错误，文中错误不知源于何处。

谓羲之曰："子之书法全未有功，筋骨俱少，气力全无，作此书格，岂成文字？但且学书，有命即至仙堂，无事不劳相访。"羲之唱喏，即归书堂。后又得三年功，书成矣。先生乃赞羲之曰："念汝书迹异世不同，淡处不淡，浓处不浓，得之者罕有，见之者难逢。进一字千金重赏，献一字万户封侯。"再赞曰："众木中松，群山中峰，灵鹤中冲，五岳中嵩。吾令归俗，汝向九霄红。汝归于世界，如鹤出笼。别后有心相顾，时时遥望白云中。"先生初入天台后，睿宗皇帝诏，复桐柏旧额，请先生居之。其降敕书曰："吴朝葛仙公废桐柏观在天台山，如闻始丰县人斫伐松竹，毁废坛场，多有秽触，频致死亡。仰州县官与司马练师相知，于天台山中僻方封取四十里，以为禽兽草木长生之福地，置一观仍还旧额。"初构天尊堂，有五云其上三，而良吏书之，以记祥也。天宝六载，郡守贾公长源及玄静先生李君名含光，即天师弟子之玄宗师等立碑，太史崔尚制文，翰林学士韩择木书。玄宗皇帝亲书其碑额。

观南一里有石坛一级，以砖石杂砌，方广三十二丈。按《法轮经》，即太极三真人下降，授葛仙公修道于天台山，感降上真于此坛也。仙公真经并义注之所也，事迹具在《本起传》中，此不备载。坛西南下，石上有隶书刻记之，曰："诰使徐公醮坛授仙公经。"真人自称姓徐名来勒，字则未详何人也。坛前有塘，名曰降真塘。塘多植荷荇之类。自塘南一里至洞门，门外西南一里余至王真君坛，真君即桐柏真人也。有小殿，即真君仪像俨焉。开元初，玄宗创立之，度道士七人洒扫也。殿前有石泉，名曰醴泉，南三步，新立上真亭。身临万仞，坐观千里，游者登之，坐眺平陆。按正坛在真君殿西北二十步，有石坛方广，四丈八尺一级，甃以古砖。今州县祈请水旱，皆于此坛。殿东二十步，又有古八角坛，自殿西北下山三百步，即至三井。一井今湮塞，俗传云，曾有尼师洗手触之，一旦自塞。二井其深不测，并自然天堑。尝有好事者，投纶于其间，缯纶尽而不及底。或云通海，或云海眼，未可详也。其春夏时每雨将降，则泉流灌激，溢涌雷吼，有若蛟螭潜隐之鼓怒也。其间游者见之，莫不神骇胆栗。邑中有水旱，令长每虔祀情诚，祈于晴雨，无不响应。亦是国家投龙璧，醮祭祈福之所。高宗永淳二年，投龙于此。玄宗开元二十五年，诏令太常卿修礼仪，使韦绦赍金龙白璧投于井。宝历元年，主上遣中使王士岌、道门威仪赵常盈、太清宫大德阮幽闲、翰林待诏禄通玄，五月十三日到山，于天台观设醮许往三井投龙璧也。自三井西上一峰约二里，有僧院名佛窟院，今道元观是也。前枕翠屏岩，北连桐柏大山翠屏岩与仙坛，狭径瀑布，双峙霄降，半隐云表。岩上有亭子，极眺平陆，此处并为殊景也。

自桐柏观西北行七里，乃至琼台，中天以悬居，自百丈岩无上琼台，路皆水石，深险不可登涉。事须登仙坛，取桐柏路方可得到。即平视琼台而下望双阙，而游者多怪琼台不在中天，双阙不出云表，犹在山上观之然也。若自下仰视，则琼台不啻中天。双阙五里侠云溪而行，翠壁万仞，森倚相向，奇花秀柽，牙发芳桑，珍禽云兽，造杨清音。余曾寻琼台，下云溪沂流，北行三十里。或潺湲浅漱，其平则三里五里；或潭洞院杳，其深则千丈万丈。怪石嵌崟，水色明鲜，历历见底，纤鳞莫隐，造之者不觉忘归。非神仙之窟宅，曷能若斯？

桐柏东北五里，有华林山居，水石清秀，灵寂之境也（长庆初道士陈寡言修真之所）。自观北上，一峰可五里，有方瀛山居。上有平地倾余，前有池塘，广数敏亩。塘中有小洲岛焉，有苛芝，前眺望苍岑，后耸云盖，即后峰名也。西接琼台，东近华林，即灵府长庆元年定室于此。是天台第二重。自方瀛上七里，有玉霄山居，平地倾余，四山回合，又邃若洞天也。即天台第三重。自玉霄东南行三里，有双石涧列为高门，可百余仞，因呼为石门。桐柏观北亦有上华顶路。路深邃梗涩，游人罕逢，此行多取国清路上。自天台观西行十五里，有白岩寺。寺去县三十里，宋末有僧普辽所见精舍。

自天台观东行一十五里，有赤城山。山高三百丈，周回七里，即天台南门也。古今即是于国家醮祭之所。其山积石，石色赧然如朝霞，望之如雉堞，故名赤城，亦名烧山。故赋云"赤城霞起以建标"，即此山也。半山有飞霞寺，即是梁岳王母为居此寺也，今则废矣。山下有石室，道士居之。其中山趾有寺，曰中岩寺，即是西国高僧白道猷所立也。

国清寺在县北十里，皆长松夹道至于寺。寺即隋炀帝开皇十八年为智顗禅师所创也。寺有五峰，一八桂峰，二映霞峰，三灵芝峰，四灵禽峰，五祥云峰。双涧回抱，天下四绝寺，国清第一绝也。寺上方兜率台，台东有石坛，中有泉，昔普明禅师将锡杖琢开，名锡杖泉。自国清寺东北一十五里，有禅林寺。寺本智顗禅师修禅于此也。以贞元四年，使牒移黄岩县，废禅林寺额，来易于道场之名。寺东一十五里有香炉峰，甚高险，峰上多有香柏桎桂之木相连。有宴坐峰，其峰可高百余丈，是智者大师降魔峰。后有神人送石屏峰于大师背后，至今存焉。峰下有龙潭，周回一里，下注螺溪，亦出县大溪耳。寺西北上十里至陈田（昔有神人于此开田，供智者大师朝种暮收），自陈田可五里西入一源，甚平坦，号曰白砂，有僧居之。

禅林寺西北上二十五里，乃至歇亭，即平昌孟公简廉察浙东。北一十里乃至灵墟，今来是智者禅院，即白云先生所居之处也。先生早岁从道，始居嵩华，犹杂以风尘，不任幽赏，乃东入台岳。雅惬素尚，遂此建修真之所。《真诰》云："天台山中有不死之乡，成禅之灵墟。常有黄云覆之。"此则其地也。故建思真之堂，兼号黄云堂。堂有小涧，南有岗，其势回合。岗前有平地，立坛一级，用石甃之，名曰玄神。故先生《灵墟颂》云："堂号黄云，以聚真气。坛名玄神，仰窥清景。"东为练刑之室，吸引所居。南为凤轸之台，以吟风奏畅。西为朝神静开启祈依。北曰龙章之阁，以瞻云副墨。卑而不陋可待风雨，枯而不丰可全虚白。坛前十步，有大溪，发源华顶，东南流宁海界。又堂西十步有泉，其色味甘可以愈疾。中间平地立别院，营大丹炉，修剑镜，并皆克就。长松十株，修竹数倾，皆天师手植。频有诏命，先生皆不就。至睿宗景云二年，令兄承祎就山邀迓。诏书曰："练师德超河上，道迈浮丘，高游碧落之庭，独步清源之境。朕初临宝位，久藉微猷。虽非尧舜丕图，翘心啮缺，轩辕御历，遥想崆峒，缅惟彼怀，宁妨此愿，朝钦夕伫，迹滞心飞。欲遣使者迎，或虑炼师惊惧，故令承祎往诏，愿与同来。披叙不遥，无先此虑。"先生兄诏至京，帝问以"理身以清高为贵，理国则如何"。先师对曰："国犹身也，身犹国也。老君曰，游心于谈，合气于汉。顺物自然，而无私也，而天下治也。易曰，大人与天地合，其德是知。天不言而信，不为而成。无为之理家之道也。"帝叹曰："广成之言，何以加此！"请归山，帝赐宝琴一张及霞纹帔。中朝属词之士赠诗百余人。帝遂置桐柏观，诏先生居之。

自灵墟南出二十里，有小庄在欢溪也。梁高士顾欢曾居此，是名欢溪也。自歇亭西行，注涧一十五里至石桥。头有小亭子，石桥色皆清，长七丈，南头阔七尺，北头阔二尺，龙形龟背，架万仞之壑。上有两涧，合流从桥下过，泄为瀑布，西流出剡县界。从下仰视，若晴虹之饮涧。桥势险峭，水声崩落，时有过者目眩心悸。今游人所见者正是北桥也，是罗汉所居之所也。意为即小者则不知，大者复在何处？盖神仙冥隐，非常人所睹。

从此桥沿涧行一十五里，又有一石桥中断，号为断桥也。自歇亭北上廿里，上华顶峰，此天台山极高处也。常为云雾霾翳，少有晴朗之时。其高霖微，似寒先云，幽涧凝冴，经夏不消。若遇晴时，则朝观日之所设。《图经》云，白云先生从灵墟至华顶两处，从来朝谒不绝。其上造天尊堂，并左右二室，开窦以延日月。朝餐其光，堑龛以贮云雾；夕吸其气，堂前立坛三级。堂内有石像，石磬上有铁香炉并钟。此坛久为荒榛，近亦修开也。堂东一十步，有甘泉，先生住经二十八载。频奉敕诏，先生多不就。有表云："俗人贞隐，犹许高栖，道士修真，理宜逊远。"又诏云："虽阻彼怀，宜从此旨，请祈来表，无或二三。"开元十一年，玄宗皇帝追入内。先生辞归，帝以天台幽远，难以迎请，遂于王屋山选形胜，特置阳台观居之。今灵墟华顶，无复堂宇，唯余松竹。天气晴望，见海水碧色，朕然与天同光。若清真之俦，则三山十洲仿佛而睹，云佩风笙，倏忽而闻。自华顶北直下甚险阻，千崖万壑，千霖复涧，猿猱腾矞，灵祇凭托，非人迹所及。

又去天台北门，在剡县金灵观。观前有香炉峰，峰下有小穴，可以窥之，则莫穷于深浅。自天台山西北有一峰，孤秀回拔，与天台相对，曰天姥峰。峰下临剡县路，仰望宛在天表，旧属临海郡，今隶会稽。又有大唾小唾二峰，去天姥唾为谷。天姥峰有石桥，以天台相连。石壁上有刊字科斗文，亦高邈不可寻觅矣，月醮者闻笳箫鼓之声。宋元嘉中，台遣画工匠写山状于圆扇，以标枢灵异，即夏禹时刘阮二人采药遇仙之所也。古之剡人刘晟、阮肇入山，遇仙于此。其事之具在本传。又按《仙经》云，此山有石桥，一所现，二所不知其处。又云："多散仙人遇得桥即与相见。"以此言之，即灵仙之桥也，非今常人见者，自非精诚玄达，阻绝相偶，真仙亦不可得见，桥亦安可睹之。至于奇禽异兽，千状万类，不可称记。灵葩仙草，潜产谷中，莫能名之。而五芝耀彩，非真不遇；建木匿影，岂凡所观？

灵府以元和十年自衡岳移居台岭，定室方瀛，至宝历初岁已逾再闰。修真之暇，聊采经诰以述斯记，用彰灵焉。

录自《中国道观志丛刊》

参考文献

《全唐诗》（增订本），中华书局，2018。

《道藏》，文物出版社、上海书店、天津古籍出版社，1988。

（宋）范晔撰，（唐）李贤等注《后汉书》，中华书局，1973。

王明撰《抱朴子内篇校释》（增订本），中华书局，2002。

（汉）司马迁：《史记》，中华书局，1963。

《列仙传今译·神仙传今译》，中国社会科学出版社，1996。

（唐）李延寿撰《南史》，中华书局，1975。

（唐）房玄龄等撰《晋书》，中华书局，1974。

《中国道观志丛刊》，江苏古籍出版社，2000。

（后晋）刘昫等撰《旧唐书》，中华书局，1975。

《钦定全唐文》，中华书局，1982。

（唐）李白：《李太白全集》，北京图书馆出版社，1998。

可潜辑校《天台智者大师行迹资料集》，社会科学文献出版社，2017。

（明）传灯法师：《天台山方外志》，百通（香港）出版社，2001。

（汉）班固撰，（唐）颜师古注《汉书》，中华书局，1964。

（北齐）魏收撰《魏书》，中华书局，1974。

（宋）欧阳修、宋祁撰《新唐书》，中华书局，1975。

吴受琚辑校，余震、曾敏校补《司马承祯集》，社会科学文献出版社，2013。

后 记

浙江省天台山自古即为修行人所看重，唐朝时，上清派宗师司马承祯在此修炼有成，被武则天、唐睿宗、唐玄宗多次召见，从而闻名天下，在唐诗中频繁出现。

编著这本书花了一年的时间，大家先从《全唐诗》中找出与天台山有关的诗，再分类，再查找相关文献编校……工作看起来似乎挺简单，但其实是个繁琐的细致活儿。大家分工合作，第一章由张高澄完成，第二章、第三章由袁嗣靖、谢嗣尚、张高澄完成，第四章由张高澄、袁嗣靖、卢嗣齐完成，全书统稿工作由张高澄和袁嗣靖完成。

经过大家的努力，终于要正式出版了。挂一漏万，在所难免，不妥之处，望诸位大德予以指正，以待日后完善。

编著委员会
2021 年 1 月

图书在版编目(CIP)数据

唐诗与天台山/张高澄等编著. -- 北京：社会科学文献出版社，2021.2
（全真丛书）
ISBN 978-7-5201-7489-3

Ⅰ.①唐… Ⅱ.①张… Ⅲ.①唐诗-诗歌研究②天台山-宗教文化-研究 Ⅳ.①I207.227.42②K928.3③B929.2

中国版本图书馆 CIP 数据核字（2020）第 204082 号

全真丛书
唐诗与天台山

编　　著 / 张高澄　等

出 版 人 / 王利民
组稿编辑 / 袁清湘
责任编辑 / 赵怀英

出　　版 / 社会科学文献出版社·联合出版中心（010）59367202
　　　　　 地址：北京市北三环中路甲29号院华龙大厦　邮编：100029
　　　　　 网址：www.ssap.com.cn
发　　行 / 市场营销中心（010）59367081　59367083
印　　装 / 北京盛通印刷股份有限公司

规　　格 / 开　本：880mm×1230mm　1/32
　　　　　 印　张：10　插　页：0.25　字　数：219千字
版　　次 / 2021年2月第1版　2021年2月第1次印刷
书　　号 / ISBN 978-7-5201-7489-3
定　　价 / 98.00元

本书如有印装质量问题，请与读者服务中心（010-59367028）联系

▲ 版权所有 翻印必究